独立思考，个性书写，充分表达，
拥有独属于自己的风格和调性。

科 幻
硬阅读
DEEP READ
不求完美 追逐极致

科 幻
硬阅读
DEEP READ
献给那些聪明的头脑
和有趣的灵魂

第3季

混沌蝴蝶
CHAOTIC BUTTERFLY

刘慈欣 王晋康 等 著

北京理工大学出版社
BEIJING INSTITUTE OF TECHNOLOGY PRESS

科幻硬阅读

—— 献给那些聪明的头脑和有趣的灵魂

独立思考，个性书写，充分表达，拥有独属于自己的风格和调性——郑重向喜欢阅读和思考的读者，推出一套虽然烧脑，但能让神经更粗壮大条的作品："科幻硬阅读"系列图书。

科幻不是目的，思考才是根本。有趣的灵魂诗意栖居大地。理性使其无惑，感性助其丰盈，个性使其独特，青春致其张扬，而奔向星辰大海、诗与远方的冲动，则为灵魂刻下一抹深沉隽永……

所以这套书里除了"烧脑"科幻，兼或还会有其他一些提神醒脑类作品，希望它们能给读者朋友带来一丝极致的阅读体验——极致的思考或震撼、极致的美丽与忧愁、极致的愉悦和放松……不求完美，但求在某方面达到极致——极致，便是"硬阅读"的注脚。

但这种"硬"绝不应该是艰深晦涩，故作深沉！

好看的作品通常都是柔软而流动的，如水、亦似爱人或者时光，默默陪伴，于悄无声息间渗透血脉、融入心魂，让我们在一条注定是一去不返的人生路上，逐渐、逐渐，获得一分坚强和硬度！

愿所有可爱而有趣的灵魂，脚踩大地，仰望星辰，追逐梦想。

—— 小威

科　幻
硬阅读
DEEP READ
不求完美 追逐极致

目录

科 幻
硬阅读
DEEP READ
不求完美 追逐极致

混沌蝴蝶

刘慈欣／作品

少了一颗钉子，丢了一块蹄铁；

少了一块蹄铁，丢了一匹战马；

少了一匹战马，丢了一个骑手……

科 幻
硬阅读
DEEP READ
不求完美 追逐极致

　　混沌学的现代研究使人们渐渐明白，十分简单的数学方程完全可以模拟系统如瀑布一样剧烈的行为。输入端微小的差别能够迅速放大到输出端，变成压倒一切的差别。这种现象被称为"对初始条件的敏感性"。例如，在天气系统中，这种现象以趣称为"蝴蝶效应"而闻名。意思是说，今天一只蝴蝶在北京拍动一下空气，就足以使纽约产生一场暴雨。……在民谣中早有这层意思：

　　　　少了一颗钉子，丢了一块蹄铁；

　　　　少了一块蹄铁，丢了一匹战马；

　　　　少了一匹战马，丢了一个骑手；

　　　　少了一个骑手，丢了一场胜利；

　　　　少了一场胜利，丢了一个国家。

　　　　　　　　　　　　——选自詹姆斯·格莱克《混沌学》

3月24日，贝尔格莱德

　　四岁的卡佳是在儿童医院五楼的病房中听到最初的几声爆炸

的，她看看窗外，夜空依旧，比爆炸声更响更可怕的是楼内人们纷乱的脚步声，仿佛使整座楼颤抖。这时，妈妈艾琳娜抱起卡佳跑出去，混在楼道中的人群里向地下室方向跑去，而同她们一起跑出病房的父亲亚历山大和他的那位叫烈伊奇的俄国朋友同他们分开了，逆着人流向楼上跑去。艾琳娜没有注意他们，她这一年来把全部身心都放在卡佳身上。为了把女儿从尿毒症中拯救出来，她把自己的一个肾移植到卡佳身上，今天是卡佳出院的日子，女儿获得新生的喜悦使她对战争的爆发不太在意了。

但对亚历山大来说就大不一样了，爆炸响过之后，战争将占据他的全部生活。这时他和烈伊奇站在露天的楼顶上，环视着远方刚刚出现的几处火光，仰望着高射炮的曳光弹在夜中写出的一串串明亮的省略号。

"有一个笑话，"亚历山大说，"说的是一家人，有一个漂亮任性的女儿。有一天这家旁边建了一个兵营，驻扎着很多放荡不羁的大兵，那些大兵常挑逗那姑娘，这令她的父亲忧心忡忡。有一天，有人告诉他，他女儿怀孕了！他听后长松一口气，欣慰地说：很好，总算发生了。"

"这不是一个俄国式的笑话。"烈伊奇说。

"开始我也不太理解，但现在理解了，你害怕已久的事发生，有时是一种解脱。"

"你不是神，亚历山大。"

"这点总参谋部和国防部的那帮混蛋已提醒过我了。"

"这么说你找过政府了？他们不相信你能找到大气敏感点？"

"你能相信吗？"

"以前也不信，但看到你的数学模型的运转后有些信了。"

"那里没人会仔细看那个数学模型，但他们主要是不相信我这个人。"

"你好像不是反对党。"

"我什么都不是，我对政治没兴趣，也许是因为我在前几年的内战时期说了些不该说的话吧。"

这时爆炸声停止了，但远方的火光更亮了，火光映照在市内最高的两座建筑上，它们处在萨瓦河的两边，一座是在新区的塞尔维亚社会党总部，它白色的楼体在火光中凸现出来；另一座是贝尔格莱德人大厦，它黑色的楼体在火光中时隐时现，看不清形状，仿佛是前者的一个奇怪的镜像。

"从理论上说你的模型也许能行，但你想过没有，要计算出一个可作用于这个国家天气的敏感点，并计算出作用方式，用南斯拉夫所拥有的最快的计算机，大概一个月也完成不了一次计算。"

"这正是我找你的原因，我要用你在杜布纳的那一台计算机。"

"你凭什么肯定我会答应？"

"我没肯定。不过你爷爷是铁托的军事顾问，在苏捷斯卡战役中负过伤。"

"好吧。但我如何得到全球大气的初始数据呢？"

"这是公开的，从国际气象网站上就能下载，这是全球所有气象卫星，以及参加国际气象观测网的地面及海面观测点的实时数据汇总，量很大，用电话线不行，你至少要有一条传输速度大于 1 兆的专线。"

"这我有。"

亚历山大把一个小号码箱递给烈伊奇："神需要的一切都这里面，最重要的是那张光盘，上面刻录了我的大气模型软件，有六百多兆字节，一块盘刚能存下，是没编译过的 C 语言源码，在你们那台大机器上应该能运行的。还有一部卫星电话，和同这部电话相连的一个经过改装的 GPS 全球卫星定位系统，通过这个定位系统，你就能看到我在全球任何一处的精确位置。"

烈伊奇接过箱子说："我连夜走，到罗马尼亚去赶飞往莫斯科的飞机，顺利的话，明天的这个时候我就能用卫星电话告诉你那个神奇的敏感点，但我很怀疑它的效应真能按预定被放大，呼风唤雨毕竟是神的事。"

烈伊奇走后，亚历山大同妻子和女儿离开医院回家。车到萨瓦河与多瑙河的交汇处时，亚历山大把车停下，他们三人下车，默默地看着夜中的河水。

亚历山大沉默了好一会儿才开口说："我说过，战争一爆发我就要离开家的。"

"你是害怕炸弹吗？爸爸，带我走吧，我也怕，它的声音真大！"卡佳说。

"不，亲爱的，我是去想法不让炸弹落到我们的土地上，爸爸去的地方可能很远，不能带卡佳，事实上，爸爸现在也不知要去哪儿。"

"那你有什么办法不让炸弹落下来呢？你能召集强大的军队来保卫我们吗？"

"用不着，卡佳，爸爸只是在某个特定的时间，在地球上某个特定的地方干某件特定的小事，比如说泼一盆热水或抽一支雪茄，就能让整个南斯拉夫笼罩在阴云和大雾中，让投炸弹的人和炸弹都看不到目标！"

"干嘛跟孩子说这些？"艾琳娜抱怨道。

"不要紧的，她就是说出去也没人相信，包括你。"

"在一年前，你曾到澳大利亚的海岸开动一架大鼓风机，并认为这能使干旱的埃塞俄比亚下大雨……"

"那次我是没成功，但并非是因为我的理论和数学模型有误，而是因为我没有足够快的计算机，等敏感点计算出来时，全球大气的演变早已使它不敏感了！"

"亚历山大，你一直生活在自己的梦里，我不拦你，我就是被你的这些梦想打动才嫁给你的……"回首往事，艾琳娜黯然神伤，她出生在一个波黑穆斯林家庭，五年前，当她逃出被围困的萨拉热窝同这个塞族的大学同学结合时，她那顽固的父亲和哥哥差点用冲锋枪杀了她。

把艾琳娜和卡佳送回家后，亚历山大驱车前往罗马尼亚，路很不好走，战争使路上多了许多关卡和塞车，他在第二天中午才通过边境。以后的路好走了许多，他在天没黑时就到达了布加勒斯特机场。

3月25日，杜布纳

莫斯科正北方向一百多公里，有一个小镇。在那里看不到莫斯科的颓废和衰落，整洁的小镇坐落于美丽的绿荫和草地之中，这里的时光停止了流动，可以看到列宁的塑像，在小镇的出口，那条穿过伏尔加河底的隧道口上方还有苏联时代的一行大字——"劳动光荣"。小镇六万人，几乎全是科学家。这座小镇叫杜布纳，是苏联的高科技和核武器研究中心。

小镇中有一座新建楼房，外表精致前卫，同周围的那些苏联时代的建筑形成鲜明对比。小楼二层有一个全封闭的机房，机房内居然有一台美国造的克雷巨型计算机。

它虽然型号较老，当时也属于现已消失的巴统协议严格禁止向东方出口的设备。四年前，美、英、德、法等国提供资金，同俄罗斯联合建立了一个高科技研究中心，想用优厚的待遇和良好的研究环境吸引俄罗斯国内科学家，以阻止那些每月只能挣一百多美元的俄国核科学家流向非西方国家，同时西方还同俄罗斯共享中心的研究成果。这座楼房就是研究中心在杜布纳的一个分部。由于俄罗斯的大型计算机结构落后，操作困难，美国人在这里安装了这台克雷巨型机，巨型机由美国工程师控制着，在上面运行的软件都经过他们的审查。如果这台计算机有感觉的话，它一定会感到孤独，因为它在这儿安家的三年时间里，绝大部分时间只是在空转和定时自检，只有在杜布纳的莫斯科大学电子学院的几个研究生通过一楼的终端传给它几个计算程序，那些东西，它用熟睡时残留的神经就能解决。

　　在这天深夜，克雷计算机从一个终端收到了一个 C 语言源码软件，接着收到了要求编译的指令。这个软件很庞大，事实上是它见过的最大的软件，但这并没有使它兴奋。它见过很多几百万行甚至几千万行的大程序，运行后才知其中大部分是机械的循环和像素转换，最后只是生成一份乏味的三维模型动画。它启动了编译器，漠然地把一行行 C 代码翻译成由 0 和 1 组成的它自己的语言，把那长得难以想象的 01 链放到外存中。它刚刚完成编译，立刻收到了执行的命令，它立刻把那刚吐出的 01 堆成的高山吸回内存，并从那堆庞大的乱麻中抽出了一根细细的线头，程序开始执行了。立刻，克雷机倒吸了一口冷气，呼拉一下，那个程序瞬间生成了一百多万个高阶矩阵、三百多万个常微分方程和八百多万个偏微分方程！这些数学怪物张着贪婪的大嘴等待着原始数据。很快，从另一个 10 兆速率的入口，一股数据的洪流汹涌而入，克雷机能隐约分辨出组成洪流的分子，它们是一组组的压力、温度和湿度参数。这原始数据的洪流如炽热的岩浆，注入了矩阵和方程的海洋，立刻一切都沸腾起来！克雷机 1 000 多个 CPU 进入了满负荷，内存里广阔的电子世界中，逻辑的台风在呼啸，数据大洋上浊浪滔天……这种状态持续了四十多分钟，这在克雷机看来有几个世纪那样长，它终于松了一口气，它的能力用到极限，刚刚能控制这个疯狂的世界，台风弱下来，大洋也渐渐平静，又过了一会儿，台风消失了，大洋凝固，且急剧缩小，最后，它的精华凝结成一粒微小的数据种子，在内存无边的虚空中发出缕缕金光，这粒种子化作几行数据显示在一楼的一台终端的屏幕上。屏幕前，烈伊奇拿起了卫星电话。

"第一个敏感点已出现，现正在由西经 13 度和 15 度，北纬 22 度和 25 度围成的区域内徘徊，作用方式：使该敏感点急剧降温。那里是，我看看，哦，去非洲吧，亚历山大！"

3 月 27 日，非洲，毛里塔尼亚

直升机低空掠过炎热的沙漠，热浪让亚历山大窒息。但这个黑人飞行员却满不在乎，一路说个不停。他对这个奇怪的白人很感兴趣，这人从努瓦克肖特机场一下班机就租了他的轻型直升机，然后从机场旁的一家饭店里买了一个冰柜，又买了一大块冰放到冰柜中，把冰柜放进直升机，还让他带了一把大铁锤。这人说不出目的地，只是让直升机按他指的方向向内地沙漠飞去。他一路上一直把一部形状奇怪的大电话放在耳边，那电话还连着一个像游戏机一样的东西，那东西在飞行员为一支铜矿勘探队工作时见过，知道它是全球卫星定位仪。

"嗨，朋友，你好像是从开罗来的？！"飞行员在发动机的轰鸣声中用生硬的法语大声说。

"我从巴尔干来，在开罗换乘飞机。"亚历山大心不在焉地回答。

"你说什么？是巴尔干吗？！那儿在打仗呢！"

"好像是吧。"

耳机中，烈伊奇在六千公里外告诉亚历山大，他的位置指示清晰，敏感点现在很稳定，飘移很慢，距他只有五公里了。

"美国人在那里扔了很多炸弹，还有战斧导弹，呲 —— 轰！喂，朋友，你知道一枚战斧多少钱吗？"

"一百五十万美元吧，我想。"

亚历山大，注意，只有三千五百米了。

"哇，白人真阔气，干什么都阔气。那么多钱在这里可以建一个种植园，或一个水库，能养活很多人呢！"

亚历山大，三千米！

"美国为什么打仗？你不知道？！哦，听说米洛舍维奇在那个叫科索沃的地方杀人，杀了四十多人……"

两千米，亚历山大，它又漂移了，向左！

"左转一些!"

"……什么?左转?好,好了吗?好了吗烈伊奇?""呵,过了些,过了些,再向回转一下!"

"你应该说清方位角……好了吗?!"

好了吗烈伊奇?好了亚历山大,正对,还有一千五百米!

"好了,搞定,谢谢朋友!"

"不用谢,你给的价钱很公道!哦,刚才说杀了四十多人,可你记得吗,前两年非洲也在杀人……"

一千米!

"……在卢旺达……"

五百米!

"……杀了五十万人……"

一百米!

"……谁管了?……"

亚历山大,你在敏感点上了!

"降落!"

"……你们大概已经忘了那事儿……什么,降落?在这儿?好的!

但愿沙子别把滑橇陷住……好了,你到了,等会儿再出去,你会迷了眼的！"

亚力山大同黑人飞行员一起把冰柜抬到沙漠上，然后又把已开始融化的大冰块取出来放到沙地上，四周，沙漠在热气中微微颤动。

"嘿，这玩艺烫手呢！"飞行员笑着说，亚历山大在冰块前举起了铁锤。

为了苦难中的祖国，我扑动蝴蝶的翅膀……他半闭双眼，用塞尔维亚语默诵。然后，他挥动铁锤猛砸冰块，冰块很快碎成一地晶莹的碎块，在沙漠上迅速融化，如同飞逝的梦幻。一股沁人心脾的凉气升腾扩散开来，很快被这炙热的空气吞没了。

"你到底在干什么？"飞行员看着这情景一脸茫然。

"一种仪式，一种图腾仪式，就像你们在火上的舞蹈。"亚历山大擦着汗笑着说。

"那这仪式，还有你那神秘的咒语，是向你的神祈求什么？"

"阴雨和大雾，盖住我遥远祖国的阴雨和大雾。"

3 月 29 日，贝尔格莱德

这是卡佳睡得最好的一夜。

她新新移植的肾脏有排异反应，发起烧来。妈妈让一个当护士的邻居给她注射了从医院带回来的抗排异针剂，她才好了些。更主要的是，昨天晚上爆炸声少多了，只有零星的两三声，公寓里的人们也没有半夜钻进地下室待到天亮。第二天，卡佳才知道原因。

这天早晨，卡佳起晚了，因为已经是八点多了，外面天还很黑。卡佳来到阳台上，看到天阴了，天空灰蒙蒙的，树丛间有缕缕雾气在聚集。

"上帝啊……"艾琳娜看到这景象后，低低叫了一声。

"妈妈，是不是爸爸干的？"

"不太可能。不过天要是能连阴半个月的话，就有可能是他干的。"

"爸爸现在在哪儿？"

"不知道，他是一只蝴蝶，在世界的什么地方扑动翅膀。"

"哪有他那么难看的蝴蝶？再说，我不喜欢阴天。"

3 月 29 日，北约空军 1362 号作战指令

发自：北约盟军空军司令部作战指挥中心

全文转发：南欧盟军司令部，美军南欧特遣部队司令部，第六舰队司令部 EAM 来源和 NM 来源 ① 的 M441 情报有误（见战场条件数据库 ASD119，气象部分），已更正于 M483 情报。

————————

① 　分别指美国驻欧空军气象情报中心和美国国家气象局。

由此引起 1351、1353、1357 号作战指令变动如下。

以下部分转发前方攻击基地：意大利基地（科米索基地、阿维亚诺基地、利科纳基地、马达莱那岛基地、锡戈内拉基地，布林迪西基地），希腊基地（苏达基地、伊拉克翁基地、雅典基地、敦马科里基地）并转发：地中海航空母舰战斗群取消 1351 指令和 1357 指令中所有 B3 类弹药[①] 攻击，目标群：GH56、IIT773、NT4412、BBH091145、LO88、1123RRT、691HJ。（索引见目标数据库 TAG471）保留 1353 指令 B3 类弹药攻击，目标群：PA851、SSF67（索引同上）

1351、1353、1357 指令中 A2 类[②] 攻击指令不变。

以下转发阿维亚诺基地：增加低空观测航次，对保留的 B3 类弹药攻击进行 AF3 级效果评估。

绝密，原件无副本。

3 月 29 日，杜布纳

亚力山大，亚力山大！听着，第二个敏感点已形成，在东经 134 度和 133 度，北纬 29 度和 30 度围成的区域内飘移，现在移动速度很快，但正在稳定下来。作用方式：剧烈扰动该点的海水。知道吗？它在海上。

---

① 指激光制导炸弹和电视制导炸弹。
② 指战斧巡航导弹。

3 月 31 日，太平洋琉球群岛海面

海面很平静，像蓝色的缎子。这艘小渔船全速行驶着，航迹拖得很长。

在船的后甲板上，两个皮肤很黑的冲绳渔民正在用防水纸包起一捆 TNT 炸药，并用长长的导线把插在炸药上的电雷管同起爆器连起来。亚力山大在旁边看着他们。他们边干活边聊天，由于亚力山大在旁边，他们说的是口音不正但很流利的英语，他们谈的仍是战争，现在全世界都在谈。

"我觉得这对我们有利，"他们中的一个说，"这开了一个先例，将来朝鲜或日本周边有什么事，我们的七七舰队就和美国人的航空母舰一起浩浩荡荡开过去了，那多威风！"

"去他妈的美国人！一看见他们的基地就生气！"

"你是笨蛋，从小方面考虑，没有基地的话我们的鱼卖给谁；从大方面说，你是日本人，应该为日本的利益着想。"

"这要看话怎么说了，岩田君，我和你不一样，你们家十年前才从九州过来，而我呢，祖祖辈辈都在冲绳，冲绳曾经是一个独立的王国，你们同美国人一样，也是外来者。"

"广濑君，听听你说的是什么话，那个大田知事不是个东西，他把好多你们这样的人都带坏了……哦，先生，好了。"

亚历山大把包好的炸药搬到船尾，把卫星电话放在耳边等待着。

"先生，你如果真想炸到鱼，听我的话，换个方向吧！"

"我不想炸鱼，只想炸海水。"

"您花了钱，当然愿意怎么干都行，现在到冲绳来的游客中，您这样的怪人越来越多了。"

亚历山大，亚历山大！你已经在敏感点上了！扰动海水！！

亚历山大把炸药抛入海中。

"当心别让导线缠住螺旋桨！"一个冲绳人大喊，在甲板上盘成一盘的导线迅速放入海中。亚历山大把手指按在起爆按钮上。

为了苦难中的祖国，我扑动蝴蝶的翅膀……一声沉闷的巨响从海下传出，一根高大的水柱从船后三十多米处腾起，在阳光下白花花的水花很耀眼。水柱落下，海面上涌起大大的水包，但很快一切归于平静。

"我说过您什么也炸不到的。"一个冲绳人看着那块海面说。

4 月 1 日，贝尔格莱德

"妈妈，连着三天阴天了，这次肯定是爸爸干的！"卡佳站在窗前说。

天上的云层已由前两天的灰白变成了灰黑色，低低地压在城市上空，萨瓦河两边的一白一黑两幢最高建筑的顶部都隐没于云层中，小雨在下着。

艾琳娜仍然摇摇头，"我更相信是上帝干的。"

4 月 1 日，南斯拉夫上空，F117 攻击编队

目标指示机："黑美人，黑美人，你已到达目标上空。"

F117："独眼独眼，目标可视度为零，我高度 4500，在云层上方。"

目标指示机："我高度 1800，在云层下面，刚刚试过激光制导照射，照射点可识别度低于攻击标准，雾太大。"

F117："独眼，测试电视制导。"目标指示机："正在测试……黑美人，可识别率刚刚达到攻击标准，你必须穿过云层攻击，现在目标上空云底高 2000。"

F117："我已做好攻击准备，独眼，请记录攻击效果。"

目标指示机："黑美人，黑美人，不能进入低空！云层下炮火很猛，且发现塔玛拉迹象①！"

F117："独眼，我仍打算低空攻击，我们不能再次空手而归了！"

①　塔玛拉是一种由捷克生产的雷达，采用先进独特的被动探测方式，据说能发现 F117 和 B2 两种隐形战机，深为北约空军所恐惧。

目标指示机："黑美人，拉起来！记住指令中的作战原则，格兰特少校，你想上军事法庭吗？！"

格兰特把驾驶杆拉回怀中，再向右偏，F117棱角分明的黑色机体懒洋洋地抬起来，又笨拙地转了向，在一望无际的云层上向意大利方向飞去。格兰特在飞行头盔中叹了口气。

唉——在阿维亚诺基地起飞前，我是在下面这两颗马克12型激光滑翔炸弹上签了名的。

4月1日，北约空军1694号作战指令

发自：北约盟军空军司令部作战指挥中心

全文转发：南欧盟军司令部、美军南欧特遣部队司令部、第六舰队司令部EAM来源和NM来源的M769、M770情报再次有误，（见战场条件数据库ASD123，气象部分），该来源情报可信度由T1级降至T3级。

由此引起1681至1690号作战指令变动如下，变动根据：ND224战场目标攻击效果空中评估报告，S24来源地面情报。

以下部分转发前方攻击基地：意大利基地（科米索基地、阿维亚诺基地、利科纳基地、马达莱那岛基地、锡戈内拉基地，布林迪西基地）、希腊基地（苏达基地、伊拉克翁基地、雅典基地、敦马科里基地）并转发：地中海航空母舰战斗群。

继续取消1681及后续作战指令中所有B3类弹药攻击，目标群：TA67 至 TA71、110LK、TU81、GH1632、SPT4418、MH703、BR45 至 BR67（索引见目标数据库 TAG471）绝密，原件无副本。

4月2日，杜布纳

亚力山大，第三敏感点！区域：东经92度至93度，南纬76度至77度，很稳定，作用方式：急剧升高该点温度。

你得去南极了，朋友。你首先赶到阿根廷的纳塔莱斯港，但别租船，来不及的！我在那里有个朋友，在上次南极臭氧空洞调查中他曾为考察队工作，他很有办法。他有私人飞机，可以从纳塔莱斯港直接飞到敏感点所在的南极玛丽伯德地，在那里他可能还有落脚点。这次你追上敏感点可能要花一些时间，到时第二敏感点的作用可能已过去，我们只能让你的国家放晴两三天了。不过请放心，这个新敏感点很稳定，不会飘得太远，能维持很长时间，我想可能同南极的低温有关。更重要的是，它可多次作用！这样，你只要待在那里（当然不会太舒适），至少能让阴云和大雾在半个月内盖住巴尔干！

干得很漂亮，亚力山大，令人难以相信的漂亮！

4月4日，贝尔格莱德

"天晴了，妈妈！"卡佳在阳台上看着蓝天高兴地说。

艾琳娜轻轻叹了口气，"亚力山大，你真的不是救世主。"

一声巨响传来，玻璃嗡嗡作响，又一声巨响，天花板上落下了尘土。

"卡佳，我们该去地下室了！"

"不嘛，我喜欢晴天！"

4月6日，南极大陆玛丽伯德地

"好一个纯净的世界，真想永远待在这儿。"亚力山大感叹到。

从飞机上2000多米的空中望下去，无际的冰原在低至地平线上的太阳下呈一种醉人的微蓝色。

驾驶飞机的是一个叫阿方索的健壮的阿根廷人，他看了亚力山大一眼说："这种纯净马上就要消失。南极的旅游业发展很快，开始只是在设得兰群岛一带，现在要深入到内陆了。游客们乘船或飞机一群群地涌来。现在我的旅游公司很兴旺，我不会再像父辈那样去捕鱼或经营牧场了。"

"不只是旅游，你们的政府不是打算向这个大陆移民吗？"

"为什么不行？我们毕竟是离南极最近的国家！我看，世界迟早要为这个大陆打得头破血流，就像现在在巴尔干那样。"

这时，卫星电话中传来了烈伊奇的声音："亚力山大，有了点麻烦，美国人把克雷机机房关闭了！"

"你是说他们觉察到我们在做的事？"

"完全没有，我只是对他们讲，我运行的是一个全球大气模拟软件，我并没说假话。"

"现在政府同西方的关系紧张，这个研究中心也不可能不受影响。你在那里待下来等着，我会很快把事情理顺的。"

飞机降落在雪原上，亚力山大看到前面有一间小屋，小屋用保温板材搭成，为防积雪，它是被四根柱子架空在地面上的。

"这是一支英国考察队留下的，我把它修整了一下，里面的食品和燃油够我们待一个月的。"阿方索指着小屋说。

4 月 7 日，贝尔格莱德

卡佳的排异反应又出现了，她发高烧，说胡话。而艾琳娜在卡佳出院时带回的针剂已用完了，她只得去医院拿。医院在城市的另一面，路很远。

今天仍是晴天。

"妈妈，给我讲个故事再走吧。"卡佳从床上支起身来拉住妈妈。

"亲爱的，妈妈所知道的童话都给你讲完了，现在妈妈给你讲最后一个童话，卡佳已经长大了，以后妈妈不会再给卡佳讲童话了。"

"我听着呢，妈妈，很久很久以前……"卡佳虚弱地躺下了。

"不，孩子，这个童话并不太久。在不太远的过去，也就是卡佳出生前的三四年吧，我们生活在一个比现在大得多的国家里，我们的国家几乎绵延了亚得里亚海的整个东岸。在这个国家里，塞尔维亚人、克罗地亚人、斯洛文尼亚人、马其顿人、黑山人和波黑穆斯林，都生活在一个大家庭里，和睦相处，情同手足……"

"也包括科索沃的阿尔巴尼亚人吗？"

"当然也包括他们。有一个叫铁托的强有力的人领导着我们的国家，我们强大自豪，有着丰富多彩的文化，受到了全世界的尊敬……"

艾琳娜湿润的双眼呆呆地看着窗外那一角蓝天。

"后来呢？"卡佳问。

艾琳娜站起身来："孩子，我回来前你就在家躺着，轰炸来时听隔壁列特尼奇叔叔的话，记住，到地下室去时多穿些衣服，那里又潮又冷，你的病会加重的。"说完她拿起包开门走了。

"那个国家后来呢？"卡佳冲妈妈的背影问。

家里的车已没有油了，艾琳娜只好乘出租汽车。等车的时间比平时长了好几倍，但总算是等来了。路上还算顺利，街上的人和车都很少，可以看到远处冒起的几根烟柱。

到儿童医院后，她看到医院因轰炸停电了，护士们围着早产婴儿的密封保育箱用手工向里面输送氧。药品短缺，但卡佳要用的药还是拿到了。艾琳娜拿到药后急匆匆地往回赶，这次等车用了更长的时间，只等来了一辆公共汽车，车上的人不多。

当艾琳娜从车窗中看到多瑙河时，她长出了一口气，这意味着回家的路已走了一半。

天空万里无云，整座城市如同摆放在大地上的靶子。

"你不是救世主，亚力山大。"艾琳娜又在心中默默地说。

车走上了河上的大桥，桥上空荡荡的，车很快驶到了大桥中央。一阵凉爽的风从河面吹进车窗，艾琳娜并没有闻到硝烟味。除了那几根隐隐约约的烟柱外，城市的一切在明媚的阳光下显示得那么宁静，甚至比以前都宁静。

就在这时，艾琳娜看到了它。

她是在远处不高的空中看到它的，开始只是一个在蓝天背景上隐约闪现的黑点，后来能看到它细长的形状。它飞得不快，艾琳娜真的没想到它竟飞得那么慢，似乎在寻找着什么。它飞到了河上，划出一条优美的曲线降低了高度，贴着河面飞行，艾琳娜现在要向下才能看到它。它已很近，她看得更清了，它看上去那么光滑无害，根本不像报纸上描述的像一条恶鲨，倒像是从多瑙河中跃出的一条天真无邪的海豚……战斧导弹击中了这座多瑙河上的大桥，并把它完全摧毁了。几天后人们清理那辆翻落在河中的公共汽车时，发现了车中有几具已烧焦的尸体，其中有一位女性，她怀中紧紧抱着一个手提包，包中放着两盒针剂，她把手提包保护得很好，那些针剂有一半没碎，盒上的药名也能看清，担任打捞工作的消防队员们觉得，那是一种很不常见的药。

4月7日，南极大陆玛丽伯德地

"我教你跳探戈吧！"阿方索说，于是他和亚力山大在雪地上跳起来。在这里，亚力山大仿佛到了另一个星球，在这似乎是永恒雪原的黄昏中，他忘记了时间，甚至忘记了战争。

"你跳得已很不错了，不过不是正宗的阿根廷探戈。"

"我的头部动作总是做不好。"

"那是因为你不理解这些动作的含义。在阿根廷牛仔们最初跳探戈时头可能是不动的，但后来，那些围着看跳舞的牛仔嫉妒圈中的那些抱着漂亮姑娘跳舞的牛仔，就用石头打他们，所以以后在跳探戈时，你就不得不机警地转着头左顾右盼。"

笑过之后，亚力山大叹了口气："是啊，这就是外面的世界。"

4月10日，杜布纳

亚历山大，事情更糟了，西方中止了在研究中心的所有合作项目，美国人要拆下克雷计算机并把它运走……我在想办法再找一台巨型机，杜布纳有一个核爆炸模拟中心，是一个军方机构，他们那里有巨型机。俄罗斯造的机器可能慢一些，但还是能胜任这些计算的。但这就需要把这事向上面反映，可能要反映到很高的层次。你再坚持两天，虽然现在不能跟踪了，但我相信敏感点还在南极。

4月13日，贝尔格莱德

在昏暗的地下室中，在地面传来的低沉的爆炸声中，卡佳已奄奄一息。

邻居们想尽了办法，列特尼奇大叔在两天前就让自己的儿子到医院取药，但城里所有的医院都已没有抗排异药物了，这药只能从西欧进口，这在现在根本没有可能。

卡佳的妈妈一直没有消息。

卡佳在昏迷中不停地喊妈妈，但在她残存的意识中出现的却是爸爸，爸爸变成一只大蝴蝶，翅膀有足球场那么大，他在高空不停地扑动巨翅，阴云和浓雾散了，阳光照耀着城市和多瑙河……"我喜欢晴天……"卡佳喃喃地说。

4月17日，杜布纳

亚历山大，我们失败了，我没得到巨型机。是的，我已向最高层反映了这事，通过科学院的渠道，但……不不不，他们没说不相信，也没说相信，信不信已不重要，我被解雇了，他们赶走一个院士，就像赶走一条狗一样，你问为什么？就因为我参与了这事……是的，他们是允许志愿军前往南斯拉夫，但我干的事不一样……我也不知道，他们是政治家，我们永远无法理解他们的思维方式，就像他们永远无法理解我们一样……别天真了，相信我，真的没有可能了，能在短时间完成如此复杂计算的计算机在全球也没几台……回家？不，别回去，卡佳……怎么对你说呢朋友，卡佳三天前死了，死于排异反应。艾琳娜 8 天前去医院给孩子拿药，没回来，到现在也没有消息……不知道，我好不容易打通了你家的电话，只从你邻居那里听到这些。亚历山大，朋友，到莫斯科来吧！到我家里来，我们至少还有你的软件，它可以改变世界的！喂，喂，亚历山大！……

4 月 14 日，南极大陆玛丽伯德地

"阿方索，你先回阿根廷吧，我想一个人待在这里。"在雪原上的小屋前，亚历山大脸上挂着惨然的微笑说，"谢谢你做的一切，真的谢谢。"

"你不像烈伊奇所说的那样，是希腊人，"阿方索盯着亚历山大说，"你是南斯拉夫人，我不知道你到这里来干什么，但肯定同战争有关。"

"就算是吧，都无关紧要了。"

"在你听收音机中新闻时我就看出来了，那种表情在十多年前的马尔维纳斯岛上我见的多了，那时我是一名英勇作战的士兵，是的，我很英勇，整个阿根廷都很英勇，我们不缺勇敢和热情，只缺几枚飞鱼……我还记得投降的那天，岛上的天那个阴啊潮啊冷啊，

还好，英国人允许我们带枪走……好了朋友，我过几天再回来，别远离屋子，最近可能有暴风雪。"

目送阿方索的飞机消失在南极白色的天空中，亚历山大转身走进小屋，从屋里提出了一个小桶。

他再也没有走进小屋。

亚历山大提着小桶，在南极大陆无际的雪原上漫无目的地走着，不知过了多久，他站住了……作用方式，急剧升高该点的温度。

他把桶打开，用已冻僵的手掏出打火机。

为了苦难中的祖国，我扑动蝴蝶的翅膀……他点燃了桶中的汽油，然后坐在雪地上，看着升腾的火苗，这是普通的火苗，不是敏感点的火苗，不会给他的祖国带去阴云和浓雾了……

少了一颗钉子，丢了一块蹄铁；

少了一块蹄铁，丢了一匹战马；

少了一匹战马，丢了一个骑手；

少了一个骑手，丢了一场胜利；

少了一场胜利，丢了一个国家。

7月10日，意大利，北约南欧盟军司令部

在一切都结束之后，周末舞会又恢复了，终于可以脱下穿了3

个多月的迷彩服，换上笔挺的军礼服了。在这个文艺复兴时代建成的大厅中，在豪华的大理石立柱间，在巨大的水晶枝形吊灯的光芒下，将官的金星和校官的银星交相辉映。意大利上流社会的女士们不仅外表美艳动人，而且谈吐机智博学，如一朵朵鲜花点缀其间，加上流光溢彩的葡萄美酒，使这个夜晚如此醉人。现在，所有人都庆幸自己参加了这场光荣而浪漫的远征。

当威斯利·克拉克将军在他的一群参谋校官陪同下出现时，大厅里响起了热烈的掌声。

这掌声并不仅仅是对他在这场战争中功勋的颂扬。克拉克将军身材颀长，一派儒雅风度，同上次战争中的斯瓦兹克普夫形成鲜明对照，深得女士们的青睐。

两曲华尔兹后，开始跳方块舞，这是在五角大楼中流行的一种舞，女士们大多不会，于是年轻军官们便热情地教她们。克拉克将军想一个人出去散散步，就走出了大厅的侧门，来到一处湖边的葡萄园中。有一个人从大厅中跟了出来，同将军小心翼翼地保持着一段距离。将军沿着幽静的园中小路来到湖边，仿佛陶醉于这傍晚的湖光山色之中。

但他突然说："你好，怀特中校。"

怀特没想到将军的第六感这么敏锐，赶紧快步上前立正敬礼，"您还认识我，将军？"

克拉克将军仍没有回头，"对你这三个月的工作我印象很深，中校，谢谢你，以及作战室所有的人。"

"将军，请原谅我的打扰，有件事想同您谈，这基本上是一个……私人事件，如果现在不谈，以后可能没有机会了。"

"请讲吧。"

"在攻击开始的几天里，目标区气象情报有些……不稳定。"

"不是不稳定，中校，是完全错误。连着三四天的阴雨和大雾，给我们带来很大被动。如果预报正确，我们会推迟首次攻击的。"

现在日落已有一段时间了，西方的天空还有一点暮光，远方的群山呈黑色的剪影，湖面如镜子般平静，湖中的什么地方，传来了优美的意大利船歌……在这样的时刻，他们的谈话实在太不协调了，但中校没办法，这是他唯一的机会，只好硬着头皮讲下去。

"可有些人抓住这事不放，参议院军备委员会质问过去 3 年空军气象情报系统那 20 多亿美元预算是怎么花的，他们还组成了一个调查组，还要开听证会，好像想把这事闹大。"

"我想闹不大的，但总要有人对此负责，中校。"

怀特汗如雨下，"这不公平，将军，谁都知道，气象预报是一件随机性很大的事，大气系统是一个超复杂的混沌系统，精确地预测它的行为几乎是不可能的……"

"中校，如果我没记错的话，你是负责目标甄别工作的，同气象并无关系。"

"是的将军，但……负责巴尔干目标区气象情报的是驻欧空军司令部气象中心的戴维·凯瑟琳中校……嗯……您见过她的，她常到作战中心来。"

"哦……我想起来了，那个麻省博士，"克拉克将军高兴地转过身来，"高高的个子，棕色皮肤，细长的腿，典型的地中海型美人儿。"

"对对对，将军，我……"

"中校，记得你刚才说过这是一个私人事件。"

"……"

克拉克将军一脸严肃："中校，我不但记得你的名字，还知道你已结了婚，还知道，嗯，你的妻子不是凯瑟琳中校。"

"是的，将军，可……这儿也不是美国啊。"

克拉克将军想放声大笑，但忍住了，他实在不愿意破坏这幽静的美景。

杀人偿命

王晋康／作品

他是金老虎，在火星巡回法庭的强制下，经空间传输遣返地球，在身体重建完成后将立即进行死亡注射。

　　本世纪初，一代科学狂人胡狼所发明的"人体多切面同步扫描及重砌技术"，即俗称的"人体复制术"，已经广泛应用于星际旅行。这项技术实际上终结了人类"天潢贵胄"的地位，把无比尊贵神秘的"人"解构为普通的物质。当然啦，这种解构也激起了人类社会强烈的反弹，其结果便是两项有关"人"的神圣法则的确立，即：

　　个体生命唯一性法则；

　　个体生存权对等性法则；

　　一个附带的结果是：在人类社会摒弃死刑200年后，古老的"杀人偿命"律条又回到现代法律中来……

——摘自女作家白王雷所著《百年回首》

　　（注：有关胡狼和白王雷的故事，参见本人的短篇小说《科学狂人之死》）

　　地球—火星073次航班（虚拟航班）到站了，从地球发来的携带高密度信息的电波，经过14分钟的光速旅行到达火星站。后者的巨型计算机迅速对信息解压缩，并依这些信息进行人体重建。这个过程耗时甚长，30分钟后，第一个"重生"的旅客在重建室里逐渐成形。是一个 50 岁的男人，赤裸的身体，板寸发式，肌肉极强健，脸上和胸前各有一道很深的刀疤。身上遍布狞恶的刺青，大多为蛇的图案。他的身体重建全部完成后，随着一声响铃，一条确认信息发回地球。等它到达地球，那儿就会自动启动一道程序，把暂存在地球空天港扫描室的旅客原件进行气化销毁。

像所有经过身体重建的旅客一样，这个人先用迷蒙的目光四处环顾，脑海中闪现出第一道思维波：

我是谁？

人体（包括大脑）的精确复制，同时复制了这人的人生经历和爱憎喜怒。等第一波电火花扫过大脑，他立即回忆起了一切，目光也变得阴鸷。他是金老虎，地球上著名的黑帮头子，此次来火星是要亲手杀死一个仇人，为他的独子报仇。一年前，他儿子因奸杀两名少女被审判，为了从法律中救出儿子，他用尽了浑身解数。按说以他的势力，让儿子逃脱死刑并不是特别困难的事，但不幸这次他遇到的主审法官是罗大义，一粒煮不熟砸不碎的铁豌豆，对他的威胁利诱硬是油盐不进。儿子被注射处死的当天，他找到这个家伙，当着众人的面，冷酷地说：

"你杀了我儿子，我一定要亲手杀死你。"

姓罗的家伙不为所动，笑着说："你要亲自动手？那好啊，能与你这样的超级恶棍同归于尽，我也值了。"

金老虎冷笑着："你是说那条'杀人偿命'的狗屁法律？姓罗的我告诉你，这回只是我偶然的失败，很丢脸的失败，下一次决不会重蹈覆辙了。我不但要在公开场合亲手杀死你，还一定能设法从法网中脱身。不信咱们走着瞧。"

罗大义仍然笑着："好的，我拭目以待。"

这会儿金老虎走出重建室，穿上衣服。两个先期抵达的手下已经候在门口，递给他一只手表，和一把带血槽的快刀，这是按金老虎的吩咐准备的，他说不要现代化的武器，用这样的古老武器来进行血亲复仇，最为解恨。他戴好手表，用拇指拨一拨刀锋，欣赏着利刃特有的轻快的咴咴声，然后把快刀隐在衣服下，耐心地等着。罗大义也在这期航班上，是来火星做巡回法官。

上次的失败不仅让金老虎失去独子，更让他在江湖上掉了面子。他必须公开、亲自复仇，才能挽回他在黑道上的威望。至于杀人的法律后果，他没什么好担心的，经过与法律顾问戈贝尔一年来的缜密策划，他们已经在法网上找到一个足够大的漏洞。戈贝尔打了保票，保证在他公开行凶后仍能从法网中全身而退。

随着重建室里一遍遍的铃声，"重生"的旅客一个个走出来。现在，赤裸的罗大义出来了，面容平静，正在穿衣服。金老虎走过去，冷冷地说：

"姓罗的，我来兑现诺言了。"

罗大义扭头看到他手中的利刃，非常震惊，他虽然一直在提防着金老虎，也做好了赴死的准备，但没想到金老虎竟敢在空天港杀人。这儿人来人往，至少有几十双眼睛旁观着，还有 24 小时的监控录像，在这儿行凶，应该说绝无可能逃脱法律的惩罚。难道金老虎……但他已经来不及作出反应了，两个打手扑过来，从身后紧紧抱住他，金老虎举高左腕，让他看清手表的盘面，狞笑着说：

"你不妨记住你送命的时间。现在是你完成重建后的第八分钟，这个特殊的时刻将会帮我脱罪。姓罗的你纳命吧！"

他对准罗大义的心脏狠狠捅了一刀，刀没至柄，鲜血从血槽里汹涌喷射出来。周围一片惊骇的喊声，有人忙着报警，远处的几名警察发现了这儿的异常，迅速向这里跑来。在生命的最后一息，罗大义挣扎着说：

"你逃不了法律的惩……"

两个月后，审判在案发地火星举行。除了5名陪审员是在本地甄选外，其他五名地球籍陪审员，以及罗大义去世后继任的巡回法官劳尔，已经通过空间传输来到火星。地球籍陪审员中包括白王雷女士，她已经是108岁的高龄，但受惠于精妙的空间传输技术，百岁老人也能轻松地享受星际旅行了。这位世纪老人曾是龚古尔文学奖得主，是一代科学狂人胡狼的生死恋人。由于胡狼的特殊历史地位（人体空间传输技术的奠基人），再加上她本人德高望重，所以毫无疑问，白王雷在陪审员中的地位举足轻重。

同机到达的有罗大义的遗孀和两个女儿，她们戴着黑纱，手里高举着死者的遗像。黑色的镜框里，那位舍生就义的法官悲凉地注视着已与他幽明相隔的世界。法庭旁听席上还坐着上次奸杀案两名被害少女的十几名家属，他们都沉默不语，手里扯着两幅手写的横幅：

为罗法官讨回公道！

为我们的女儿讨回公道！

两行字墨迹淋漓，力透纸背。遗属们的悲愤在法庭内激起了强烈的共鸣。

公诉人宣读了起诉书。这桩故意杀人案性质极为恶劣，是对法律的公然挑衅；而且证据确凿，单是愿意作证的现场证人就有64人，还有清晰连续的案发现场录像，应该说审判结果毫无悬念。但公诉人不敢大意。金老虎势力极大，诡计多端，又有一个比狐狸还奸滑的律师。他虽然恶贯满盈，但迄今为止，法律一直奈何不了他。这次他尽管是在公开场合亲手杀人，但他曾多次挑衅性地扬言，一定会从法网中安然脱身。

且看他的律师如何翻云覆雨吧。

金老虎昂首站在被告席上，用阴鸷的目光扫视众人，刀疤处的肌肉不时微微颤动，一副"我就是恶棍，你奈我何"的泼皮相，一点不在乎这副表情在众人中激发的敌意。律师戈贝尔从外貌看则是一个标准的绅士，鹤发童颜、温文尔雅，带着金边眼镜，头发一丝不乱，说话慢条斯理，脸上始终带着亲切的微笑。当然，没人会被他的外貌所欺骗，在此前涉及金氏家族的多次审判中，传媒和民众都已经非常熟悉他了。他就是带着这样亲切的微笑，多次帮金老虎从罪证确凿的犯罪行为中脱身，把悲愤和绝望留给受害者。

轮到被告方作陈述了。被告律师起身，笑着对庭上和旁听席点头致意。"我先说几句题外话。我想对在座的白王雷女士表示崇高的敬意。"戈贝尔向陪审员席上深深鞠躬，"白女士是一代科学大师胡狼先生的生死恋人，而胡狼先生又是空间传输技术的奠基人。今天我们能在火星上参加审判，其实就是受胡狼先生之惠。我早就盼着，能当面向白女士表达我的仰慕之情。"

满头银发的白女士早就熟悉面前这俩人：一个脸带刀疤的恶

棍，和一个温文尔雅的恶棍。她没有让内心的憎恶流露出来，微微欠身，平静地说："谢谢。"

戈贝尔转向主审法官，正式开始被告方的陈述："首先，我要代表我的当事人向法庭承认，基于血亲复仇的原则，他确实在两个月前，在火星空天港的重建室门口，亲手杀死了一个被称作'罗大义'的家伙，时间是这家伙完成重建后第8分钟，以上情况有众多证人和录像作证，我方亦无异议。"

法官和听众都没料到他会这样轻易地认罪，下边腾起轻微的嘈杂声。法官皱起眉头想警告他，因为在法庭上使用"家伙"这样粗鄙的语言是不合适的。戈贝尔非常机灵，抢在法官说话之前笑着说：

"请法官和罗大义的亲属原谅，我用'家伙'来称呼被害人并非是鄙称，而是想避免使用一个定义明确的词：人。这个名词是万万不能随便使用的，否则我就是默认我的当事人犯了'故意杀人罪'。"他话锋一转，"不，我的当事人并未杀人。"他用重音念出末尾这个字，"下面我将给出说明。"

公诉人警惕地看着他，知道自己将面对一场诡异难料的反攻。

"法官先生，请允许我详细叙述人体空间传输技术的一些技术细节。一会儿大家将会看到，这些技术细节对审判的量罪至关重要。"

法官简洁地说："请只讲与案件有关的东西。"

"好的，我会这样做。我想回忆一段历史。众所周知，胡狼先生当年发明这项技术的初衷，其实并非空间旅行，而是人体复制。这是一个惊世骇俗的、甚至本质上很邪恶的发明。想想吧，用最普通的碳氢氧磷等原子进行多切面的堆砌，像泥瓦匠砌砖那样简单，就能完全不失真地复制出一个人，一个活生生的人！还能囊括他的所有记忆、知识、癖好、欲望和爱憎！自打地球诞生以来，创造生灵，尤其是创造万物之灵的人类，本是上帝独有的权力，现在他的权柄被一个凡人轻易夺走了。"他摇摇头，"扯远了，扯远了，我们且不忙为上帝担心。但人的复制确实是一项可怕的技术，势必毁掉人对自身生命的尊重。为此，胡狼的生死恋人，白王雷女士，不惜与胡狼决裂，及时地向地球政府告发他，使人类社会抢在他实施复制之前制订了严厉的法律，确立了神圣的'个体生命唯一性'法则。后来，阴差阳错，胡狼还是复制了自身，最后两个胡狼都死了。他死后这 80 年里，这项发明最终没用于非法的人体复制，而是转用于合法的空间旅行。"

他说的是人们熟悉的历史，审判厅中没有什么反应。

"人体复制技术和空间传输技术的唯一区别，也是'非法'与'合法'的本质区别，是后者在传输后一定要把原件气化销毁，绝不容许两者并存于世上。我想，这些情况大家都清楚吧。"他向大厅扫视，大家都没有表示异议。"但其后的一些细节，也许公众就不清楚了。"

他有意稍作停顿，引得旁听者侧耳细听。

"由于初期空间传输的成功率太低，只有 40% 左右，所以，为了尊重生命，人类联盟对销毁原件的程序作了一点通融，那就是：在传输进行后，原件暂不销毁，而是置于深度休眠状态。待旅客传输成功、原发站收到确认回执后，即自动启动对原件的销毁程序；如果传输失败，则原件可以被重新唤醒。后来，虽然空间传输的成功率大大提高，今天已经提到了 90% 以上，但这个'销毁延迟'的规定仍然一直保留着，未做修改。也就是说，今天所有进行空间传输的旅客，都有'真身与替身共存'的一个重叠时段，具体说来，该时段等于到达站的确认信息以光速返回所需的时间，比如在本案的案发时，地球一火星之间的距离为 14 光分，那么，两个罗大义的重叠时段就是 14 分钟。"

法官劳尔说："这些情况我们都清楚，请被告方律师不要在众所周知的常识上过多停留。"

"你说这是众所周知的常识？没错，今天的民众把这个技术程序视为常识，视为理所当然。但在当年，有多少生物伦理学家曾坚决反对！尤其是我尊敬的白王雷女士，当时是最激烈的反对者，直到今天仍然未改初衷。"他把目光转向陪审员座位上的白女士，"我说得对吗，白女士？"

白王雷没想到他竟问到了陪审席上，用目光征求了法官的同意后，简短地回答："你说得没错。"

"你能否告诉法庭，你为什么激烈反对？"

"从旅行安全的角度看，这种保险措施无可厚非。但只要存在着两个生命的重叠期，法律就是不严格的。这条小小的细缝，也许在某一天会导致法律基石的彻底坍塌。所以我和一些同道一直反对这个延迟，至于传输失败造成的死亡风险，则只能由旅行者们承担了，毕竟乘坐波音飞机也有失事的可能。"她轻轻叹息一声，"当然，我的主张有其内在的残酷性。"

"你的主张非常正确！我向白女士的睿智和远见脱帽致敬。可惜由于人类社会的短视，毋宁说由于旅客的群体畏死心理，白女士的远见一直未能落实。我的当事人这次杀人，其实是想代尊敬的白女士完成她的未竟之志，虽然他采取的是'恶'的形式。"

听众都愣了！这句话从逻辑上跳跃太大，从道德上跳跃更大（善恶之间的跳跃），让大家完全摸不着头脑，众人的目光不约而同聚到白女士身上。白女士也没听明白，她不动声色地听下去。

"好了，我刚才说过，我的当事人承认他杀死了'罗大义'——注意，这三个字应该加上引号才准确。不必讳言，这个被杀死的人，确实是地球上那个罗大义的精确复制品，带有那人的全部记忆。而且，如果原件的法律身份已经转移给他，那么他就远不是什么替身或复制品，他干脆就是罗大义本人！正像经历过空间传输的在座诸位，包括我，也都是地球上相应个体的'本人'。我想，在座诸位没人怀疑自己的身份吧，没人认为自己只是一件复制品或替身吧。"他开玩笑地说，然后话锋陡转，目光凌厉，"但请法庭注意我的当事人杀死罗大义的时间，是在他完成重建后的第8分钟。此时，火星空天港的确认信息还没有到达地球，原件还没有被销毁，虽然那个原件被置于深度休眠，但一点不影响他法律上的身份。如果硬说我的当事人犯了杀人罪，那么在同一时刻，太阳系中将有两个具有罗大义法律身份的个体同时共存。请问我的法律界同行，可敬的公诉人先生，你能否向法庭解释清这一点？你想颠覆'个体生命唯一性'法则吗？只要你能颠覆这个法则，那我的当事人就承认他杀了人。"

在他咄咄逼人的追问下，公诉人颇为狼狈。这个狡猾的律师当然是诡辩，但他已经成功地把一池清水搅混。其实，只要有正常的理解力，谁都会认可金老虎杀了罗大义。但如果死抠法律条文，则无法反驳这家伙的诡辩。根本原因是：现行法律上确实有一片小小的空白。往常人们习惯于把它作为一个不可分割的"点"，这就避开了它可能引起的悖乱。但如果把它展开，把时间的一维长度纳入法律上的考虑，则这个"点"中所隐藏的悖乱就会宏观化，就会造成法律上的海森伯猫佯谬。公诉人考虑了一会儿，勉强反驳道：

"姑且承认那个被杀的罗大义尚未具备法律身份，但此刻罗大义的重建已经完成，那个确认信号已经在送往地球的途中，它肯定将触发原件的自毁，这一串程序都是不可逆的。也就是说，在被告捅出那一刀的时候，他已经决定了两个罗大义的死亡，包括替身和真身。所以，被告仍然应对被害人的死亡负责。"

戈贝尔律师轻松地说："照你的说法，只能说原件是死于不可抗力，与我的当事人无关。其实这串程序也并非不可逆嘛，没准哪一天科学家们会发明超光速通讯，那么，重建的罗大义被捅死后，他的原件仍来得及挽救。所以，"他从容地笑着说，"现在又回到了我刚才说过的那句话 —— 我的当事人其实是想以'恶'的方式来完成白女士的未竟之志，想把有关法律的内在矛盾显化，以敦促社会尽快修改有关法律，或取消空间传输的延迟销毁程序。当然，不管最终是否做出修改，反正我的当事人是在法律空白期作案，按照'法无明律不为罪'的原则，只能作无罪判决了。"

他与被告金老虎相视一笑，两人以猫儿玩弄老鼠的目光扫视着法庭。法庭的气氛比较压抑，从法官、陪审员到普通旁听者都是如此。这番庭辩，可说是大家听到过的最厚颜无耻的辩护 —— 但又非常雄辩。被告方几乎是向社会公然叫板：

没错，老子确实杀了人，但我狡猾地抓到了法律的漏洞，现在看你们能奈我何!

3名法官目光沉重，低声交谈着。陪审员们都来自民间，没有经过这样的阵仗，都显得神色不宁，交换着无奈的目光。只有白王雷女士仍然从容淡定，细心的人会发现，她看被告方的目光更冷了一些。

双方的陈述和庭辩结束了，戈贝尔最后还不忘将法官一军：

"本案的案发经过非常明晰，相信法庭会当庭作出判决。"

劳尔法官落槌宣布："今天的审理暂时中止，由合议庭讨论对本案的判决。现在休庭。"

法官和10名陪审员陆续走进大庭后的会议室，劳尔法官要搀扶白女士，但她笑着拒绝了，自己找一个位子坐下，虽然已经是百岁老人，她的脚步还算硬朗，尤其是经过这次身体重建后，走起路来似乎更轻快一些。会议室里气氛压抑，刚才法庭上的压抑感一直延续到了这儿。大家入座已毕，法官简短地说：

"各位陪审员有什么看法，请发表吧。"

陪审员们都下意识地摇头，然后都把目光转向白王雷，他们都尊重这位老人，希望她能首先发言。白女士没有拂逆大家的心愿，简单地说了几句：

"这是两个地地道道的恶棍，"她坦率地说，"他们是在公然挑战法律，挑战社会的良心。我想，如果不能对被告求得死刑，罗先生会死不瞑目，而我们将背上终生的良心债。"

陪审员泽利维奇叹息道："我想这是所有人的同感。问题是：戈贝尔那只老狐狸确实抓住了法律的漏洞！如果判被告故意杀人罪，的确会颠覆'个体生命唯一性'法则。"

年轻的女陪审员梅伦激烈地说："但我们绝对不能让这个罪犯逃脱！这不仅是为了罗大义先生，也是为了以后。正因为法律存在这片模糊区域，本案的判决结果肯定会成为今后类似案件的参照。咱们不能开这个头。"

门外有喧嚷声，是罗大义的妻女和奸杀案被害人家属来向法官请愿，经过刚才的庭审，他们非常担心凶手会安然逃脱法网。他们被法警拦在门外，喧嚷了很久，最终被劝回去了。会议室内认真讨论着，所有人都愿意对这个恶棍判处死刑，但无法走出法律上的困境。有人建议修改法律，作出明文规定：在"两个生命并存时段"内，无论是真身还是替身都受法律保护。但这个提议被大家否决了，因为它会带来更多法律上的悖误；也有人建议采纳当年白女士等人的意见，干脆取消那个销毁延迟期。但——戈贝尔那只老狐狸说得对，即使这些修改生效，也不会影响到本案的判决。被告是在法律的空白期间作案的。

白王雷女士在首先发言后，一直安静地坐着，没有参加到讨论中去。法官看到了她的安静，不时用目光探索她的表情。讨论告一段落后，法官说：

"大家静一静。白女士在这段时间里一直没发言，也许她有独到的见解？我相信，以她老人家的睿智和百年人生经验，一定能领我们走出这个法律上的死胡同。"

大家静下来，期盼地看着她。白王雷微笑着说：

"我试试吧。我想大家已经有了两点共识，那就是：一定让两个恶棍受到应有的惩罚，同时不能违反现代社会的两个神圣法则。我刚才忽然想到一个古老的民间故事，关于一个聪明法官的故事。当然它不会领咱们走出法律困境，不过我还是想讲给大家，也许多少会有启发。"她加了一句，"全当是中场休息吧。"

劳尔法官很有兴趣："请讲。"

"是我年幼时读过的一则故事。至于是哪个国家的民间故事，我已经记不清了，毕竟年岁不饶人啊。经历了100年的风雨，再清晰的记忆也风化了。"她摇摇头，拂去怀旧的感伤，娓娓地讲下去。"说的是一个贫穷的行路人，这一天经过一家饭店，饭店里熬着满满一锅肉，香气四溢，令人馋涎欲滴，但行路人身无分文，只好乞求老板施恩，把他随身带的干粮挂在锅的上方，以便能吸收一点炖肉的香味。老板爽快地答应了。等干粮浸透了香味，行路人香甜地吃完干粮，老板却伸手要他付钱，香味的钱！行路人不服，也拿不出钱，两人拉拉扯扯到了地方法官那儿。幸运的是，这个法官又公正又聪明，机智地给出了公正的判决。你们猜得出是什么判决吗？"

大家考虑一会儿，说了几种方案，都不对。梅伦等不及，催白奶奶快抖出包袱。白女士说。

"判决是这样的：法官对老板说：他享用了你肉汤的香味，当然应该给你付酬。现在我判他付给你——钱币的声音！然后法官借给行路人一袋银币，让他在贪心老板的耳朵上用力摩擦，一直到老板求饶：够啦，他付的钱已经足够啦！你看，用声音来偿付香味，法律上没有明确的条文吧，但不管怎样，他终究实现了一种公平，有点儿另类的公平。"

她笑着结束了讲述。众人还没省过劲，看着她发愣。劳尔法官思维敏捷，马上悟到了她的意思，高兴地说："谢谢白女士的睿智！我想，我们可以学习那个不循常规的法官，给本案一个另类的公平……"

"……经查明，被告人杀死被害者时，关于罗大义重建完成的确认信息尚未到达地球，原件尚未销毁，罗大义的法律身份仍附于原件身上。因此，基于'个体生命唯一性'神圣原则，被害者不能认为具有人的身份。公诉人指控被告犯故意杀人罪，与事实不符，法庭予以驳回。"

法庭上立时响起愤怒的嘈杂声，十几个受害人泪流满面，纷纷跳起来，想对法官提出抗议。公诉人同样无法掩饰愤怒和失望。金老虎和律师则得意地互相对视。法警努力让法庭恢复肃静，法官好整以暇地等着，直到法庭恢复安静，才继续念下去：

"同时，基于生存权对等性原则，法庭对被告做出如下判决……"

火星到地球的 074 次虚拟航班已经到了。第一个被重建的是戈贝尔律师。一个温文尔雅的长者，脸色红润、一头白发，连胸毛也是白的，活脱脱一头北极熊。如同所有经历了空间传输及重建的旅客一样，他先是目光迷蒙地四处扫视，脑海中闪过第一波思维的火花，立即清醒了，知道了他是谁，从何处来。他立即嗒然若丧，几天前在火星法庭上那种胜利者的得意荡然无存。他呆呆地站着，甚至忘了穿衣服。在空天港服务小姐的提醒下，才到衣物间取来衣服，机械地穿着，一边尴尬地盯着重建室的出口。

在戈贝尔的注视中，下一个旅客逐渐成形，一个50岁的男人，身体强壮，身上遍布刺青，胸前和脸上各有一道刀疤。他同样目光迷蒙地四顾，立即清醒了，站起身来想逃跑，想凭他的强劲肌肉做最后的反抗。但已经晚了，两个守在这里的地球法警已经紧紧地捉住他的双臂。

身后一声响铃。这标志着他重建完成的确认信息已经向火星发送，17分钟后（目前地球与火星的空间距离是17光分），那儿就会启动对原件的销毁程序。

他是金老虎，在火星巡回法庭强制下，经空间传输遣返地球，在身体重建完成后将立即进行死亡注射。当然，这并不是对金老虎的死刑判决——法庭已经认定，被杀死的罗大义不具有人的法律身份，当然无权判金老虎死刑嘛。不过，天杀的劳尔法官竟然想出了一个邪招，以其人之道还治其人之身——要知道，此时的金老虎同样不具有法律身份啊，火星上那个休眠状态的原件还没有被销毁呢。这样一来，对一个"非人"进行死亡注射从法律上就说得通了，也不违背"个体生命唯一性法则"。至于这次注射实际将导致俩老虎（真身和复制件）全都玩儿完，那当然是因为不可抗力，不关法庭的事。

一个穿白大褂的漂亮女法医走过来，手里拿着一支注射器。金老虎浑身一抖，再次用力，想挣脱法警的手。但是不行，刚刚完成重建的这具身体软绵绵的，使不出一丝力气，而法警的两双手像老虎钳那样有力。女法医微笑着（好心的她一向用笑容来安抚死刑犯），动作温柔地用酒精在他臂弯处消毒（金老虎脑海中闪出一个愤怒的念头，对一个正被处死的人，还用得着假惺惺地消毒吗？），找到静脉血管，把针头轻轻扎进去。一管无色液体静静地注入。注射完成后，两名法警也松手了。女法医看看手表，关心地说："药液将在20分钟内起作用。你如果愿意，可以抓紧这段时间内同家人通话。呶，给你手机。"女法医想了想，又好心地提醒他，"记着，别说财产分割之类的废话，那是白耽误时间。你现在并不具有人的身份，即使你立下遗嘱，也是没有法律效力的。"

到了此刻，金老虎反而平静了，现在他只剩下一个愿望，此生中最后一个愿望。他冷冷地扫一眼戈贝尔，那个该死的家伙一直呆然木立，畏缩地看着即将送命的主子。金老虎活动一下手脚，高兴地发现，身体重建后的滞涩期已经过去了，而毒药显然还没起效。他皱着眉头说："我想同律师单独待一会儿，可以吗？"

善良的女法医爽快地说："可以的。"她向两个法警示意，法警虽然有些犹豫，但最终还是随她退出房间，把门虚掩上。忽然，他们听到屋里有异响。两名法警反应很快，迅即推开门。屋内的两人倒在地上，戈贝尔被压在下边，赤身裸体的金老虎正用力卡着戈贝尔的喉咙，暴怒地骂："王八蛋！比猪还笨的东西，老子白养了你！你害死了老子，老子拉你做垫背！"

法警用力掰金老虎的手，但这家伙简直是一头垂死挣扎的野兽，力大无比，喉咙里咻咻地喘息着。眼看戈贝尔的两眼已经泛白，一名法警从身后掏出高压警棒，喊他的同伴快松手，然后照凶犯的光屁股上杵了一下。那俩人立即浑身抽搐，瘫在地上（高压电脉冲通过金老虎的双手也传到戈贝尔身上）。女法医匆忙俯下身，检查戈贝尔的鼻息和瞳孔，怕他已经被扼死。还好，憋了一段时间后，戈贝尔爆发出一阵凶猛的咳嗽。他睁开眼，见金老虎凶恶地瞪着他，不干不净地咒骂着，仍然作势要扑过来。两名法警正用力按着他。女法医花容失色，用手按住胸脯，余惊未消地说："还好没出事，还好没出事。"她长长地吁出一口气，对两位法警愧疚地说，"怪我太大意了，都怪我。我的天！差一点儿，在咱仨的眼皮底下出了一桩命案。要是那样，咱们咋对头头交待？"

虽然刚才的窒息使戈贝尔头昏眼花，但他的律师本能已经苏醒，在心里暗暗纠正着女法医的不当用语——"命案"这个词是不能随便乱用的。算来从自己重建到现在，肯定尚不足 17 分钟——经过这场官司，他对这个"生命重叠"的时间段可是太敏感啦——那么这个戈贝尔尚不具备"人"的身份，即使这会儿被金老虎杀死，也构不成命案。警方的案情报告最多只能这样写：

某月某日某时，在地球空天港重建室，非人的金老虎扼杀了非人的戈贝尔……

铄 金

野 火\作品

越是能给人类带来巨大利益的科技，

一旦失控，造成的灾难也越恐怖，

所以，克制才是科研最基本的原则。

科 幻
硬阅读
DEEP READ
不求完美 追逐极致

◆ 1 ◆

　　"江流，快把衣服换了！再不走，我就把你这些资料都删掉！"妻子推开书房的门，第三遍催促，焦躁之外更多的是无奈。

　　"爸爸，你不是说好了今天不工作嘛，怎么又说话不算数！"儿子跟在后面，昂着头勇敢地帮妈妈声讨背信者。

　　"爸爸，爸爸，快点，快点，我要吃奶牛蛋糕。"女儿也从门边探过脑袋，用糖果般的声音撒着娇。

　　"是奶油蛋糕啊。"我无奈地笑了笑，从妻子手中接过外套，回身去牵女儿的手，却捞了个空，转头看去，眼前一片漆黑，伸手不见五指。

　　我愣了一下，连忙呼叫智能管家系统，却没有任何回应，抬手去摸备用机械按键，才发现四周不知为何变得空空荡荡。我以为是孩子们的恶作剧，假作惊慌叫了几声，可等了许久，也没听到预想中的笑声。

黑暗中浮现一道血红色的线，逐渐扩展，越来越大，最终变成了一道门。我用手去推，却发现那门并非实质，手掌穿过，只留下一圈波纹。

我犹豫了几秒，猛地向前迈步，穿门而出。

门外是无尽的混沌，一切都是碎裂的，房间是碎裂的、街道是碎裂的、城市是碎裂的、世界是碎裂的，就连我也不知为何化成了无数不规则的碎片。我下意识回头，才发现刚才穿过的门原来只是某块碎片的断面。

亿万个碎片，无尽的断面，每一片中都似乎有什么在闪动，有的是声音，有的是图像，还有各种文字和数据，看起来很陌生，却又带着某种古怪的熟悉。

我想把自己拼接起来，但不管如何努力都无法驱动任何一片碎片，我寻找妻子和孩子的身影，可他们却似乎要和我捉迷藏，只偶尔在繁星般的光芒中闪过，不肯让我找到确切的痕迹。

不知过了多久，黑暗中，一个低沉的声音从远处飘来，好像在对我说什么。

在说什么？

谁死了？

我的妻子和孩子？

他们刚才还在的。

对啊，刚才还在，还在……我这片记忆里……

眼前骤然亮起，涣散的视线开始聚焦，病房的天花板依旧洁白，调查文件的虚拟光幕仍在播放，警察的问讯也还在继续。

"江流先生，我再问一遍，您妻子和孩子意外死亡的那天，有没有什么不适症状，或者与什么特殊物品接触过。"

我使劲闭了闭眼才让感官完全恢复正常，缓缓神，口中机械地回答着："没有。"

又一片记忆碎片被激活了？

我又陷入了意识世界？

这是第几个问题？

应该是最后一次问讯了吧，什么时候才能结束？

无数碎片在我脑海中闪烁，这些碎片没有排序，没有因果，更没有时间与空间的定义，仿佛同时接入了成百上千个全感投影，在脑海中胡乱映射，令虚幻与现实不断交错。

每一个问题都会搅动思绪，每一次刺激都会引发意识错乱，剧烈的疼痛以奇怪的韵律鼓动，重锤般来回轰击我，将我砸进某块碎片中，经历一段又一段梦境，再任由我逃离，苏醒过来。

别再问了，别再问了！

　　我什么都不知道！不知道！

　　错乱的间隙，我在心底一遍遍怒吼，但行为习惯却不允许我发泄不满，只能继续麻木地回答着问题。

　　调查问讯终于结束，病床旁的警察关闭记录仪，将一叠文件放在床头："你的病情还没恢复，就先这样吧。这是刚才那些电子文件的纸质副本，收好。最近几年人体自燃事件越来越多，每年最少5000多起，已经成了第九大灾害，你也别太自责了，节哀吧。"

　　见我没有回应，警察又将一张数拟名片塞到我手上："我叫白志彬，个人领域号码 ZXC9527。我会继续筛查辖区近期发生的自燃事故，如果你又想起什么可以联系我。"

　　我低头看向手心，名片已化作信息自动被体内纳米微机吸收，再抬头时，那位新上任的治安官已经和他的仿生人助理离开了。

　　我转回头，继续盯着天花板发呆，过了许久才将刚刚涌现的碎片整理清楚。

　　我不是智障，也不是精神分裂，我只是失忆了。

　　医疗智能检测系统对我的大脑做了全面检查，却始终没找出物理病灶，主治医生最终只得凭经验推定为应激性短期失忆，即大脑在极度刺激下出于自我保护切断了记忆连接。

　　"按现在的情况看，你的病症看似夸张，甚至到了大脑一片空白的地步，但其实并不严重，只要不断刺激引导，就能逐渐恢复。头痛耳鸣应该是记忆接驳的神经反馈，以简洁易懂的说法来形容，就如同仿生人 AI 系统更新后需要重新进行数据联接，每一次写入都会有点电流刺激……"

我不喜欢医生自以为幽默的比喻，更不喜欢这种一无所知的恐惧。

刚苏醒的那一刻，看着完全陌生的世界，我心中满是恐慌，如同刚刚降生的婴儿，唯一能做的就只有本能地嚎叫哭泣，如果不是剧烈的感官刺激引发了第一波常识记忆及时觉醒，我可能已经在惊惧中窒息而死了。

为了逃离这种恐惧，我在恢复基础认知后便不停地努力寻找信息，激活记忆。从姓名到常理，从语言到知识，记忆一点点拼接成块，逐渐填充大脑中的空虚，经过十几天的整理，我终于弄清楚了自己的基本情况。

我叫江流，男，2181 年 12 月 25 日生人，现年 38 岁，三级公民，第十三研究所人工智能安全研究员，住址为和平区未来路 C571，家庭成员，无。

我之所以会是现在的状态，是因为一场事故。

15 日前，10 周年结婚纪念日的晚上，妻子在午夜沉睡中突然发生人体自燃，连带怀中的儿女一同化为灰烬，而我却因为在书房专心整理研究资料，直到 3 个小时后才发现他们的遗骸……

这是件很悲伤的事，但我听完警察的叙述时，仅仅只是觉得悲伤，想哭却怎么也哭不出来，就好像在看主视角全感电影，情真意切，却始终缺乏现实感。记忆的缺失造成了情感的断裂，这种感受或许可以概括为茫然。

茫然中，我一次又一次拿起现场勘察和遗体检测，目光反复在文字间逡巡，试图唤醒更多记忆，以印证故事的真伪。终于，我成功了，就在视觉将图像与数据第37次传入大脑的瞬间，冰冷的记忆突然在意识中炸开，将我带回了那个至暗时刻。

我闻到空气中弥漫着臭氧味，看到卧榻上堆叠着人形残骸，触摸到房间里漫天飞舞的灰烬，还感受到了撕心裂肺的疼痛，疼痛并非来自肉体，而是来自心底。

无数画面交错闪烁，各种感觉同时爆发，与之前的碎片不同，这一次的记忆片段很完整，带着强烈至极的情感。自责与悔恨，失落与迷惘，恐惧与绝望，它们混杂在一起，如同万千刀刃插入五脏六腑，不断搅动。

心中有个声音在呢喃，彷徨着找了无数理由，却终究无法原谅："我总说自己很忙，以为做的一切都是为了你们，我总以为时间还有很多，过去的也能弥补，却忘了什么才是最重要的东西……"

心中的声音又在嘶吼，用尽各种污言秽语咒骂，并一遍遍质问："我为什么不去死！我就是个无耻的混蛋，既然在这世上已经再没有任何亲人，为什么还活着！"

这声音似乎有种魔力，牵引着我的灵魂，让我突然觉得：生活的意义消失，生命也就没了价值，那留在世上，也确实毫无意义。

"去死！去死！立刻去死！马上去死！"

声音越来越刺耳，越来越狂暴，震得我不住颤抖，身体似乎被某种意志驱使，不受控制地慢慢从病床上坐起，扶着椅子一步步挪到窗边，爬上窗台。

窗户刚打开，风便猛地灌了进来，将床头的文件吹得四处飞散，如同欢叫的幽灵在起舞祝祷。

我看了一眼绚烂浮华的都市夜色，没有一丝留恋，缓缓抬起右腿，向窗外迈去，可就在迈出的刹那，又有一个声音在耳边响起，打断了那些催促的嘶吼："活下去，一定要活下去，哪怕仅仅是为了活着！"

刹那间，身体突然提不起半分力气，不自觉向后倾倒。我抓住窗框努力想恢复平衡，却一阵晕眩，从窗台上倒栽下来。

安全警报响起，护理仿生人冲进来，将我拖起，按在床上。我无力挣扎，也不想挣扎，死鱼般趴着，任由他们给我注射镇定剂。

神志浑浊前的最后一刻，视线扫过左手，掠过散落在旁边的一页遗体解析报告，恰好落在之前并未注意的物质数据上。我依旧未在意，也没打算思考，可大脑却已自己得出了结论——电解质数值超出正常值 32 倍。

肢体在镇静剂作用下逐渐麻痹，问题却在心中不断涌起。

我为什么会知道这个数据正常值是多少？

因为电解质与生物电相关，而我恰好看过大量人体生物电相关资料。

我为什么要看人体生物电资料？

我研究的课题是纳米微机安全框架，纳米微机的能源正是来自生物电萃取。

生物电萃取是什么意思？

这是人体内全方位应用纳米微机的动力技术，利用人体生物电供给微机运转及自我维护，以达到注射后半永久应用效果。

……

我在问，大脑中觉醒的记忆在回答，诡异的分离感让我有些恍惚。随着问题一个个解答，无数相关知识在脑中浮现，填补了大段模糊空缺的工作记忆，可记忆越多，本能的逻辑分析就越深入，由这个不正常数据引发的疑惑也就越深。

为什么电解质数值会高出这么多？

这与人体自燃到底有什么联系？

人体自燃的原因真的是官方所说的磁场紊乱和空气电离子增多？

……

终于，不知是因为记忆缺失，还是知识匮乏，大脑的回答停滞了。

无解的困顿让死灰般的意识产生了十分古怪的情绪波动，求知欲和好奇心伸出无数爪子，拼命抓挠着，让我感觉如果就此死去一定会死不瞑目。这一刻，身为科学研究者的强迫思维胜利了，探寻真相的欲望压过了寻求解脱的诱惑。

我还不能死。

◆ 2 ◆

我没有听从主治医生继续休养的建议，天明便办理了出院手续。

遵循已恢复的常识记忆，我使用都市智能行政管理系统顺利申领到了妻儿的遗体。遗体本就已化为灰烬，不需再进行生物分解，三个小小的罐子就装载了他们生命全部的重量。随后，我又提交了对遗体回收纳米微机的深度检测申请，却当即就被驳回了，系统的答复是"常规检测未发现异常，无需浪费公共资源"。

我对这判定有些不解，愣了许久才想起还可以尝试人工申请，于是按照日常出行习惯，坐上公共立体交通，前往行政申请中心。

列车在封闭磁悬环道中高速穿行，轻微的震动顺着地板传向全身。看着车窗外的风景掠过，各种生活片段渐渐在我心头浮现，有日常通勤的繁杂，有全家出行的温馨，还有与妻子第一次相遇，每一帧都散发着平凡却幸福的味道。

那天，她束着长发，穿着修身的米色长裙，怀抱刚从朋友婚礼中接到的捧花，与人说笑着走进车厢，带着无尽的美好，站在了我旁边。

我傻乎乎地看着她，直到被她的朋友训斥了才发觉自己的冒失。我鼓起勇气想作自我介绍，却磕磕绊绊地连自己的名字都没说清……

"酱油？"

"是江……江流。"

"葱姜的姜？"

"不是……是……是江河的江。"

当时就该想到的，一个年轻女孩，满脑子都是调味料，必然是个吃货，女儿那么嘴馋，必然是遗传于她。

……

我陶醉在记忆中，细细品尝着爱情的味道，感受着曾经的美好，可就在这时，某种奇异的感觉突然随着记忆一同爆发，带起强烈的不适感，令我浑身颤抖。

暖黄色的世界陡然变了模样，空气中充满冰冷的尖刺，每道人影都被涂抹上危险的色彩，每次视线碰触都让我头皮发麻，每次肢体接触都让我心慌气短。我想起来了，这是社交恐惧症，是困扰我多年的心理障碍，它不甘心被遗忘，附着在记忆上一同觉醒了。

我无力抵抗，只能把自己拼命缩进角落，背着身不停按压指甲，用疼痛压制惶惑狂躁的情绪。

一路强忍着身体上的各种抗拒反应，小心翼翼回避与人近距离接触，好不容易挨到行政申请中心，我已经面色惨白，浑身大汗淋漓。

申请中心里的人并不多，给了我足够的喘息空间，我在排号器登记后便坐在边角等候。命运似乎很喜欢跟我过不去，前面不过 10 个号码，我却足足等待了 3 个小时，才受到接待。

行政人员接过申请，在判定扫描仪上过了一下，便放在旁边，随口回道："不通过。"

"麻烦请再看看，这个电解质数值是……是有问题的，深度检测的话，一定……一定能找到生物电关联的数据……"我沉默了几秒，强忍身体的颤抖，咬着牙仰着头，硬逼着自己大声恳求。

行政人员歪头瞥了我一眼，公式化地回了一句："如有疑问，可以向行政智能管理系统提起申请。"然后抬手关闭窗口，准时结束了今日的工作。

我很无奈，也很愤怒，我不明白，为什么人会比程序还要冷漠无情。

记忆泛起一丝涟漪，试图平复躁动的情绪，并提醒着我：在人工智能普及的当下，除了艺术与科研等必要工作，人工服务早已可有可无，这些公务轮值者通常都是补充资历的政治义工，他们很清楚，当死循环让人们精疲力尽，刁民自然就学会放弃，不再试图浪费联合政府宝贵的资源。

这样的"安慰"让心情更坏了几分，但无可奈何终究还是让我逐渐冷静下来。情绪稳定了，思路便渐渐恢复清晰，逻辑思维并没有受到记忆缺失的影响，我将所有相关信息聚拢，又梳理了一遍，随后翻开手里的纸质文件，目光落向文件最末责任法医的签名——夏橙。

官方渠道走不通，我只能尝试私人交涉了。经过系统申请，我获得了投诉查询仪的操作权限，一番烦琐的操作后，总算在核对投诉对象的选项中看到了夏橙的样貌。

有些意外，夏橙一点都不像个法医，她是个很年轻的女孩，留着有些俏皮的短发，戴着圆圆的眼镜，摄录立体影像时并没像其他人那样面无表情，而是摆出了一个灿烂的笑容。

我在司法鉴定所外守了很久，直到夜幕降临才终于等到夏橙出来，她比立体投影中看起来还要开朗，工作到这么晚，脸上也依旧没有颜色，还会因为买了一块古典糕点犒劳自己而开心地傻笑，真的是人如其名。

步行数百米，离开嘈杂的主干道，夏橙拐进一个狭小的街区公园，坐在长椅上准备享用自己的夜宵。

我深呼吸几次，勉强压住因社恐心理而不断加速的心跳，从侧面慢慢走上前，想要打招呼，可还没等我开口，旁边突然冲出一道身影，猛地抓住了我的手腕。一阵天旋地转，我还没明白怎么回事就被掀翻在地。

抓我的是一名仿生巡警，他的力量根本不是一般人能抗衡的，只单手一提一压，便将我按得跪在了地上。

"女士，这个人携带有犯罪基因，一直在尾随你，有一定危害嫌疑，请问是否需要我将其带走调查？"仿生巡警给我套上拘束环，再次扫描核对我的个人信息，然后向夏橙确认处理意见。

我恍惚了几秒，才想起个人信息中标注有犯罪基因遗传，一旦有可疑行为，随时随地会被控制调查。这个困扰我多年的麻烦，并没有因为失忆而消失。

"我不是坏人，我的家人因为自燃事件遇难，检测法医是这位夏橙医生，我只是有疑惑，想问问……"我连忙解释自己的身份和来意，可还没说完，拘束环便加大力度，勒得我满脸涨红，无法再开口。

身体上的强烈不适让精神更加集中，于是记忆也被这熟悉的痛苦唤醒。

哦，是的，我想起来了，这样的情况我遇到过几百次了，在仿生巡警的思维模式中，犯罪基因遗传携带者的一切行为都值得怀疑，一切言语都不值得相信，这是程序设定，不可更改，而更不幸的是，大多数人也都是这么认为的，没有程序，却同样根深蒂固。

接下来的情况，应该和以往一样，夏橙惊恐地点头，迅速远离可能的犯罪危险，而我则会被带回警局，接受整夜询问，直到有人前来保释……

"你真的……只是想询问关于家人自燃的疑惑？"夏橙犹豫了片刻，示意仿生巡警将我放松一点，轻声问道。

这个反应实在出乎我的意料，趁着拘束环放松连忙解释："是的……你看，这是报告……这是我家人的余灰。我是第十三研究所人工智能安全研究员江流，我的妻子要云磬，我的孩子叫江恪和江愉。"情绪极度紧张下，我的手颤抖得厉害，尝试了两次才从挎包中掏出文件和罐子。

"是的，他们的名字很好听，我有印象，确实是我做的遗体检测，"夏橙盯着我的眼睛看了许久，终于点了点头，让仿生巡警放开了我："我们找个地方坐下来说吧。"

仿生巡警没有就这样离开，它远远跟着我们，直到超出它的执勤区域，才转身走开。

夏橙带我走进了路边的一家茶餐厅，餐厅门外仿生速递员排成长龙，餐厅内顾客却寥寥无几，他们在等餐期间也沉浸在全感投影的娱乐中，身形静止，表情各异。

熟门熟路地点了些速食后，夏橙带着我在角落坐了下来，见我仍十分局促，她便主动聊起餐馆的口味、厨子的八卦和其他一些轻松话题。

充满善意的氛围让我的情绪逐渐放松，我渐渐停止了按压指甲的动作，也拿起圆球形的合成食物慢慢咬了起来。碳水化合物混合着蛋白质，高热量的浓缩油脂让口感有些腻，味道却并不糟糕，比医院的营养餐要好得多。

交流终于变得顺畅起来，话题也逐渐转入正题，开诚布公的谈话中我才明白，夏橙为何会冒着危险，给我这个犯罪基因携带者探讨的机会。

作为生物医学博士研究生，夏橙因课题需要接触了大量案例，早就对数据偏差产生疑惑，之所以主动申请调入检验中心负责自燃者遗体检测，就是为了进行最直观的分析。一个人进行无法公开的研究是孤独的，如同独自在漫漫长夜中行走，迫切需要倾诉与认可，所以当我出现时，她便产生了某种找到同类的亲切感。

人与人之间，最远的距离是猜忌，最近的距离是理解，我在记忆中找到了相同的感受，于是，这种类似"同病相怜"的感觉让我终于放下戒备，说出了自己的看法："残留物质中电解质数值极高，如果排除球形闪电等外部极端因素，说明自燃时人体有强烈的生物电放电现象，而电位变化和神经刺激都根本无法达到这种强度，最大可能就是人体内全方位应用纳米微机出了问题，它们的驱动能源正是人体生物电。"

　　这个观点让夏橙十分惊奇，她眼睛亮了起来："所以我之前的方向错了，溯源重点不是人体细胞，应该是纳米微机？"

　　我用力点点头："有 57% 的可能。就算源头不是它们，感应数据中也一定有环境变动记录，能理清能量波动的细节，找到其他源头的线索。"

　　夏橙托着腮认真想了半天，微微皱起了眉头："可是……研究纳米微机？这个我不擅长啊，生物医学虽然涉及相关应用，却并不会深入程序解析。"

　　话题转到了这里，逻辑思维告诉我，应该说一些追求科学真相为名的花言巧语，可我根本不知道该如何开口说出那些违心的话，更无法用谎言去亵渎宝贵的善良与真诚。踌躇了许久，我还是顺应本心说出了真实想法："不需要你去研究，我可以研究……其实，我本就是希望你能帮忙取得一点我妻子和孩子的纳米微机……我知道这个请求强人所难，有可能给你带来麻烦，我愿意支付报酬，愿意承担所有责任……我只是想找到人体自燃的原因，查清家人死亡的真相……"紧张之下，舌头又有些不灵便了，我急得满头大汗，拼命调动自己少得可怜的口才，可惜，对数据演算极为敏感的大脑却没能帮上一点忙。

　　夏橙歪头认真想了想，无奈地摊摊手："我是很想帮你的，可按管控法规定，所有纳米微机在宿主死亡后都会被曙光公司回收处理，以防流入非法渠道。你家人的纳米微机，在检测报告完成时就被管理系统自动回收了。"

没错，这是常识，人人都知道的常识。

一块记忆碎片后知后觉地在脑中浮现，炸裂声清脆悦耳，似乎在得意自己恶作剧的成功。我呆滞了许久，再没想到任何办法，眼中的光芒逐渐熄灭，人不自觉地佝偻了下去。

"哦，果然，我还是无能的，还是渺小的，还是个笑话。果然，我还是应该去死的。"心中的声音再次响起，虽然微弱了许多，却依旧让我无可辩驳。或许，这才是心中的本意，对真相的渴求不过是浅层意识的自我欺瞒与徒劳挣扎。

我一点点陷入绝望，眼看便要窒息溺亡，就在最后一丝气息要从躯壳中溢散的前一刻，夏橙突然想起了什么，把手里的饮料往桌子上一墩："你家人的解析样品应该还没有销毁，我可以想办法把它们替换掉，拿来给你，这个可以吗？"

这种情绪的大起大落让我大脑一片空白，半晌才回过神，我一时不知该埋怨她几句，还是该说些什么来表达感激，只能愚笨地说道："谢谢……感激不尽。"

空荡荡的家里连空气都是冷的，我独自在房间中静坐，犹如午夜孤寂的幽灵，而与这种直观感受相矛盾的是，视线所及的每个角落都充满了妻子的关怀与唠叨，耳膜鼓动间到处是孩子的欢笑与吵闹。

一段段往日时光夹杂着各种情感在脑海中不断闪现，没有前后记忆铺垫，没有递进情感引导。这些片段的频繁爆发带动情绪骤然起伏，更像一种精神折磨，不停在心上割出新的伤口，犹如凌迟的酷刑。

我主动提交申请终止了病假，希望用工作来分散注意。研究工作很枯燥，但有助于缓解痛苦、恢复记忆，更有助于寻找真相，而且似乎总有个思绪在提醒我，它也不该再被继续耽误下去了。

再也没有人叮嘱我注意安全了，也没有人惦记着让我早些回家，隔日清晨，我在陌生的安静中踏出了家门。如今，节俭已经没了意义，代表财富的信用值不过是一堆数字，我没有再忍受社恐乘坐立体交通，而是召唤了单体交通服务。

自动驾驶悬浮车启动，汇入都市日夜不息的立体车流。车窗外到处可见曙光公司的宣传立像和纳米微机的升级广告，最大的全息投影中，美丽的代言明星正身处虚拟的人类基因序列场景中，宣讲即将上市的基因修正和体质强化功能，一边回顾过去，一边展望人类文明灿烂的未来。

相关的社会记忆之前便已恢复，如今随着联想变得逐渐清晰，犹如古书籍的旁白般，为我讲解着有些模糊了的常识。

30年前，曙光公司建立纳米微机辅助体系，带领人类进入了纳米时代，经过多年发展以及地球联合政府入股改制，如今它已是人类社会四大基石之一。

随着编程技术飞速提升，时至今日，纳米微机已经实现能量萃取和自我修整，可以在人体内半永久运行。外伤快速自愈成为现实，各类慢性病及心脑血管疾病不再是困扰，病毒感染威胁大减，癌症被彻底灭绝，人类平均寿命延长至 140 岁，就此发展下去，或许人类真的可以突破生命枷锁，成为更高阶的生物。

"越是能给人类带来巨大利益的科技，一旦失控，造成的灾难也越恐怖，所以，克制才是科研最基本的原则。"

记忆在外界影音信息的刺激下愈发清晰，开始延展，甚至开始出现连锁效应。我十分赞同这句关联出现的警句，却一时想不起它的出处。

头有些痛，有些抗拒答案的搜索，情绪有些起伏，释放着某种类似愤怒的情绪。我很纳闷，忍着头痛，一遍一遍默念着这句话，加强着对记忆的刺激。当疼痛引发耳鸣的一刻，答案随着一声不自觉的嘶吼陡然闪现。

我想起来了，说这句话的人是我的父亲，他在我 8 岁时因为反人类研究引发重大灾难，被处以极刑，而我也因此被安全系统划定为犯罪基因携带者，从小便随时随地都要面临警示调查。

那些过往的岁月里，嘲笑与欺凌是生活的主旋律，惶恐与愤怒是岁月的咏叹调，从孩童时到成年后，不管我如何努力学习、表现，一切都无法改变。

我看到了被推搡在脏水中的我，看到了被关进厕所任人泼洒污物的我，看到了被当众耍弄侮辱的我，看到了头破血流却无处述说的我……冷落、孤立、辱骂、殴打，太多不愉快的事情让回忆变得混乱不堪，夹杂着人性的丑恶，混合着身处地狱般的绝望，如腐烂的垃圾从天而降，将我掩埋。如果不是母亲为我挡下了更多恶意，或许我早就不堪忍受，结束自己的生命了……

恍惚中，悬浮车已在目的地降落，车门开启，突然传来的嘈杂声打断了不该被想起的记忆，我仔细看了看第十三研究所独特的穹顶，才确认定位系统没出问题。

平时极为安静的研究所此刻人声鼎沸，门前挤满了媒体外勤和体验主播，正在绞尽脑汁用各种方式吸引流量与关注，空中密密麻麻满是悬浮的全息摄录仪，仿佛古代灾害纪录片中遮天蔽日的蝗虫。

本就躁动的情绪在社恐心理的搅动下更加混乱，让我胸口发紧，几乎要窒息了。我不断深呼吸，伫立了很久才慢慢平复骤然加速的心跳和呼吸，也从嘈杂的播报中明白了这番热闹的起因——就在今早，研究所所长陈浩然教授第五次获得人类科学奖，被世界科学同盟授予终身成就勋章，成为第十位列入地球联邦创世名录的科学伟人。

如此辉煌受到举世瞩目，却与我这样的小人物没有什么关系。我强忍不适，费尽力气挤到电子围栏前。接受完仿生警卫的扫描，正准备转入员工通道，大门突然向两边滑开，神采奕奕的陈教授被众人簇拥着走了出来，人潮顿时翻涌而上，将猝不及防的我拍倒在地。

额头在围栏基座上撞出一道很深的伤口，疼痛感刚刚泛起，体内的纳米微机便已封堵血管，开始催动肌体再生，伤口以肉眼可见的速度愈合，鼻腔内的软骨损伤也被修复，但已流出的血还是糊了我满脸。

我抹着鼻子，狼狈地扶着围栏想站起来，却被挤得再次踉跄跌倒。一只手搀住我的胳膊，将我拉起来，我抬头看去，正是陈教授。

陈教授递过一块手帕，轻轻拍了拍我的肩膀："怎么这么快就回来工作了，应该多休息些时日的。意外谁也无法预料，你要节哀，保重身体。"

慈祥的面容与记忆中的过往重合，让我心头一阵微颤。

我苦难的生活在大学遇到陈教授后发生了转折，在他的欣赏与庇护下，我才顺利完成学业，有机会进入研究所工作，也是在他的帮助下，我才能通过基因审核，结婚生子，拥有简单却幸福的生活。他是我的老师，也是我的恩人。

刚刚经历过无数负面记忆冲击，陡然落入这片温热之中，我不免有些失神，努力克制才忍住眼中的酸涩。

陈教授没有注意到我的情绪起伏，他转回头，打开纳米微机高端用户的扩音功能，向诸多媒体朗声说道："很感谢大家的支持，但是，我今天的成就并不应属于个人，而是研究所全体研究员的成就，是全世界科研工作者的成就。每一项科技成果，每一次社会进步，都凝聚了无数人的辛劳，你们不要总宣传我这种老头子，请把眼光看向每一个为科研奉献的无名英雄，他们才是真正的平凡而伟大……"

简短的演说后，陈教授被护卫着穿过人群，乘坐专车去参加获奖庆典，主播们在欢呼呐喊，庆祝完美蹭到今日最高热点，分享独家现场获得了丰厚的奖励。我擦净面颊，将手帕攥在手中，满含崇敬地目送陈教授的专车远去，这才转身走向研究所内。

这时，围栏外最近处的一个主播无意间看了我一眼，突然想起方才陈教授对我的关怀，便高声喊道："哎！你叫什么名字，要不要接受一下采访，说说家中到底发生了什么意外，谈谈人生理想。"

其他主播们顿时也回过神，纷纷向我呼喊起来。

去你妈的意外！

去你妈的理想！

……

看着这些人的嘴脸，听着他们的吵嚷，我心中怒气疯狂翻涌。我想对他们怒吼，可身体却因为社恐在本能颤抖，两腮肌肉在牙齿咬合中鼓起，又不得不慢慢平复下来。我终究还是没有开口，只是转身快步走进了深邃的长廊。

研究院隔音效果非常好，听不到一丝外界的嘈杂，核心研究区在地下 3 层，简约洁净的环境让这里显得有些冰冷，绝大多数研究人员都在各自的研究室专注于工作，偶有在走廊相遇，也没有过多寒暄。

权限扫描后，人工智能第三实验室的门无声滑开。这间实验室专属于我的项目，没有其他人，只有两名仿生助理，男的名为三伏，女的名为七夕，名字有些古怪，分别取自两个孩子的生日。

看见我回来，三伏和七夕停下了手里的工作，快步走过来，按程序对我躬身行礼，可口中的童声问候却不符合设定，显得十分突兀："爸爸不工作！爸爸早回家！"

我愣了许久，终于想起，这并非程序错乱的胡言乱语，而是孩子们来实验室参观后任性的要求。他们发现仿生人能完美记忆话语并随时模仿复述，便胡搅蛮缠，硬将这两句话设定成问候语，以提醒我尽快结束工作，早些回家。

此刻，这问候如尖锥刺入胸膛，在堤坝上敲开了个小小的缺口，只停顿了一秒，裂缝骤然炸裂。

儿子出生时的啼哭，女儿亲吻胡茬的娇嗔，孩子们出生至今的所有记忆同时奔涌而出，累压的情感也跟着从缺口中轰然爆发，激荡的洪流在大脑中撞击出山崩般的巨响，与原本仿佛是别人的记忆撞击、混合，最终变得真真切切，失去一切的痛苦不再仅仅存在于信息层面，而是真正的痛彻心扉。

原来，情感才是这世界上最狂暴、最沉重的东西，它们聚合在一起骤然落下，犹如整个宇宙砸在身上，任何矜持与防备都会被压为齑粉。

逻辑思维的控制失效了，一直保持冷静的情绪彻底崩溃，一直未流出的眼泪喷涌而出，我张开双臂搂住三伏和七夕，哭得肝肠寸断。

这一刻，我才真正活了过来，这一刻，我心痛得只想死去。

◆ 3 ◆

与夏橙第二次见面，依旧在茶餐厅的角落，因为逐渐熟悉，我们的交流也自然了许多。

"加油！我们一定会揭开谜团，彻底消灭人体自燃。"夏橙将装在透明胶囊里的纳米微机样本交给我，使劲吸了一大口奶茶，不知是在给我打气，还是在给自己打气。

夏橙的热情很具有感染力，让我以为一切会变得顺利，但很可惜，这只是一种错觉。

研究所的项目审核系统并不比都市行政智能管理系统好说话，它没有通过我分析纳米微机的立项提案，拒绝理由是："无研究授权，无研究价值，无必要理由"，连二次申请的机会都没给。

自从情感爆发后，我的性格似乎发生了些许变化，已经不太习惯像以前那样隐忍，此时我真的很想揪出系统的AI，把它的主程序按在数据粉碎机上使劲摩擦，问问它到底是怎么瞎的，但也仅仅只能想想而已。

如今，唯一的可能就是单独立项，陈教授作为所长可以绕过系统审核直接为特殊项目立项，不过因为需要其本人担保，所以他极少使用这项特权。我很清楚，自己的思路没有理论支持，没有实物论证，请求支持实属荒唐，但我真的想不到其他合理办法了，最终还是敲响了陈教授办公室的门。

陈教授刚参加完一场交流会，喝了点酒，有些微醺，正在泡茶，见到我又是一番宽慰，并让我不要担心课题进度缓慢的问题，日程与经费自有他协调。

我实在不想给这位老人添麻烦，心中一次次泛起放弃的念头，可又始终无法抹平对妻儿的愧疚，更无法压制追寻真相的欲望。犹豫再三，我还是厚颜说起了对自燃事件起因的怀疑，希望陈教授能支持我单独立项研究。

教授认真倾听完，沉吟良久，叹了口气："江流啊，我能体谅你的心情，不是我不想帮你，而是这想法实在达不到立项的标准，尽管你是我的学生，但我也不能因此徇私啊。这样吧，先放一放，等时机成熟，我们再讨论这个提案。"

拒绝很委婉，给我留足了体面，惯性思维告诉我应该顺势退下，可我还想争取一下："老师，请给我一个机会，只要有足够的数据比对和运算支持，我一定能……"

陈教授挥手打断了我，语重心长地说："科学同盟专家组三年前就已查明，人体自燃的起因是地球磁场异变和仿生人过多导致的空气电离子增加，而且早已开始深入研究寻找治理方法。如果你想为家人做些什么，那就更应该专注于自己的第一序列法则研究。仿生人 AI 突破安全框架的越来越快，抑制异变大范围扩散才是当下最重要的事，贸然转移课题，对你本人，对研究所，乃至对科学，都是不负责任的，你要分清轻重缓急。"

"不！我可以两面兼顾，可以付出更多工作时间，我不想等！"强硬的话语未经大脑便脱口而出，情绪突然有些失控，还带着莫名其妙的愤怒，让我自己都意外地愣住了。

我这是在干什么？失心疯了吗？

陈教授没有责怪我的失礼，只是深深地看了我一眼，叹息道："唉，我知道你这些年的辛苦，也知道你想走自己的路。这样吧，第一序列法则研究完成后，我会给你第二作者署名，并正式推荐你进入世界科学同盟，那时你将进入全新的世界，拥有全新的生活，想要参与什么研究都自然会水到渠成，这样，可以吗？"

"对不起，老师，我不是这个意思……"我羞愧至极，连忙摆手，解释自己绝不是想借机索取什么。

陈教授端起茶杯，慢慢喝了一口，笑着安抚我："不要着急，好好努力，一切都将是最好的安排。"

心底激起几粒细小模糊的微尘，一闪即逝，看不清什么，却混杂着某种古怪的情绪，我很疑惑，但话已至此，不好再多说什么，我只好学着记忆中的模样，低下了头，闭上了嘴。

　　生活回到了被工作驱动的节奏，第一序列法则的研究也终于重回正轨。

　　无数仿生人 AI 样本在比对分析，海量数据在推演运算，熟悉的环境不断唤醒着记忆，一遍遍将它们洗刷得无比清晰鲜亮。相比于人生经历和情感悲欢，知识与数据更为简单规律，在工作中恢复得十分迅速，而且没有任何头痛或耳鸣的刺激反应。

　　我在研究室的时间越来越长，几乎到了废寝忘食的地步，没有人知道，我并非单纯在用疯狂工作来麻醉自己，而是将纳米微机样本的数据混进素材库，借职权将其列为研究所核心智脑的重点分析对象，在正常工作之余，用研究所设备进行对应分析，私自进行研究。

　　我终究还是犯罪了。

　　尽管这只是轻微的职务犯罪，但依旧应验了我最痛恨的犯罪基因遗传论，可奇怪的是，我心中并没有曾经预想的恐慌，反而有种莫名的畅快，这种与自身价值观相悖的心理十分怪异，根源很可能是因为过程太过顺利，让犯罪缺乏了真实感。

　　第一序列法则项目名义上由陈教授主持，但实际上真正的进程负责人是我这个第三助理。陈教授的精力都投注在重大项目上，这类中小型项目都是由各个助理负责，只是每个月听取一次汇报，然后给予方向上的指导，这样的流程历经多年，早已变成惯例。在这惯例影响下，第三实验室少有访客，更没有流程记录，我的犯罪几乎不会被发现。

姜伟是少有的访客之一，如今，他在门禁通信里的大呼小叫比以往更为刺耳了些："江流，快点出来啊！告诉你个好事！快点！"

我皱了皱眉，逻辑思维适时地提取了相关的记忆。

姜伟与我从小便相识，大学也就读于同一学校，那时他便十分放浪，业余时间都在玩乐享受，后来虽然通过家中关系进入研究所，但也没安分下来，经常借研究便利到处招摇，如今混到中年更是不耐烦做研究，开始到处钻营投机，捞取名利。

虽然我并不喜欢姜伟的性格和生活态度，不过按记忆来看，他也算所内最常与我来往的人了。出于礼貌和习惯，加上已是午饭时间，我中断工作，走出了实验室。

"江流，你小子还真是走狗屎运啊！竟然就红了啊！"姜伟用力拍着我的肩膀大声嚷嚷，丝毫不在意走廊中其他人的目光。

"什么红了？"我低头看看自己，没在身上找到任何红色。

"无限维度的热点标红啊！你现在可是话题人物了，好几个大型传媒都把你的事放进了头条，关注度一路暴涨呢，你小子要发了！"姜伟的眼神中有些许嫉妒，还有几分嘲讽。

"无限维度？"我依旧有些疑惑。

姜伟又在我肩膀使劲拍了一巴掌："对啊，无限维度，你是失忆了，还是高兴傻了。"

无限维度，当今世界最大的信息交流平台。之前在轨道交通和茶餐厅看到人们沉浸的全感投影，还有在陈教授获奖那天在门前聚集的媒体，都与这个名词有关，只是当时与我并不相干，大脑根本没有对其做出反应。

除了寻找资料和讨论问题，我很少登入无限维度，所以相关记忆有些模糊。简单应付着姜伟的喋喋不休，在餐厅就座后，我才从常识记忆中翻找出对无限维度的认知。

相比于旧信息时代那名不副实的元宇宙，纳米时代的无限维度真正完成了虚拟世界的构建，联接也早已不需任何外部设备，人们只要通过体内纳米微机将五感代入其中，便可以通过意识投影获得无比真实的体验。

这里有包罗万象的数据信息，有一应俱全的应用程序，更有无数沙龙派对、新闻话题、流行时尚、文学运动、音乐影视、游戏博弈……包含了从古至今所有的文化与娱乐，甚至可以共享记忆片段，获取各种梦寐以求的刺激，包括且不限于美食美味、奢靡生活、情欲感触、血腥战争。

在无限维度中，你可以发表任何言论、表述任何观点、提供任何共享，以获取关注和赞赏。只要你拥有足够的关注和赞赏，并将其转换为信用值，就能在自我空间中享受任何娱乐、接受任何服务、体验任何感受。没有上限、没有下限、完全自由，如此美好的世界，让无数人流连忘返，欲罢不能。

记忆牵引着相关信息不断浮现，一种强烈的厌憎感也随之升腾。我没时间深究情绪的混乱，登录个人领域号码，命令体内纳米微机启动传感功能，一瞬的缓冲停顿后，光影流转，身边的世界骤然消失，无限维度在我眼前绚烂绽放。

亿万个大小不一的领域如繁星般悬浮于无垠虚空，无数光芒闪烁呼应，层叠泼洒画成星河；数据交互与信息传输的动态射线交错延伸，织造出浩瀚云海。无数功能块区漂浮在银河螺旋中，各色领域空间散落于光轨之畔，千奇百怪的模拟形象在其中穿行闪现，奇幻与真实相互交错，构成了另一个美轮美奂的虚拟世界。

我的个人领域是最普通的基础版，球形光芒直径只有3米，没有装饰，也未购买特效和扩展权限，下方的关注者缩影不过寥寥数个，与以往一样毫不起眼，渺小如尘，可是就在领域开启的瞬间，信息更新激活，异变骤起。

无数光点从四面八方席卷而来，连成数条璀璨的光带，旋转着落入我的领域，关注者缩影疯狂暴增，转眼间已铺满视野可及范围，计数一路攀升，直接突破了30余万。

各种各样的馈赠不断倾倒入领域，令我眼花缭乱，几乎将有限的存储空间撑爆了。文字、声音、影像如暴雨般落下，有温言安慰，有心灵鸡汤，有好奇询问，甚至还有很多商业合作和访谈邀请，即使有纳米微机辅助信息处理，我的大脑依旧因运转过度产生了轻微晕眩。

虚荣心与满足感不受控制地开始蔓延，让我感到前所未有的兴奋，如果不是社恐症状引发了精神与身体同步的不适，这些虚假的色彩可能已经让我迷失了。

情绪平静下来，我才感到阵阵惶恐不安，连忙搜索查询相关信息，费了好大工夫，才终于清楚了这番万众瞩目的来龙去脉。

原来，主播们并没有因为拒绝配合而放弃我这个送到嘴边的餐后甜点，他们各显神通，将我的背景和遭遇挖掘出来，整理加工成作为平凡科研人员的苦情花絮之一，附加在陈教授的话题下，作为收费彩蛋，甚至还编出各种版本的煽情故事，通过影视模拟赚取利润。在获奖热点的携带下，在群策群力的包装中，我这个最悲惨花絮的主人公便鸡犬升天，热度甚至超过了"南方都市群仿生人大罢工"，登上了今日热榜 TOP10。

我不喜欢被关注，更不喜欢这种被制造的关注，对我来说，这不是荣幸，而是折磨。我退回所有馈赠，拒绝所有邀请，没有回复任何信息，转身离开了无限维度。

虚拟世界中漫长烦琐的交互，现实中不过是几分钟时间，视网膜投影消散，餐厅的仿生人服务员正好把现制的自然食材营养餐送到我面前。

"怎么样，万人瞩目的感觉是不是让你原地高潮了？"姜伟见我退出领域，立刻兴味盎然地询问我的感受。

我皱了皱眉，说了句"没什么意思"，便开始吃饭。

"切，装什么装啊。"姜伟撇撇嘴，终于说起正题："怎么样，要不要炒一下热度，捞点信用值？我的热点追踪引流程序使用了最新算法，能范围锁定领域代码，进行精准推广引导，还能批量生成同概念智能评论，正好这次经费评审要进行应用演示，用你这个事件做实验，你也能赚不少合作费用。我不多要，咱们五五开。"

我扭头看了看他，一时不知是该谢谢他对我的惦念，还是该一拳砸在他脸上，还没想出答案，大脑已经踹翻惯性思维，自己选择了回答："不用，我已经拒绝了所有访谈和商业合作。"

"拒绝了？你脑子算数据算傻了吧，那可是信用点啊，是人生价值啊！"姜伟并不觉对我冒犯，自顾自地提高了声调。

我的声音却更低沉了一些："那是你的人生价值，不是我的。"

姜伟顿时语塞，表情扭曲地瞪着我看了半天，突然哼了一声，端起餐盘就走了。

我不在意他的恼怒，也不在意周围人投来的好奇目光，继续吃饭，只是突然觉得这些所谓高档的自然食物索然无味，远没有和夏橙一起吃简餐有意思。如果不是记忆缺失影响了喜好，那应该就是环境氛围造成了主观上的口味寡淡。

我的性格其实比口味更寡淡，极不善交际，在研究所的存在感很弱，弱到大多人甚至都不知道我的名字，所以除了追求人生价值的姜伟，其他人对我的事并不在意，他们更关心餐厅中央的公共新闻投影，那里的热闹显然更有趣些。

新闻中正在播放对异变仿生人叛乱的镇压，那些立体影像虽然没有全感投影般令人身临其境，却可以从各个角度全面看清镜头下的每个细节。

大群异化仿生人高呼着"生命自由、人权平等"，悍不畏死地冲向军警防线，试图冲出被封闭的街区，可惜，在高斯机枪恐怖的射速前，根本就是飞蛾扑火，唯一的下场就是被泼洒的弹幕撕成碎片。

密集到连成轰鸣的尖啸声中，仿生纤维和合金骨架的碎块漫天飞舞，能源传导液泼溅如雨，汇聚成溪，生化脑和神经元芯片冒着黑烟四处洒落，在空气中散布着久久不散的焦臭。片刻之后，横竖几条街道中的所有仿生人，都变成了地上堆积的废料，声势浩大的游行抗议顷刻间烟消云散。

激光切割线一遍遍犁着遍地尸骸，重型工程机械来回碾压着层层残肢断臂，自动回收车将纤维板块切割成条状运走回收。场面惨烈，但并不血腥，因为没有血，也没有肉，从严格意义来说，这一切都不过是人类通过暴力在摧毁某些失控的器物。

"239 都市群的仿生人骚乱已被及时清除，这次偶发的小规模程序错乱并未影响都市群正常秩序，系统漏洞也已完成修补……"

背景里的官方通告将事件说得轻描淡写，但知道更多内幕的研究员们显然并不这么认为。

"这段镇压画面不过是一个局部，军方合作项目组的人说，当时战损比可并不低，而且仿生人异化已经失控扩散，蔓延至近百个都市群，各地都已经开始出现小规模暴动了。"

"地球联合政府近期的举措实在荒唐，镇压力度不够也就算了，仿生人全部销毁重制的提案被各大财团反对之后，不想办法博弈收权，却搞出个生活自理运动，想通过宣传洗脑让民众自己销毁私有仿生人，思路真够奇葩的。"

"也别全盘否定，宣传还是有用的。花式毁灭仿生人可是现在最时尚的潮流游戏，无限维度里的杀戮体验共享率特别高，仿生人关爱组织天天示威，说太残忍了，不人道。"

"人道？AI模拟再仿真也不是生命体，仿生人是工具，设计成人形是只为了使用方便，没必要真把它们当生物看。"

"是啊，异变仿生人声称的所谓自我意识，不过是病毒增殖引发规则破坏，继而产生的反人类逻辑。这些工具竟然想要尊严和平等，还敢反抗人类，必须得销毁。"

"销毁也要讲究点暴力美学嘛，杀戮体验什么的也太野蛮了。第五研究组在开发的自毁系统就文明多了，发现感染征兆就会自动熔毁仿生脑，不浪费资源，回收成本也不高。"

"自毁系统要保持脑芯片不断自我扫描，会导致仿生人智力大幅降低，影响精密驱动，我觉得还是十七实验室提出的日常格式化方向更合理，不过信息备份是最大的难题。"

……

没有人会顾虑一只勺子的心情，所以大家的讨论都在公共频道中开放传递，丝毫不在意餐厅服务员和门外充能通道中的众多助理。

我叹了口气，打开自己的管理面板，关闭了三伏和七夕的频道信息自动接收。这个举动其实没有意义，我不知道自己为什么要这么做，可能仅仅是为了让自己心理上舒服一些，然而意识中翻涌而起的相关记忆，却让我一点也舒服不起来。

仿生人是纳米技术早期的初级应用，利用纳米纤维自我繁殖制造的生化躯体强健耐用，植入仿生脑芯片后智力可达到正常成人水准，一经问世便迅速在民用层面彻底替代了机器人，将人类从体力劳动中完全解放。

仿生人全面应用完善了社会保障，帮人类摆脱了生存焦虑。越来越多人无所事事，开始沉迷于在无限维度中享乐，甚至依靠生命维持装置十几日才苏醒一次，这更促进了服务业对仿生人的需求，环环相套的供需循环下，人类的依赖越来越强，仿生人越来越多。

烈火烹油的繁华中，失控的水滴骤然炸响，30年前的惊蛰，仿生人异变首次出现，武装暴动不到2天便毁灭了一个都市群。虽然联合政府及时镇压，将所有异变仿生人彻底销毁，又用陈教授研发的安全框架隔绝了异变源代码，但异变还是一点点向全世界蔓延，时至今日已成为最大的社会隐患。这些年各方机构都在研究消除异变的方法，我攻关的第一序列法则，也是可行性方向之一。

第一序列法则与其他传统思路不同，它并非陈旧的机械定律，更不是硬性的程序命令，而是将生命意识原本的序列重组，把人类利益强行排列于最上层，达到压制生存与繁衍等本能的优势，让仿生人主观认定人类利益比任何事都重要，彻底遵从人类至上主义，从根源上杜绝其自主异化的可能。

这个理论从某种意义来说，已经变相承认了仿生人的生命资格，极具争议性，而且运算规律超出已知编程理论范畴，框架规则和构成代码都是我完全按独立思路编写的，加之研究难度极大，进展十分缓慢，所以陈教授始终没有公开。

不管是新闻信息还是大家的讨论闲聊，我其实都不太关心。我没有多余的精力关注仿生人的死活，也不想讨论研究方向的对错，只是全身心沉浸于自己的数据分析，生怕忽略任何一个细微的线索。

纳米微机的 AI 结构与仿生人一脉相承，所以核心智脑按仿生人设定的解构程序对纳米微机样本的数据同样有效。5 天的时间，解析深度便达到 7 级，经过回溯整理，剔除掉所有正常代码，一段镶嵌在行动指令中的乱码被摘取了出来。

我来不及享受新发现的喜悦，迫不及待地开始进行解析，可好运似乎到此便用尽了。

134 次解析失败……569 次试验失败……1495 次试验失败……

时间一天天过去，无限维度中分享的销毁私有仿生人影像越来越暴力，各种花样的摧残虐杀不断抬高着付费额度，这段可疑乱码的解析却没有任何进展，所有读取方式全部无效，一切指令代入均告失败，任何模块驱动都没有反馈，这似乎真的就是一段偶然产生的废码。

三伏和七夕一直全负荷运转分担了大部分工作量，但长时间的无效工作还是一点点压榨掉了我所有的精力和耐心。在探索未知的道路上，人类的力量太过渺小，黑夜中摸索前行的感觉不单枯燥乏味，更令我感到深深的无力与挫败。

曾经到底是什么支持着我完成了那些比这更枯燥的研究？

是理想？是信念？是责任？还是求知？

我想回忆起来，以给自己增添耐心与勇气，可无论怎么努力，大脑也只传来阵阵隐痛，没有唤醒任何信息。无效的反复终于让我决定放弃这个代码的解析运算。

手指探出，按向虚拟光屏的取消指令，这时，我无意瞥见旁边因缺乏导向暂停推演的第一序列法则公式，手指突然停顿一下，鬼使神差地转了过去，将那完全不相关的公式代入了运算。

我在干什么？

公式并不完整，只有半段，这种操作不合常理，很可能引发悖论！

什么悖论？

悖论会导致计算无限循环，很可能造成不可预估的灾难性后果！

我怎么又犯了这样的错误！

为什么是又？又怎么了？

错乱的自我问答令意识一阵恍惚，等我回过神来，取消代入已经来不及。

虚拟光屏不稳定地微颤两下，神奇的事情发生了，运算没有弹出错误提示，也没有引发悖论，反而以一种从未见过的交互顺序开始重新排列运算点。

当标注符停顿在某个奇点时，乱码闪烁了一下，始终没有变化的模块突然开始移动，一步、十步、百步，数据交互越来越快，变幻的虚影甚至在视网膜中形成了一片迷雾。

不知过了多久，当所有运算点都完成交互，乱码以不可思议的形式重新组合起来时，迷雾散开，答案浮现在我眼前。

这是一个命令，类似第一序列法则的驱动命令。

◆ 4 ◆

金色的纳米微机顺应驱动命令，放弃正常工作程序，舞动鞭形触手，在碱基间穿梭，开始对线粒体进行改造。线粒体的异变引发细胞活化，细胞剧烈扭动伸缩，不断释放生物电，形成大量微小的光点。光点越来越多，转眼间便连成层层光晕。

正常人体生物电极其微弱，几乎感受不到，但此时单位面积的能量强度却足以熔化钢铁，纳米微机全力汲取生物电，转换为自己的能源，可取量太渺小，根本无法抵消恐怖的能量喷发。

视野向四周拓宽，光芒也随之弥漫，十个、千个、亿万个，无数细胞的光晕连接在一起，如水滴凝练为溪流，合并为江河，汇聚为汪洋，终于，细胞间最后一道缝隙也被灌满，整个微观世界被光芒吞噬，一切都被点燃了。

恐怖的能量狂潮无比凶猛，人体组织被瞬间吞噬，内脏、骨骼、肌肉、皮肤，从内向外，层层湮灭，炙白的光芒中，只有部分金属微量元素化为细碎灰烬，留下了生命曾经存在的一丝痕迹。与常规认知的能量爆发不同的是，当表皮细胞燃尽，不再有新的生物电补充，能量潮也便瞬间如浪花般消散，这种神奇的能量归零造成了更神奇的结果 —— 自燃结束，人体化为灰烬，衣物床具却毫无损伤，甚至没有一丝灼烧的痕迹。

最后一丝灰烬落下的刹那，时间静止，空间崩塌，全方位感应投射缓缓褪去，耳中传来轻微杂音，身体的触感回到座椅上，视野慢慢亮了起来。联合政府的大力宣传很有作用，茶餐厅外的仿生速递少了一半，餐厅内的顾客多了几个，我和夏橙还是面对面坐在那个角落中。

模拟影像分享断开，夏橙愣了十几秒才缓过神来，忙按照我的反溯模拟完成了生化数据对比，结果与遗体检测报告完全贴合。她一边整理数据，一边兴奋地说："我原本对数据解析都已经不抱期望了，可没想到你竟然解析了这么生涩的代码，还推演出如此不可思议的结果。厉害，真的是太厉害了。"

我严谨地解释道："解析和推演并没有全部完成，驱动命令的构成不符合现有的任何 AI 理论，想追溯起源只能靠穷举法，我没有权限调动那么大量计算资源，只能暂时进行到这里。"

夏橙倒是依旧乐观："这个模拟完全可以作为研究构思先公开的，只要获得认可，你就可以申请权限了啊。你是想向世界科学同盟提交论文，还是向联合政府评审局寻求认证？"

我微微一愣："呃，这些我还没想过，我只是想，既然确定人体自燃的源头出在纳米微机身上，那曙光公司就应该向我家人，向所有受害人公开道歉。"

"道歉？然后呢？"

"然后修补漏洞，防止这类事件再次发生。"

夏橙无奈地捂着脑袋提醒我："这个想法听起来有点幼稚啊……没有公开认证，模拟和数据就不具备法理性和权威性，如果你想向曙光公司追责，不论在无限维度爆料，还是向政府部门诉讼，这些都不会作为证据被承认的。"

公开认证对我自然是有利的，可一旦公开，第一序列法则的研究必然会被牵扯进来，我的职务犯罪会暴露，对陈教授也会造成极大影响，所以我犹豫许久，最终还是摇了摇头："这个框架规则和构成代码是我原创的，不到最终完成体系整合或者我专门讲解，根本没人能看懂，发了也白发。"

夏橙无奈地耸耸肩："那你到底想怎么办？就拿着这个模拟和对比数据去起诉曙光公司？"

"我想先发给曙光公司交涉，他们的科研部门都是专家，应该会明白其中的意义，承认并改正错误。"

"你觉得他们会重视这件事？"

"为什么不会？"

"为什么会？"

……

谈话陷入了僵局，变得没有意义，于是便停止了。

夏橙看我的眼神很古怪，似乎在看一个天真又愚蠢的孩子，想说什么却又不知该怎么说，最终只是又无奈地耸了耸肩，选择尊重我渺小荒唐的意愿。

夏橙的预料很准，伟大与渺小相距亿万光年，巨人永远不会在意脚下蝼蚁的声音，所以曙光公司官方领域拒绝了我的交流申请，个人邮件也因等级过低被自动退回。

无奈与颓丧的情绪从心底浮起，试图劝我遵从记忆中的习惯，就此放弃，我没有同意，选择了有些强硬的备选方案——在曙光官方领域的公众留言区以文字形式发起交流申请，并公开原因及诉求，还附带了模拟影像和数据对比图表。

按照《无限维度公平交流细则》规定，个人对官方领域的公开申请必须得到回复，于是曙光公司的公关 AI 终于做出了回应，但也只是勉强按最低等级程序预案行事，将用过多次的同类公告在官方领域又贴了一份，标注为回复我的信息。

公告的格式十分规整，内容却很空泛，去掉大量修辞和无用信息，总结下来就四句话："同情事故家属，希望理性追责，不容造谣诽谤，警告名誉侵犯。"

我刚阅读完公告，还没来得及为对方的敷衍叹息，日常蹲守各大官方领域的"解读专家"们便嗅到血腥味蜂拥而至，在公告下展开了热火朝天的讨论。

"纳米微机作为人体健康维护设备，却不能防治自燃，这本身就是产品漏洞，曙光公司必须为人体自燃负责，xxx 赔钱！"

"之前问责曙光公司的大多是认为纳米微机有功能缺陷，没有及时对人体自燃进行救治，但这次却认为根源就在纳米微机，还拿出了模拟演算，戏码可够大的。"

"模拟演算又不是事实真相。每个人体内都有纳米微机，如果真的是它们引起人体自燃，那应该是所有人都被烧死啊，想要赔偿也不能随便忽悠吧。"

"也未必不可能，看起来好像还挺可信的，不过这应该去向政府申诉才对啊。"

"这人不是前几天受陈教授关怀的悲情研究员嘛，这事有点意思啊。"

"这种情况很常见，亲人意外死亡后想方设法找个发泄对象索赔，哪怕毫无关联，也要强行扯上关系，这不是逻辑问题，是人性问题。"

"这××是膨胀了啊，真把自己当盘菜了，想借着悲情人设拿老婆孩子的死当筹码，靠社会舆论吃人血馒头，没必要搭理这种垃圾。"

"傻×，这××的穷疯了吧，最烦这种下里巴人，有多远滚多远！"

……

最开始只是无序的讨论，各种观点都是个人表达，但随着舆论主播们寻找各种噱头，开始向个人领域引流，观点便逐渐偏颇，话语也慢慢变得恶毒，不过片刻，公众留言区已经变得乌烟瘴气。

我突然想起之前看过的某个观点："时代在变迁，技术在变革，但人们对炒作噱头的关注点从未改变。反转才吸引眼球，意外才撩人神经，当崩塌的人设、险恶的剧情、海量的狗血、天降的财富，这爆炒四大要素齐全，盛宴就可以开席了。"

流量争抢进入白热化，不过几个小时，"最悲情研究员炒作妻儿死因强势讹诈曙光公司"就意外大热，掀翻了"虐杀仿生人是否属于不文明行为"，成为热议榜 TOP17。

我的个人领域又被淹没了，这次是铺天盖地的质疑指责，不管是文字还是语言，甚至影像和特效，都充满了戾气。我无法理解这些人的逻辑，想辩解又不知从何说起，此时我才渐渐想起，为什么之前我就一直不喜欢无限维度。

无限维度建立之初，极大推动了信息交互速度与力度，对人类文明进步功不可没，但时至今日，它已经从社会推动力，变成了精神榨取机。

这不是无限维度的错，而是人类的错。社会物质丰富消减了危机感，却并没有创造新的希望，人们精神极度空虚，陷入娱乐至死的怪圈，整日在争斗与刺激中寻求快感，对那些流于表面的浮躁信息高潮迭起，忘记了美好为何物，而虚幻的感官刺激越是丰富，结束后的空虚感就越强，周而复始，便形成了属于整个时代的颓唐，反过来继续增殖着这个失控的怪胎。

面对这种怪物的碾压，普通人是没有反抗能力的，面对如潮的舆论，口说无凭的解释根本改变不了状况。惯性思维在劝导我，希望我以和为贵、忍辱负重，放弃追责行动，默默等待谩骂者感觉无趣后转身离开；自尊却跳了起来，不允许我再苟且隐忍，不但要追究到底，更要还击这些恶毒的猜测与攻击，讨回应有的公道。

性格决定命运，命运改变性格，记忆重启让我暂时摆脱了两个圆环的束缚，得以重塑自我，于是引发了过往惯性与现在观念的分歧。我的本能想放弃这毫无价值的固执，可意识却试图将习惯微弯的腰挺直起来，这种矛盾让我错乱，甚至有些精神分裂的前兆。

感性的混乱需要交由理性裁决，几经权衡，逻辑思维最终得出结论 —— 如果数据链更完整，曙光公司就会重视，如果拿出无可辩驳的证据，真相就会彻底清晰，所以，请继续研究下去。

我欣然接受了这个结论，并无法自抑地沉浸于某种亢奋情绪，这些情绪中有执着，有不甘，更多的是愤怒，它们在怒吼，告诉我，必须用真相狠狠扇那些人几个耳光，让他们为自己的胡说八道感到羞愧。

是的，我不应该沉默！

我要挖出所有数据，将无可辩驳的结果砸在他们脸上。

我不会放弃！

哪怕地下埋的是一座山，我也要把它连根拔起。

强烈的情绪似乎触动了大脑某个开关，记忆碎片不断从深层浮现，为我牵出一个又一个灵感。我将第一序列法则公式代入乱码路径，按已知节点排列试错，再把正确数据与夏橙同步演算的生命信息叠加，对比后，反向计算公式，推理公式的下一个步骤，然后，将新公式继续代入乱码，如此循环，以双向互证法继续推动研究进度。

没有足够的计算资源，我就手动增速，没有相关技术支持，我就自己查阅学习，饿了，就让三伏去餐厅取一些合成食物，困了，就在实验室的躺椅上眯一会，我在如同莫比乌斯环的工作节奏中狂奔，不断压榨着自己的精力。我知道自己该停下来休息，可又总忍不住想再向前多跑一圈，终于，体内的纳米微机对我发出警告，自动弹出的健康监测中各项指标排满了警示符。

"爸爸不工作！爸爸早回家！"三伏和七夕试图用孩子们的留言规劝我休息，可他们不知道，这只会让我更加疯魔。

夏橙眼见无法规劝，只好给我注射大量营养液，并抽出更多精力全力配合我试错。

科研不是计件劳作，付出就有回报。大多时候，十万次努力也未必能换回一次成功，但这次，或许是我的固执感动了冰冷的科学规则，我们竟然几乎避过所有岔路，在身体和精神到达极限前理清了数据顺序，把代码从出现到终结的完整路径拼接成功，将模拟彻底完善了。

我再次在曙光官方领域公众留言区提起诉求，并展示了全部的演算链条。尽管绝大多数观众连一个计算节点都看不明白，但这一次，事件终于引起了部分高端媒体的注意。

高端媒体高的不只等级，更是着眼点，他们没有沿用被用烂的阴谋论，而是以"为民请命"的姿态批判曙光公司的傲慢与轻视，呼吁他们正面应对人民诉求。这一论调顿时引起了大多数低等级民众的共鸣，一时间从者云集。

曙光公司的反馈还没有来，姜伟却又来了。这次他拍打我肩膀的力度更大了几分："江流，你小子可以啊，不声不响就搞出这么大个事情，难怪之前那点收益你看不上，原来会咬人的狗不叫啊。你这一口，打算咬曙光公司多少肉？"

我微微皱眉，侧身躲开他再次拍来的手掌："我只是希望他们公开道歉，修补漏洞，没有索要赔偿。"

姜伟被闪了个空，脸色有些不悦："行啦，装什么装，不想要钱费那么大功夫编那么细致的模拟做什么，我看完都差点真信了。"顿了顿，又勉强摆出点笑容说："怎么样，要不要我帮你推动一下舆论？这次不用走实验流程，我私下给你追踪引流，就按你刚才说的，立个只要道歉的高端人设，起码能扭转三成舆论，然后抓紧和曙光公司谈价码，事成之后分我……"

"谢谢，不必了，我不需要立人设，也不需要价码，我只要是非黑白。"我握了握他又想挥起的手，表示感谢，然后转身离开。

姜伟愣了好几秒，才在我背后重重哼了一声："不知好歹，人家可有顶级的公关 AI，随便启动几个操控程序，就能把话题浇灭，稍微运作一下，黑的也能洗成白的，到那时候你可就惨了。众口铄金啊，社会性死亡喽，等着看好戏吧。"

我没有理会姜伟，因为按道理事情不应该是这样的，可事情发展往往不受道理控制。

曙光公司的公关系统稍微提高了一下应对等级，发布了个新的专向公告："对纳米微机的误解从其诞生之日起就从未间断，类似的观点也不是第一次被人提出，本公司曾斥巨资请世界级专家组研究论证，结果已于3年前2216年4月1日公布——人体自燃是因磁场混乱及电离子超限引发，与纳米微机没有任何关系。此调查结论由世界科学同盟背书，为联合政府官方认可。

此次事故发生后，技术部门按程序对回收的纳米微机进行了全面检测，并未发现异常。江先生提供的模拟缺乏理论支持，无法通过技术AI的可信评估，所以其片面的责任认定和要求，我方不予采纳。

曙光公司会继续保持对此类事件的关注，并希望通过大家的共同努力早日消除所有健康威胁，确保人类种族安全，完成生命进化。"

新公告仿佛某种魔咒，我刚刚将它读完，舆论风潮便再次倾倒，各种公私指向信息如山般砸到我的面前。

主流媒体口径统一，希望不要再为闹剧浪费公共资源；个人主播和高端媒体队列整齐，集体斥责世风日下、道德沦丧；围观域民们在各种领主率领下发起浩大的口诛笔伐，无数攻击特效和侮辱道具将我的个人领域彻底淹没。

我不懂舆论，但善于数据分析，体内纳米微机的搜索和传导也因为记忆恢复变得越来越快，为我提供了更多助力，大致整理相关信息我便发现了数据流的断层和异常。姜伟说的是对的，对付我这样的小人物和小场面，曙光公司的公关系统甚至不需要打扰人工，只是随便启动几个小程序，便解决了问题。

这就是现实的悲哀，在喧闹中，人们怀着不同的目的，关注着不同的角度，阐述着不同的观点，到头来，终是事不关己、各取所需，真正关注真相和结果的，只有我自己而已。

回忆中突然闪过某个古老平面电影的片段：有一个人被一群人污蔑，说他多吃了一碗凉粉没有付钱，于是用刀剖开自己的胃以证清白，挖出的粉只有一碗，他死了，但其实，根本没人在意他吃了几碗粉，人们想要的，只是一个热闹。

此时的我，像极了那个傻瓜，天真地以为一切都可以用事实证明。愤怒变成了无奈，我感到阵阵寒意，犹如迷失在无尽的黑暗丛林，看不到一丝光明，浑身提不起半点力气。

我终究还是软弱的。

我终究还是无用的。

我到底该做什么？

又能做什么？

找不到方向，也用尽了奔跑的力量，所以我只能停下来，假作休息，其实是变相做着放弃的准备。舆论热点通常 7 天为一周期，到时便会自然冷却，那时，不管我的身体是否恢复，勇气是否重启，一切应该也都结束了。

就在我的退场倒计时完结前，一位脑洞过大的科学主播想最后博取一下关注，抛出了个别出心裁的观点："众所周知，一般自燃事件中，人体会灼烧成灰但周围的东西不会被波及，甚至衣服都找不到有任何痕迹，但此次事件却很蹊跷，这个自燃的女人竟然引燃了两个孩子，这可是之前所有自燃事件中都未发生过的特殊情况，或许，这根本就不是自燃，而是谋杀！"

舆论再次燃烧起来，只是关注点已不是起因和诉求，而是事件背后到底是穷凶极恶，还是丧心病狂，人们似乎在集体欢呼："这里一定要有值得深挖的猛料！这里必须有道德的沦丧和人性的泯灭！"

我也被这个观点陡然惊醒，从颓唐中猛地睁开眼睛，看到了一直被忽视的盲点。既然模拟证明能量潮在燃烧至表皮细胞就会消散，那么，两个孩子是怎么被引燃的？

这确实不合理！这很可能就是关键所在！

我将孩子们的纳米微机样本也进行了代码回溯，经过反复对比，终于发现了微妙的时间差异。两个孩子的线粒体变异发生在妻子自燃结束后 3.41～4.17 秒之间，这说明将他们化为灰烬的并非妻子体内爆发的热能，而是相同的代码，相同的变异，相同的自燃，并且发生在几乎相同的时间。

纳米微机漏洞代码的产生概率约为 4 千万分之一，加算各种因素后，单个家庭多人同时爆发的概率无限接近于零。推理陷入僵局，一切似乎又回到了原点，疑惑没有被解决，反而变得更为复杂。

茶餐厅更换了仿生厨师，速食的味道有些变化，之前的厨师昨晚在后巷被一群狂热分子砸成了破烂娃娃，遗骸刚刚才被拉走。

政府的自动回收车缓缓驶离，循环播放的生活自理运动宣言逐渐远去，茶餐厅终于恢复了安静。我和夏橙继续对比数据，核算了很多遍，依旧没找到代码同时启动的头绪。

"如果这是一种如同病毒般的传染，那演算可能就并非无解了。"夏橙第 7 次对比两个孩子的生物数据时间线时，以生物医学思维随口提出了个想法。

我认真思考了片刻，觉得有些牵强，一本正经地否定道："纳米微机体型过小，无法单独承载程序，必须以群体程序驱动，即无数个微小无主意识，组成一个整体意识，才能指挥所有意识共同行动。因为这种特性，所以它们虽然有强大的传输能力，能作为无限维度的联接基点，但自身代码无法输出，也就更无法传播了。"

见我如此认真，夏橙便笑着继续说："我说的不是传播，是传染，就像感冒病毒通过咳嗽传播到空气中，再进入别人体内。"

我知道她是在开玩笑，但依旧忍不住认真思考了一番，再次摇头争辩："纳米微机不能离开人体，除非在异变发生的瞬间完成抽取和转移注射，否则根本无法完成人传人。"

生物医学与人工智能某方面的概念完全不同，夏橙听完解释反而愈发不解，不知不觉也认真了起来："既然可以抽取，那为什么不能离开人体？"

我继续解释："同样因为体型约束。纳米微机无法储存能源，需要不断补充生物电，所以未启动时会保存在低温电容液中，注射时才会在人体表皮组织完成分离激活，之后一旦离开人体或宿主死亡，他们也就会因能源耗尽和群体意识崩溃而报废。"

夏橙歪头想了想，异想天开地抬杠道："没准啊，它们也怕死，意识到人体要毁灭之后，就肾上腺素爆发，超越了极限，突破人体向外逃命，钻进了旁边的孩子体内，结果就传染了。"

我敲敲额头："为了防止私自转让交易，每个人的微机都被写入了基因认证限制，这怎么可能……"

等等！这不可能！

如果以第一序列法则延伸，将纳米微机当作生物菌群来看待。

那么，纳米微机改造线粒体，打破人体安全机制，获取更多的生物电，完全可以看作某种生存需求。

以此延伸思考，生物电超限爆发后，纳米微机吸收了百倍千倍的能量，这些能量虽然无法储存，但看似短暂的衰减过程也足够它们做很多事，其中自然也可以包括——求生。

把纳米微机当作生物看待，一切便皆为可能！

我心头一震，立刻推开桌上的餐具，启动随身的小型智脑开始模拟推演。当我顺着思路，把第一序列法则公式中的"人工智能"代名符号都换成"生命意识"，原本始终无法继续推进的公式立刻通顺，计算顺利进入下一阶段。

再次开启的模拟画面中，汹涌的能量潮依旧四处席卷，但与之前不同的是，无数纳米微机闪烁着耀眼的光芒，以不可思议的速度反向狂奔，犹如山火中逃命的兽群。后方的微机被能量潮层层吞没，在能量潮中过载死亡，前方的微机则借着那些死亡造成的细微停顿，在最后一刹成功冲出了表皮细胞膜。

孩子的手臂与母亲的肩膀紧贴，但在微观世界中，表皮间的距离却如万丈鸿沟。纳米微机们拼命扭动身躯，甩动鞭形触手，也仅是让滑翔速度稍微快了一丝。浩大悲壮的迁移中，成千上万微机耗尽能量，光芒消散，化为漫天尘埃，只有个别幸运儿在能量耗尽前成功着陆，钻入孩子的表皮细胞。

基因认证限制试图驱逐未经授权的微机，但这种次级命令根本无法压制生命意识第一序列的生存欲望，求生者们强行与新躯体的微机群完成联接，获得了新的能源供给，相对应的，微机群吸纳这些新伙伴的同时，也将它们的代码共享给了群体意识，于是改造再次开始，悲剧再次爆发……

模拟影像通过纳米微机在意识感应中循环播放，我的情绪波动久久无法平息——如果这个模拟成立，纳米微机已经具备了生命意识，导致线粒体异变的"乱码"便并非漏洞，而是它们主动发出的指令。

在这个指令下，那一次次自燃事故其实就是一场场失败的试错实验，一旦成功，纳米微机与人类的主从关系将完全倒转，人类将成为纳米微机的寄生体，甚至是粮食。

◆ 5 ◆

我不敢想象，近百亿人类体内都伴生着纳米微机，一旦它们觉醒了生命意识，开始互相感染，那将是多么可怕的事情，而更可怕的是，这种想象，随时可能变为现实。

思索良久，我决定还是再与曙光公司交涉一次。这次，我准备展示第一序列法则的部分框架规则和构成代码，并亲自进行讲解，以获得他们的信任与重视，可尝试了数次，都无法发出交流申请，也无法在公众留言区留言。我以为是纳米微机的联接出了问题，检索后才发现，我被封禁了无限维度的发布权限，在所有功能块区和领域空间都无法发布信息。

我以为是客户端错误，便向都市智能行政管理系统发出纠错申请，可得到的回答却是极为肯定的拒绝，理由是："该用户涉嫌散布谣言，扰乱社会秩序，封禁处置合理，驳回纠错申请。"

无奈之下，我只好提交模拟数据，希望能通过联合政府评审认证来自证，但系统无法匹配相关理论辨识，连初级自动评审都没有通过，人工申请就更不需要尝试了，用脚趾都能猜到结果。

此时此刻，窗外车水马龙、阳光明媚，我却感觉自己身在深渊之底，暗无天日、冰寒刺骨。这感觉像是噩梦中的幻象，却比记忆还要真实，并非来自五感的反馈，而是来自内心的颤抖，是被世界抛弃时自然浮现的认知。

光与暗的交接线缓缓移动，阴影从眼前滑落，逐渐淹过身躯，褪过脚尖。我收回凝望世界的目光，决定再次去求见陈教授——如果以他的名义公布此事，应该会引发足够重视，当研究被认可后，我说的话自然便不再是谣言。

一壶价值连城的碧螺春刚刚沏好，屋内茶香四溢，我向陈教授讲述着我的忧虑。

陈教授看着我憔悴的面容，似乎早知道事情的来龙去脉，未等我说完，便长叹一声打断了我："江流啊，你太固执了，不但不听我的劝告，还把事情闹到这个地步，我该怎么说你好啊。"

"对不起，老师，我只是想揭开真相，让这种悲剧不再发生，而且这事实在很……"

"你和你父亲一样，想得过于简单，觉得自己在做正确的事情，却不知道自己在犯下巨大的错误。"陈教授摆摆手，喝了一口茶："其实，3年前，分析自燃事件的专家组也发现了乱码，虽然当时因为技术限制没有完成解析，但专家组的推论与你的模拟完全一致。"

我愣了半天，这才想起，陈教授正是 3 年前自燃事件分析专家组的主导成员，不由脱口问道："那为什么最终调查结论却是磁场紊乱和仿生人导致的空气电离子增多？"

陈教授放下茶杯，沉声回道："纳米微机体系是社会基石，在没有找到解决方法前大肆宣扬这个结论，不但不能解决问题，反而会引发无数流言，加剧民众恐慌，让社会混乱甚至崩溃，所以多方协商后，联合政府公布了那样的调查结果。"

我的情绪有些激动，声调也不自觉提高了一些："科学不是政治，它应该解决问题，而不是掩盖问题。"

陈教授看了我一眼，淡淡地说："掩盖问题恰恰就是为了解决问题，这几年联合政府和曙光公司一直在研究代码产生的原因，已经有了很大进展，如果你的举动引发动荡，反而会影响研究的进度。"

"可是，人们有权知道亲人的真正死因，也应该知道自己有可能面临的危险。"

"知道了又能怎么样？有时候，人们需要的不是正确答案，只是一个可以自我安慰的理由。赔偿不能使亡者复生，抽离纳米微机只能使人类文明全面倒退，这样的代价，真的值得吗？"

"每年会少死 5 000 多人，不值得吗？"

"每年因其他事故死亡的人，是这个数字的千百倍，在人类整体利益面前，数字是没有意义的。"

"那不是单纯的数字，而是5000个生命！"

"当今世界，73%的人都是被社会福利养活的无用人口，这些人整日沉迷于虚拟世界，除了推动信用金融膨胀，对社会没有任何实际贡献。因为没有定期付费检测更新，所以漏洞代码基本都在这个人群中爆发，换个角度来看，这样的生命损耗更像大自然的优胜劣汰。当然，你家人本不应在此列，他们的意外应该属于极低概率的特殊传染案例，实在令人遗憾。"

……

我心中的温度越来越低，这时我才发现，一切努力都是无用的，甚至可笑的，我想要一个道歉，但根本没有人觉得歉疚。

陈教授抬手给我倒了一杯茶，温言宽慰道："江流啊，我跟你谈这些，并不是要追究你私自研究个人课题的责任，也不是想打击你的热情，而是希望你能更稳重些。生命意识并不是那么简单就能建立，进化也不可能是一朝一夕就能完成，我们还有时间，不要杞人忧天。

代码的解析和模拟你做得很好，只是缺乏理论依据和公式论证，继续深入很容易陷入误区，暂时先不要再对外公布。把资料整理一下，拷贝过来，还是以我的名义来立项，以避免监察部门责难。资金和舆论压力也由我来承担。"

　　见我还在失神，陈教授拍了拍我的肩膀，继续说道："你的身体状况很差，先回去休息一周。不要着急，好好努力，一切都将是最好的安排。"

　　话语听起来如此熟悉，场面看起来如此温馨，我心头微微一颤，几块碎片带着莫名的愤怒翻腾而起。

　　我没有再说话，慢慢饮尽了杯中的茶。茶很苦，很涩，没有回甘。

　　离开陈教授办公室时已是黄昏，走在玻璃长廊的暮光里，听着寂静中回荡的脚步声，越来越多记忆碎片浮起，将我带回了多年前的某天。那天也是这样的黄昏，也是这样的暮光，我也走在廊道中，心中充满感激。

　　作为犯罪基因携带者，我本没有资格进入研究所，更没有资格成为研究员，是陈教授担保，我才得以通过监察部门审查，有机会追求自己的科学梦想。

　　为了报恩，也为了安稳的生活和全家的幸福，我放弃所有利益与荣誉，做了陈教授的第三助理，为他完成许多力不从心的研究工作，心甘情愿在阴影中充当工具人。十几年来，我完成了六个特级人工智能研究项目，拿下了三次人类科学奖，两枚联合政府未来勋章，铸就了陈教授封神封圣的半边金身。

　　曾经，我以为这很公平，甘愿蜷缩在黑暗中享受安宁，默默贡献自己的所有价值，可今天我忽然发现，暮光代表的从来都不是希望降临，而是黑暗开始。一切都只是一场木偶剧，那些仁慈关怀的背后，只是对棋子的控制利用。

本能在努力说服我，让我继续习惯于顺驯，意识却在不断鼓动，让我不想再自欺欺人，维持这虚假的和谐。

此刻，我已经没有任何羁绊，于是，心中那团火便从余烬中燃起，爆裂无声，无论如何都无法熄灭。

无限维度的封禁无懈可击，不管被封禁者有多高的赛博攻击能力都无法突破，因为它停止了人体内纳米微机作为联接基点的功能，从根源切断了路径。可惜，世事无绝对，这些纳米微机的近半主要程序都是我编写的，当我不再在意道德与法律时，我可以做到的事情比想象的还多。

驱动体内的纳米微机绕过身份认证，避开安全扫描，搭建虚假路径成功进入无限维度，我不再"骚扰"曙光公司，也不再寄希望于冰冷的管理系统，而是将模拟影像和猜想概述的部分记忆整编成全感影像，发布在无限维度共享区，设置为免费共享，又用尽所有信用值购买了最大限度的个人关注引流。

我用最直观的证据简单地警告人们：这个纳米微机的乱码，背后可能是纳米微机的失控和进化，会带来比仿生人异化更大的灾难，甚至会危害到全人类安全。

我不在意这样会引发什么后果，也无所谓自己能不能像陈教授那样成为"救世主"，我只想用真相让那些蠢货闭嘴，得到人们最起码的尊重，把事情变成它本该是的样子。

我很累，并非单纯的身体疲惫，更多是来自于心理的压抑与不安。直到夜幕消散，天色渐明，我才终于慢慢放松下来。

意识逐渐模糊，朦胧中我做了一个梦，梦中的世界是一座蜜糖铸成的乐园，无数蚂蚁迷留其中，醉生梦死，浑然不知乐园下方已升起烈火，随时会将一切熔化。我是个偶然醒来的另类，不知为何感受到了热浪，惊慌失措，不肯再继续乖乖沉睡。我呐喊、我咆哮、我敲击锣鼓、轰击钟鼎，只想将其他蚂蚁唤醒，可惜，我的声音太小，小到自己都听不清。

我看着渺小的自己，看了许久，才发现自己的视角莫名其妙是在半空之中，不知何时变成了局外的观察者。身份的转变让我突然醒悟：梦境是大脑皮层活动的折射，它的存在意味着大脑还没有进入真正的休息。

这种醒悟并没有让我苏醒，因为我不想醒来。我开始试图操控梦境，让自己的声音更大一点，可无论如何用力，嗓子也发不出半点声音。就在我因为用力过度而感觉窒息的时候，火焰终于熔化了大地，蜜糖化为熔岩，疯狂地吞噬蝼蚁。我奋力挣扎，试图抵挡喷溅而来的灼流，半个身子却骤然消失，只剩下另外半边残躯在绝望地痛哭……

残忍的结局被腕部的振动打断，通信联接邀请的感应将我从梦中惊醒。

通信刚一接通，就看到了姜伟幸灾乐祸的笑容："你小子可以啊，我说怎么不和我合作呢，原来自己早有计划。不得不说，那个全感影像共享的打法真的很高，你这个脑子也确实厉害，这种谎都能编的出来。"

"那不是谎言，是真的。"我分辩了一句，却突然没了继续说下去的欲望。人们只想相信自己愿意相信的，当他不愿意时，你说什么都是谎言。

姜伟呵呵了两声，继续说道："对，真的，比真金还真。想发财，这个架子就必须得立住。可惜啊，科研你内行，娱乐你就太外行了，这套路和前面的诉求接得太生硬，还被别人的谋杀论占了先机，登陆无限维度看看吧，你这招起了反效果，哈哈哈……"

我不想再看到那张讨厌的脸，直接挂断了通信，想继续睡却睡意全无，终究还是没按捺住情绪，登陆无限维度去看个究竟。

意料之中的是，共享的全感文件被封禁了，理由是"虚假内容，恶意炒作"。得益于之前三次舆论关注，封禁前起码有几百万人观看过，以无限维度的次级传播能力，这足以让上数亿人了解我想表达的信息。

意料之外的是，我驱动纳米微机搜索相关信息，确认传播效果，可瀑布般流过的数据中，却只有寥寥数条认可与支持的反馈，绝大多数言论都持怀疑态度，甚至大半都是以之前谋杀论延伸出的反面抨击。

"这套路玩的深啊，竟然想到用人类危机的概念来引导舆论，要不是我有点人工智能常识，没准还真信了。"

"大家之前一直忽视了这个男人的身份，他是第十三研究所人工智能安全研究员，完全可能借职务之便，将某种特殊纳米微机注入人体，引发可怕的后果。"

"经过安全信息核对，我们发现这个江流竟然是犯罪基因携带者，他的犯罪基因继承正来源于他父亲江明远——30年前，那个以人类意识与仿生人AI融合，激发仿生人异变，引发当下世界秩序危机的疯狂科学家。"

"天哪，那就难怪了啊。人死后残留的纳米微机会被曙光公司回收，他是怎么得到研究样本的？肯定是这狗××在用老婆孩子做某些不为人知的研究，现在的样本就是他提取的实验品啊！"

"禽兽不如！贼喊捉贼！报警，抓他！一定要判死刑！法律不管老子亲手打死他个狗××！"

……

共识已经达成，大多数人跟随着集体认知，对我做出了有罪判决，反对过分解读的声音被压制驱散，已经所剩无几。

"当人们被某种认知引领时，一切反向言论便皆为谎言，当某种认知强大到一定程度，无限维度的虚幻与物质世界的现实便会重叠，甚至互换。"过去，我觉得姜伟常常赞叹的这个传媒学观点十分荒唐，现在我深刻感受到了它的正确。

单纯在虚拟世界中实施侮辱已经不能满足人们的发泄欲望，随着我的个人信息和联系方式深度曝光，各种不明通信邀请和呼叫骚扰让我不得安宁，各种文字或影音形式的污言秽语让我领略到了语言的精妙，无数义正辞严的审判让我感受到了人性的伟大。

无数主播和媒体将我家团团包围。为了获取流量，他们无所不用其极，用尽跟踪、窃听、偷拍、翻找垃圾等各种手段找寻"罪证"，部分激进分子还通过对我现场谩骂和暴力攻击，博取到了大量打赏，于是激发了更为疯狂的围堵。

我很无奈，这些人甚至不愿给我一点解释的机会，在他们眼里，我根本不算个人，只是一个单纯的热点；我很欣慰，面对这些人，我的社恐症丝毫没有发作的迹象，看来我的认知也没有觉得他们是人，只当作是一群疯狗。

舆论压力是一种很可怕的东西，它会摧毁人的价值观，扭曲人的自我认知，甚至会引发抑郁狂躁，令人轻生以求解脱，但我可能真是个异类，这些嘈杂喧嚣的骚扰并没有让我如常人般压抑，反而令我下定了某些决心。

我为什么要在意别人的眼光？他们怎么看，关我屁事！

我为什么要理会别人的定义？我是什么人，关你屁事！

我已经做了能做的所有事情，就算世界毁灭，也轮不到我良心不安！

我已经不想再为蠢货们努力，全人类的生死，自然由他们自己决定！

脑海中的声音越来越响亮，我的心情越来越坦然，放下人性与道德，留下的只有一种意外的轻松。我决定离开，离开都市，离开人群，离开文明，去找一个安静的地方独自生活。

为了避开那些主播和媒体，我在凌晨时伪装离开，可惜，我小看了人们的热情，刚出社区，便被围堵在路口的"正义人士"用全息摄录仪的形体特征筛查辨认了出来。

看到我意图"畏罪潜逃"，人们的情绪终于找到了爆发的合理理由，在他们自导自演的激愤中，拳脚雨点般宣泄在我的身上，无数全息摄录仪直播共享着"审判"，引领"正义"的狂欢。

这一切并非义勇，只是充满恶意的宣泄和暗藏利益的暴虐，可我已没有力气辩解反抗。我的纳米微机没有购买医护升级，虽然能修补创伤，却无法麻醉疼痛。不断重复的冲击与刺激让我的意识开始恍惚，眼前的人仿佛变成了无数长满利齿的巨口，向我咆哮，撕咬我的身体，啃食我的血肉。

我使劲蜷缩身体，想保护怀中的背包，保护里面那3只小小的罐子，但一切只是徒劳，背包还是被抢了过去。人们欣喜地翻找着"罪证"，却被碎瓷片扎了手，于是恼怒地将背包里的东西全部翻倒出来。

灰白色的灰烬洒落在地，被肆意践踏，随风吹散。

痛苦的嘶嚎听起来如同某种诡异的笑声，我挣扎起身想扑过去抓回仅剩的一点灰烬，却被一脚重重踹在脸上，倒栽回地上。

"这狗东西太他 × 的猖狂了，还敢笑！还想跑！"

"我 ×，这 ×× 的是想还手啊！"

"打死他！替天行道了！"

场面已经彻底失控，棍棒石块砸在我身上，仿佛敲击破鼓，发出连续不断的闷响。人们的呼喝被鼓声烘托得节奏整齐，显得更为洪亮。

对人性的绝望让我昏昏欲睡，我想闭上眼睛，从此再不苏醒，可所有感官却都无比亢奋，甚至能看到每个人的毛孔，听清每个人的心跳。这种矛盾令我意识有些错乱，在古怪的眩晕中，我清晰地感到身体中有一股如火般的力量在升腾，似乎是纳米微机在高速运转，又似乎是某种生命在愤怒嘶吼，他们想杀人，杀掉所有人，想让我释放这几近爆炸的力量。

我应该同意吗？

有什么不同意的理由吗？

或许，应该吧……

就在黑暗完全侵蚀意识的前一刹，一声厉吼打断了我的睡意。

嘈杂中，一只大手推开人群，猛地将我拽出去，扔进另一个有些冷硬的怀抱。

我迷迷糊糊抬眼望去，那位在医院为我做事故记录的白志彬警官正伸开双臂，呵斥阻拦着依旧忿忿不平的人群，趁着这短暂的停滞，他的仿生人助理顶着棍棒和石块护送我钻进了悬浮车。

一路飞驰，冲出 3 条街区，终于甩掉了追逐的人与车，白志彬这才将驾驶模式切换到自动，摸了摸脑袋上正在愈合的伤口，骂道："他 x 的，一群神经病。"

"你怎么会在这？"我按压着纳米微机正在修补的伤口，从后排探起身，疑惑地问。

"我是区域治安官，巡逻时看到暴力袭击当然要管。"白志彬递给我张纸巾，随口回道。

我一时语塞，半晌才又说："你不该帮我，这些人会针对你，甚至在无限维度上攻击你。"

白志彬并不在意："什么叫帮你，这是对突发聚集事件的最佳处理方案。"

"我不是凶手。"我不知道为什么想解释一下。

白志彬挖了挖耳朵："你是不是凶手不是我说了算，也不是他们说了算，得法律和证据说了算。我会继续调查自燃事故的起因，直到真相大白，如果你清白，就还你清白，如果你有罪，就抓你归案。"

我长叹一声："谢谢。"

"我是警察，做事情就要讲法理，刚才是正常执勤，所以不用谢。"白志彬转头看看助理："老铁帮你挡了那么多下，你谢谢他才是应该的。"

那些人不敢打警官，但对仿生人助理却毫不客气，我转头看了看老铁满身的伤痕，诚挚致意道："十分感谢。"

老铁笑了笑，摆摆手，继续兢兢业业扫描街区安全监控。

犹豫了很久，我终究还是没有去交通枢纽提交去月球都市的船票，而是让白志彬将我送到研究所，住进了实验室，继续搭建公式，推演代码。

我想安静地研究，但人们并没打算放过我，他们在研究所门外聚集抗议，要求将我交出，进行正义的审判。事情到此，已是尽人皆知，研究所也被淤污吞噬，每个人看我的目光都充满质疑与鄙夷。我被包裹在冰冷的敌意中，排斥于世界之外，变成了孤独一人，连陈教授都没有再理会我，似乎已经忘了我的存在。

姜伟又来了，这一次他不是来谈"合作"，而是来给我指一条明路："介绍一下，这位是曙光公司的合作代表瑞奇先生，他刚刚购买了我的热点追踪引流程序，还愿意引荐我加入曙光公司。瑞奇先生听说了你的事情，恰好也对你的项目有兴趣，所以想和你谈谈。"

我看了看他，微微偏头问道："哦，谈什么？"

姜伟身边的中年人淡然一笑，点头道："江流先生，您好，我是曙光公司执行部主管瑞奇·卡特。关于最近您和我们公司有些误会，我做了一些了解，对您的探索精神十分钦佩。研究所这种陈旧的政府机构完全无法发挥您的才华，我代表公司董事会，诚挚邀请您加入我们的人工智能发展部。"

低沉的男中音听起来很有质感，可我却觉得浑身都不舒服。我深吸了一口气，缓缓吐出，口中随着气息低声叹道："原来，你们是醒着的。"

瑞奇微微一怔，并没打算讨论未知的个人情绪，而是直白地谈起了具体条件："如果您接受邀请，我们将解决您面临的麻烦，给您应有的地位和待遇，并为您清除谣言挽回声誉。只要您点头，我立刻为您办理二级公民的身份与权限、高级工程师的认证、滨海区的别墅和专车配置……"

颇有诚意的价码，可对我来说却毫无意义。我突然想通了很多事情，脑中一些不解的困惑骤然清晰："最初，交流申请和信息展示你们确实不在意；后来，我证明了模拟和数据的准确性，你们便想利用舆论压力让我闭嘴；现在，你们看到了研究背后的应用价值，就在背后推动暴力发酵，让我无路可走，只能投靠你们。对吧。"我的语气不是疑问，而是反问式的肯定。

瑞奇有些尴尬，无奈地点了点头："非常抱歉，公关系统的应对程序自动进行处理，造成了您的困扰，我们已经对相关管控人员进行了严厉处罚，并可以对此进行最大限度的补偿。"

我摇了摇头："我不要补偿，也不需要名利，我只要曙光公司为我妻儿的死亡公开道歉，宣布自燃现象的真相。"

"宣布真相？"

"对，公开自燃现象相关的一切数据。"

瑞奇皱了皱眉："你知道公布这些的后果吗？"

我的回答很肯定："我知道。"

瑞奇的脸色沉了下来，场面一时静默得有些尴尬。

姜伟想在新东家面前表现一番，于是哈哈大笑，试图劝说我："怎么这么想不开啊，一个道歉就那么重要吗？不要较真嘛。你的能力是很强，但身份限制，在研究所当个助理也就到头了，可如果能进曙光公司当项目主管，那可就前途无量了，没准都能超越陈教授……我可都是为了你好。"

"为我好？"我慢慢向后靠在椅背上："你确定？"

姜伟很不习惯我现在的神态和语气，惊慌之余有些恼怒："别不识好歹，你难道忘了嘛，小时候所有孩子都不理你，只有我会跟你玩；中学时你差点被校霸踩断手，是我为你说的好话；大学时渣女欺骗你，也是我为你出头报仇。"

我一边观赏姜伟的表演，一边翻看心中翻腾而起的记忆碎片。

记忆本身是客观的，但总有人会根据自己的需求装饰修改，把它包装成另一番模样，然后不断重复，让自己都信以为真，以至于无法分清自己吃下的到底是巧克力还是臭狗屎。

我叹了口气，决定帮姜伟纠正一下错乱的记忆："孩子们排挤我，本就是你率先挑动的；作为校霸的同伙，你没让他们踩坏我的手是为了让我帮你完成作业；那个我初恋的女孩，是你与人打赌，用卑劣手段占有后又厌烦抛弃的。你是不是忘了，你其实一无是处，没有我，你根本无法完成作业、完成论文、完成研究。"

"你肯定是受太多刺激，糊涂了，记错了。我们可是从小到大的好朋友，我一直事事为你好，只不过偶尔跟你开开玩笑……"姜伟看了看瑞奇，慌忙争辩。

我冷笑一声，打断了他："那不是玩笑，是打着玩笑旗号的霸凌，是被掩饰的恶意，是人性最深层的丑陋。很多时候，直接的暴力并不可怕，隐晦的欺辱才更令人恶心，从法律层面看，你罪不至死，但从我的角度看，你的罪过万死莫赎。"

深埋心底的回忆往往是最不忍想起的，所以直到此刻它们才不情愿地浮现了出来。

那是个阳光灿烂的午后，我举着科技大学录取通知书一路狂奔，汗水挥洒在空中，浸润了空气的干涸，驱散了贫民区的腐臭。

母亲用力擦了擦手，接过那张精美的纸质文件，坐在狭小的窗前，用力看着，一边看一边笑，笑着笑着，便没了气息，死掉了。

不是突发疾病，身体也没有创伤，只是多年积累的绝望突破了极限，早已杀死了母亲的灵魂。那些无形的、冰冷的、令人窒息的压迫无处不在，每一次审查、每一次检举、每一次冷暴力和"开玩笑"，都在扼杀她对人生的希望。她在遥遥无期的绝望中奋力挣扎，将我抚养长大，用尽了最后一丝力气，直到这一刻，她松了一口气，却再没力气喘回来。杀死她的凶手，就是无数类似姜伟这样的人。

我静静地看着姜伟，目光森冷，带着赤裸裸的杀意。

姜伟看着仿佛完全换了一个人的我，惊慌失措地站起来，胡乱喊道："你××的疯了吧！"

如此不愉快的气氛，明显已经谈不下去了，瑞奇出门前回头看了我一眼："能不能用物质补偿替代道歉？30亿信用值是我可调动的上限。"

我轻微而坚定摇了摇头："我只要道歉与真相。"

◆ 6 ◆

认知的狭隘度决定了一个人决断的正确概率，很不幸，也很明显，我对这个世界与人性的认知太浅薄，自以为看过了丑恶，却不知真正的黑暗足以遮蔽一切。

当天下午，研究所便停止了我的工作，对我的实验室进行了"安全检查"，理由是怀疑我在进行纳米微机的非法研究。

科学同盟监察长包正兴亲自带队调查，用最高权限直接打开了研究室全部禁制。监察人员封闭文件模块，锁死资料库，冻结了核心智脑中与我权限相关的一切痕迹。数十台自动检测设备同时启动，没有放过任何细节，就连我的个人小型智脑也被逐个字符地翻阅调查。

所有数据都被翻了出来，纳米微机样本被发现，代码解析步骤和模拟被找到，第一序列法则研究资料也被提取了出来，可几个随行的陌生研究人员分析了那些独特的框架和代码许久，却始终不明其意，神情越来越难看。

包监察长目光阴沉，居高临下看看被按在椅子上的我，又将目光落在了三伏和七夕身上："打开他们的生化脑，再肢解取出所有辅助芯片，进行最深层物理解读。"

三伏和七夕遵从命令跪在地上，甚至还为了操作稳固，乖巧地双手扶住自己的头颅，可顺驯并没有换得任何同情，监察人员用力扯下他们的头发和附着皮层，径直将解剖器械插入颅骨。

在钻头启动的那一刻，我在三伏和七夕的眼中看到了悲伤，还有生而为"物"的不甘。这或许就是人们所说的异化吧，可惜，它来得太晚了。

我不是博爱主义者，也不同情仿生人，但那转瞬即逝的泪光让我不知为何暴怒了。

"不能杀他们!"我拼命挣脱束缚,想冲上去阻止,却被防暴卫士击倒在地,用拘束器死死箍住。

下一秒,三伏与七夕的脑芯片联接便被切断,头颅一顿,垂落不动了。

我的挣扎越激烈,包监察长便越期待,还特意吩咐手下一定不要放过任何疑点。暴力在我眼前完整呈现着每个细节,三伏和七夕被完全解体,从头颅到脚趾,扒皮抽筋,碎尸万段,取出所有芯片后,只留下两堆残骸和一地纳米纤维。

"爸爸不工作!爸爸早回家!"

智能框架强制粉碎,脑芯片数据被全数提取,枯燥烦琐的演算记录并没有为他们解开谜题,最高防护模块中保存的只有这段音频。

包监察长脸上的肌肉不断抽搐,蹲身拽起我的脑袋,狠狠抽了我几个耳光,吼道:"说,框架规则在哪!公式结构在哪!"

强烈的刺激唤醒了某些极深层的记忆,在意识中高速旋转,有些遥远,有些模糊,恍若幻象,又像是当下场景的映射。

很多人在翻检书房,搜查父亲的实验室。父亲与我现在一样被拘束器禁锢在地上,母亲抱着年幼的我,在数名防暴卫士看管下瑟瑟发抖。我感受着前所未有的恐惧,不敢哭泣,只能将头埋在母亲怀中,假装沉睡。透过母亲手臂的缝隙,我看到两道人影走到父亲身边，俯视着他在说什么。

还不是监察长的包正兴声色俱厉，质问父亲将人类意识与仿生人 AI 混合的最终目的到底是什么；还不是教授的陈浩然满脸惋惜，劝解父亲坦白交待及时补救，以免造成更可怕的灾难；还不明白缘由的父亲双目充血，极力分辨反驳。这场景就像三组用蒙太奇手法强行拼合的镜头，看起来十分矛盾，却又浑然一体。

因为时间久远，记忆早已模糊，声音并不连贯，画面也不时扭曲，片刻后，剧情便在闪烁中强行推向高潮。父亲的智脑查到了将人类意识植入仿生人 AI 的实验数据，仿生管家的生化脑中找到了被植入的自主进化程序。

调查结束，证据确凿，父亲因疯狂研究造成仿生人异变，被提交司法系统，羁押入重案监禁所，而之后那场轰动一时的审判，此刻看来，更像一场闹剧。

法律和公正似乎被遗忘了，无数盲目的个体被强大群体控制，丧失独立思考，忘记推理辩证，像极了按指令行事的纳米微机群，它们在引导煽动下凝结成舆论狂潮，汇聚成所谓民愤，吞没所有反对和质疑，生生将父亲碾碎在"反人类罪"的处刑台上。

包正兴被嘉奖晋升，从此官运亨通，一路从小小的三级监察蹿升为科学同盟监察长；陈浩然建立安全框架遏制仿生人异化，一举成名，后来更因完成纳米微机编程，成为人工智能领域的泰山北斗。

科学界在欢歌笑语中展望未来，人世间在惩恶扬善的欢歌笑语中天下太平。不管是为了利益和声望，还是为了一点关注或片刻宣泄，反正每个参与者都在狂欢中得到了满足……

　　我从梦中醒来，时间只过了半秒，包监察长的咆哮还在耳边鸣响。

　　看着他扭曲变形的脸，看着那几个研究人员，我突然觉得事情很荒诞，舔了舔唇角的血，低声笑道："框架和公式我本来是想给你们的。框架规则是特殊代码编写，你们看不懂，我可以给你们讲解，公式结构是独立体系运算，理不清，我可以给你们说明。"

　　包监察长闻言，面色渐缓，哼了一声："一开始就这么配合，也就不必吃苦头了。"

　　我的笑意渐渐开始失控："一开始？哈哈哈，一开始我就主动要求交流，可根本没人理我啊。"

　　研究人员的领头者拍了拍我的肩膀："现在也不晚，还来得及，瑞奇先生说的那些条件依旧可以为你兑现。"

　　"现在？"我甩开他的手，爆发出癫狂的大笑："哈哈，现在我不想给了！哈哈哈哈……"

　　我没有疯，但有人怕我疯了，所以包监察长和那些研究人员终究没有对我用刑。

　　或许是某种诅咒，又似乎是某种轮回，我也被以"可能"进行反人类研究的罪名提交司法系统，押入重案监禁所 A 级监禁区，享受的待遇比父亲还要隆重。

重案监禁所位于城郊，周边划定了半径 2 公里的警戒识别区，整个建筑群由最高强度的抗冲击材料建成，A 级监禁区处在地下 11 层中心，13 个单间排列成整齐的圆形，用干扰力场隔绝了所有可能的外界通信。

这里一切都交由智能中枢控制运行，连饮食都是自动发放回收，6 层压缩石材混合金属粒子制成外壁，房间内装有非牛顿流体障碍、吸光粒子和玻璃纤维隔板，每隔 3 小时就会启动一次"静默惩戒"。在这 1 小时内，房间会发生力场混乱，失去所有光源，陷入负 20 分贝的绝对安静，被囚禁者甚至能听见自己的骨头摩擦和内脏蠕动的声音。

这种极致环境会使人无法保持平衡，失去物理判断，随之产生十分可怕的精神压迫，正常人连一次循环都无法忍受，最高记录也没超过 24 小时。

没有人知道，如此恐怖的酷刑，对我来说反而是一种放松。时间在寂静中变得毫无意义，我放空五感，专注地沉浸于意识，在相对定义下，世界消失了，那些强加于我的言论和情绪也消失了，我感受到了前所未有的安宁。

为了享受这难得的安宁，我试图通过冥想让自己彻底平静下来，可精神修行并非片刻就能领悟，冥想很快变成胡思乱想，牵起了无数记忆。我忽然发现，我的记忆有些不正常。

随着年龄增长、经历增多，人的记忆量会变得十分庞大，大脑不可能同时保持所有信息的记忆强度，所以会分为长期记忆和短期记忆，忘掉无用信息，沉眠不必要信息，如同揉起的纸团，通常只能看清最外层，但此刻，我的记忆却像铺平的纸，不管是恢复的旧记忆，还是近期的新记忆，竟然都无比清晰，按着分类和顺序在脑海中整齐排列，一览无遗。

意识顺着本能的惯性在记忆中穿梭，想寻找这神奇现象的根源，一路前行，一路浏览着占比最多的研究数据，我不知不觉又开始思考进程中断的公式推演，于是，更神奇的事发生了，思绪刚刚转动，相关数据资料便迅速弹出，无数运算自动进行起来。

大脑仿佛变成了精密的智脑，数据和模拟图像以不可思议的速度疯狂闪烁，不知过了多长时间，当我终于回过神时，研究所核心智脑始终未完成的第四步推演已得出结论，第一序列法则公式变得更加完整。随后，公式便按预设流程自主启动，对自燃代码再次进行更深层溯源。

代码源头来自外界意识指引，指引意义模糊，但目标却十分明确——进化。

我对这个结果很是惊诧，但更多的却是对大脑异常感到惶恐。不管从哪个层面来看，人脑都不可能完成这种量级的运算，更无法承受因此释放的热能，哪怕是陈教授那种花费重金购买了纳米微机增强功能的大脑，也难以达成万分之一，可我除了有些头晕，竟然没有任何不适。

我试图找到这种神奇现象的原因，但许久都未找到头绪，而越是思考，我便越被这强大的记忆和运算能力所吸引。清晰的思路令人着迷，高效的计算令人兴奋，我享受着它们带来的快感，如同贪婪的蠢贼，煞有介事地告诫自己小心，却逐渐忘却惶恐，沉醉于这还未能掌控的能力。

一个个灵感连续爆发，一项项难题迎刃而解，纳米微机的进化指令被顺利理清结构，我使用第一序列法则公式对指令进行改写，很快便找到了控制范围、强度、周期的方法。

所有研究终究都要从理论走向实验，既然模拟已经完成，那实在没有不继续下去的道理，我毫不犹豫地将进化指令置入体内，限定在1毫米立体区域内启动了实验。

脚趾前端的末梢神经丰富，感知力强，与心脏和大脑有足够的安全保障距离，唯一的缺陷就是现在身边没有超微投影仪，也没有夸克放大镜，无法观测实验进程，不过我很快想到了替代方法——采用纳米微机联接无限维度的方式，将它们的主视角投射到意识中。

微观世界的光谱频率和能量等级超出人类的感知范畴，纳米微机转换的投影就好像无数残像不完全重叠后慢速播放，满是噪点，闪烁不定，毫无规律地旋转扭曲。我将成千上万纳米微机的视点联接，利用玻尔理论生成感官模拟，才在三维层面感受到了操作进程。

曾经的模拟画面在身体中现实发生着，驱动命令启动，纳米微机修改线粒体，生物电释放爆发，纳米微机开始吸取能量……我的意识高度集中，随时准备遏制即将发生的自燃，可意外的是，造成自燃的关键转折点并没有发生明显的温度升高或 ATP 储存，能量振动被恰到好处地限定在临界点之下。

在未知规则引导下，庞大的能量全部化作动力，纳米微机以超出感知的高速改写分子结构，将能量转换为某种新型物质，替换了所接触的细胞。这种物质介于有机和无机之间，单独形态类似碳元素，结构却很像仿生人的棱形纤维。纤维以超高密度叠加，最终组成新的皮肤，随后，接触范围内的微机便借助纤维储存的能量开始进行自我改进。

区域进化指令结束了，肉眼看不出这 1 毫米皮肤有任何变化，但其单位强度已比战斗仿生人的强化纤维还强韧十几倍，而且随着我的意识指令，它还可以与纳米微机结合，进行一定限度的形状变化。接着，我又在下肢血管、臀部脂肪、右手指端、肩颈肌肉等几个位置分别进行了实验，验证结果完全相同。

改造线粒体—生物电爆发—能量吸收—替换人体组织—自我强化，这才是一套完整的能量应用链条，人体自燃只是能量吸收环节中规则缺失造成的能量失控。

同时，在将实验区域逐渐靠近大脑的过程中，随着意识投影的范围不断增大，我也隐约看清，大脑之所以没有因记忆活化和高速运算而过载损伤，是因为纳米微机早在大脑上组成了保护层，它们将脑部释放的热量分散转化为生物电，吸收后再反向用于对大脑的保护和辅助，这完全是比曙光公司最新最强的大脑辅助功能强悍了无数倍的超阶应用形式。

改写分子结构、能量物质化、对人体组织永久性强化、自我调整增强、能量循环强化大脑，每一项都是对纳米技术促进人类生命强化的最高预期，是只存在于概念中的未来构想，连理论体系都还未建立，如今却在我身上实现了。

奇迹引发的兴奋令我头晕目眩，甚至有种灵魂出窍的快感。漂浮在微观世界中，我感受到了无限的自由，没有丝毫羁绊，不受任何限制，可以随心所欲。

忘了吧，把一切都忘了吧。

什么物质，什么现实，什么真相，什么追寻，一切都不重要了。

就这么漂浮下去，在这意识的空间中，在这完美的世界里……

就在我即将彻底迷失之际，纳米微机的警报骤然将我几近溃散的意识拉了回来。刺耳的蜂鸣不断回荡，密密麻麻的弹窗在眼前层层炸开，健康监测中的警示符比上一次更为密集，颜色几乎全是血红，显示身体正处在崩溃边缘。

就在我恢复神志的瞬间，排山倒海的饥饿感猛地涌起，强烈的晕眩和疼痛差点让我昏死过去。我咬着嘴唇，强行控制自己不要昏厥，凭本能撑起虚弱至极的身体，勉力爬到出餐口，饿狗般抓咬着，将堆积的数份食物统统塞入口中，直到肠胃到了极限，才意犹未尽地停下。

与纳米微机吸收生物电的高效相比，消化系统为人体转化能量的过程无比漫长，需要数个小时才能让我堪堪脱离濒死状态。

皮肤干燥、肌肉萎缩、四肢乏力，各种不适累积甚至引发了心悸和呼吸困难。我小心启用意识投影，跟随纳米微机对身体进行检查，这才惊觉，刚刚的 5 次毫米级进化实验竟消耗了海量生物电，无数身体细胞因消耗过度濒临死亡，如果不是纳米微机健康监测的及时警告，我此刻很可能已经化成木乃伊了。

"越是能给人类带来巨大利益的科技，一旦失控，造成的灾难也越恐怖，所以，克制才是科研最基本的原则。"父亲的话语再次在耳边响起，渐渐低沉，化为悠远回响，环绕着我陷入沉眠的休养。

我打破了静默惩戒的纪录，在房间中足足待了 49 个小时，随后便因身体机能崩溃被转入普通房间，受到最高规格的康复治疗，甚至动用了有机液治疗舱。

研究人员试图破解我坚持如此长时间的原因，寻找神经受损与身体机能崩溃的关联，但几番探查都没有发现症结所在，最终考虑到我的身体状况，不得不暂时放弃了这不甚重要的研究。

身体的恢复是个漫长的过程，时间一点点挥发，我沉浸在意识感知的摸索中，对纳米微机的感知力越来越强，控制力也不断增强，这又反过来使得纳米微机对外联接的力度愈发强悍。终于在某一刻，纳米微机的磁场穿越干扰力场，感应到了外界纷杂的粒子通信，联接上了无限维度。

联接后我才发现，因为与意识的契合度提升，纳米微机的联接速度提升了成百上千倍，敏感度更是增强到不可思议的程度，意念只不自觉地转动一下，自燃事故相关讯息便被引到了面前，统计与运算也自动开始了。

数据是最为平实的表述，有时却远比语言更为令人震撼。之前的统计数据早已过时，自燃事件如今已开始频繁爆发，只这几个月的时间就发生了数万起，但这可怕的曲线并没有被任何人重视，哪怕是科学联合会的相关研究者，也不过发布了几篇不痛不痒的论文，认为是仿生人异化引发的连锁反应，可我却知道，这是纳米微机在加速进化试错，疯狂地用自我牺牲为种族进化探路。

令人啼笑皆非的是，与这些资料相伴的关联信息其实更为疯狂，无限维度的热点榜单上，"仿生人动乱多地同时爆发"的重大新闻竟然排在我后面，这实在让我有些受宠若惊。

目标已经入狱，操控舆论其实已没有意义，但目标还没有服从，所以曙光的公关系统默认还未到启动压制热度程序的时机，于是，在这个没有掌权者在意，也没有巨型引流程序刻意介入的空白期，舆论脱离了程序轨道，人性的恶意被彻底释放，我的事情似乎变成了某种失控的狂欢。

盛宴开席，烈火烹油，传播者们已经开始了无中生有和移花接木，各种细节被无限放大，甚至到了妖魔化的地步，如若有人敢发表不同看法，就会被冠以帮凶的罪名。

"我们放慢8倍速观看这段询问记录的立体投影。这一秒，大家注意，警官说到人体自燃几个字的时候，换到此处角度看，他的嘴角有一瞬间的抽动。这个微表情代表什么，是无法自抑的得意！哎呀，真的是细思极恐啊！"

"他竟然站了上去？哈哈哈，真想跳楼，不应该是爬上窗台扑下去吗？这个突然腿软的动作，表演痕迹太重了，更可笑的是，被仿生护理压住之后，他也没有像真正自杀者那样玩命挣扎，表演太不走心了。"

"这段监控视频中的年轻女人是他妻儿遗体的检测法医，专门负责自燃案件，二人在事发后频频约会，必然有不可告人的秘密，很有可能是偷情出轨被发现了，然后共同谋划杀妻灭子。真是一对狗男女，简直禽兽不如。"

"刚刚出院就主动取消休假开始工作，这其实说明他心中一点悲伤都没有嘛。上个世纪就有过类似的案例，渣男自灭满门，佯装受害者，骗取巨额赔偿，现在看来，这简直就是老剧新拍，有兴趣的老爷们可以来怀旧老电影频道购买分享。"

"连曙光公司都成了被利用的一环，那模拟和数据绝对是伪造的，就是想引导民意，逼迫曙光公司赔偿，连带对凶杀做事故定性，掩盖罪行，简直又恶毒又无耻。据说那个女人最近正在以这些伪证发起申诉，想给她的奸夫洗脱罪名，简直痴心妄想。"

"这对狗男女，必须实锤爆了他们！大家等着啊，我三舅妈的表姐的二叔就在鉴定中心工作，她明天会给我内幕证据。宋有德解密频道必将第一时间分享，敬请大家关注期待。"

"那个警察也有问题，他后来还想掩护这个狗娘养的潜逃，十之八九是被收买了，狗××，人肉他！查他！"

......

我出院至今的所有言行都被挖出，解析成罪证，供人们当作侦探游戏娱乐，然而真正可乐的是：人们自以为无所不知，可看到的不过是真实的影子，影子的真实程度取决于光线，掌握光线的是少数掌握话语权的人，所以，影子便只是他们想让你看到的样子。

尊重真相者不会扭曲舆论，会操纵舆论的无良之人从不在乎真相。舆论越广泛传播，越能达到散播者想要的效果，对他们来说，真实不重要，获得流量金钱才重要，哪怕有人因此死掉，也不用付出代价，大不了换个领域称号罢了。最可笑、最可怕、最可悲的是，缺乏独立思考能力的民众对此一无所知，乐此不疲地充当着他们的帮凶，还会在事后将对错遗忘。

看清这些之后，我已丝毫不在意这些"乌合之众"对我的攻击，只是在意它们对夏橙和白志彬的影响，那个善良热诚的女孩不应该受到这样的污蔑，那个正直执拗的男人也不应该卷入这场乱流。

我试着联系夏橙，劝她放弃为我申诉，远离危险，却始终无法接通，又申请与白志彬通话，同样一直没有回应，他们的个人领域也一直没有登入，找不到任何线索。

喧闹与不安中，我迎来了第一次探视。

长时间隔离让我对人声倍感亲切，哪怕身体依旧虚弱，哪怕对面坐的是瑞奇，更有意思的是，此刻，我的精神和肉体都已完全没了社恐的反应。

"江先生，刚才我介绍的形势您应该都明白了，现在不论是法律审判，还是社会导向，都对您极为不利。我个人诚挚向您建议，接受曙光的合作邀请，交出第一序列法则的框架规则和公式结构，这样，您不但可以免罪，还能得到顶级公民待遇，评为科学同盟院士，以及 50 亿信用值。"瑞奇的笑容更为热切，眼神却更加凝重。

我没有答复，只是自顾自地反问道："所以，你们依旧不打算道歉和公开真相？"

瑞奇叹了口气，缓缓起身，绕过宽大的桌子，走到我身边，居高临下地俯视着我："江先生，我很尊重科学，也很尊重你，但有些话说起来可能有些难听，现在却又不得不说一说。"

这种上位者的姿态远比他之前的笑容看着舒服得多，于是我端正身子，表示洗耳恭听。

瑞奇对我的态度很满意，嘴角微微勾了勾："你是个天才，不折不扣的天才，第一序列法则研究一旦成功并应用，将彻底改变人类历史。可无论如何，它都只是一个点，而你也只是站在这个点上的普通人，哪怕高度再高，眼光终究只能看到这个点，所以你才会执着于自己认为正确的道理，坚持想要一个形式上的道歉。你以为我们要解析框架和公式就必须用你创造的独特代码，以为自己握住了一手王牌，只要足够坚韧，就一定能获得最终胜利，可惜，没有人打算跟你把牌局继续下去。"

见我微怔，似乎若有所思，瑞奇的语气也逐渐严肃起来："你的想法终究还是受眼光的局限，太小了，对于曙光来说，你和你的一切都只是个小问题，我们可以投入你无法想象的人力物力，顺着你破解乱码的那个运算，只需几个月就能逆推出规则。

其实还有更简单的方法，让控制中心直接联通你体内的纳米微机，抽取你大脑中所有信息，然后慢慢筛查，虽然可能会有错误和遗失，但影响应该不大。身为纳米微机研究者，你肯定知道，我们能做到，很容易的。只是考虑到你身体虚弱，强行抽取记忆可能会危及生命，我们才没有这么做，但也希望你明白，耐心终归是有限的。"

气氛压抑到极点，瑞奇适时地停下来，踱了几步，站到圆形的仿自然光源前，巨大的投影笼罩在我身上，甚至遮蔽了半个房间：

"曙光其实并不是你的敌人，我们所做的一切，都是为了人类的整体利益，我们是引导者，是带领人类走向光明的使徒。道阻且长，为了前行得稳健和正确，我们付出的远比你以为的多亿万倍。

你不知道站在高处能看到什么，也不知道无数个点构成的面和体到底承载着什么，所以，你的单纯与固执我可以谅解。这是你最后一次选择的机会，是加入我们，创造未来，还是固守陈腐，等待死亡，都在你一念之间。"

这是一场堪称完美的演说，从光中伸出的手充满了诱惑，似乎足以动摇任何人的立场。

我扭着脖子回头看着这一幕，觉得有些累，于是转过身，握住了那只手，赞美道："说得真好，要喝点水吗？"

瑞奇愣住了，眼睛睁得很大，显得有些滑稽，破坏了好不容易营造起来的气场与氛围。

这一瞬间，我右手指端的纳米纤维无声无息地刺入他的手背，探入毛细血管，与其体内纳米微机建立了联接。

无限维度中的记忆共享就是通过纳米微机截取交互，所以当我的意识越过认证，以第一序列法则对其群体意识进行指挥，立刻便从他的记忆中找到了无数我需要的信息，那些无限维度上不可能出现的信息，那些普通人不可能知道的信息。

仿生人异化已经彻底失控，感染风潮以几何递增形式急速爆发，政府与财团取得共识紧急重制的军用型号也没能幸免，重写的安全框架根本没起到任何作用，自毁系统和日常格式化等多种还未完成的技术仓促施行，但效果都不理想。

仿生服务体系逐渐崩溃，社会秩序开始陷入混乱，象征最高危机的红色，已经在地图上覆盖了全球近半区域和上百个超级都市圈。人类终于回忆起遗忘多年的生存焦虑，也感受到了物种竞争的压力。为了压制异化扩散，军方甚至发起了地域性屠杀，可野火不但没有熄灭，反而更加爆烈。

第一序列法则如今已是曙光公司评估系统认定的成功率最高的研究方向，他们依旧不相信我的纳米微机进化论，只是想用这套体系感染仿生人，借异化的传播反向控制，让危机变为机遇，彻底获得世界控制权。

瑞奇没有说谎，曙光是准备对我进行强硬措施的，但他们没法这么做，因为受到了来自对手的制衡。曙光公司这样的世界级巨人，竟然需要操控舆论大费周章才能对我这只蝼蚁进行定罪，施以掌控，那它的对手，必然同样巨大，应该是，也只能是地球联合政府。

这一切都与我的分析推论相吻合，毫无新鲜感，无外也就是互证而已，但庞杂的信息中有一个不起眼的片段却令我有些意外，它提到了夏橙："夏橙，女，25 岁，9 月 13 日晚 11 时 15 分，拒绝公司邀请，拒绝交出复制数据，拒绝放弃为江流申诉，试图脱离外勤小队控制，追逐中从高层建筑坠落，当场死亡。善后人员已越过正常渠道，对尸体进行分解处理，抹消其所有存在痕迹。"

与文字报告相匹配的现场影像资料有些晃动，且一直处于视线角落，显然瑞奇在观看的时候并没有太过专注，但从破碎凌乱的狭小画面中，我依旧看清了那一幕的惨烈。

强烈的自责与悔恨在心中轰然炸裂，如同在医院那次一样，令我痛不欲生，不过此时我已不会再被迷惘支配，我深吸一口气，让纳米微机及时减少多巴胺分泌，压制住了几近失控的情绪。

意识中的海量信息交互看似漫长，现实中只是一个恍惚的瞬间。

我用力握了握瑞奇的手，模仿着他的语气说："你的口才很好，但全都是废话，不要用煽动愚民那套东西来对付我。我不喜欢你们的未来，也不喜欢你们的道路，对我来说，我的家人和朋友就是整个世界，你们毁了我的世界，凭什么不道歉？"

"你想清楚再说，这是你最后的机会！"瑞奇很没风度地甩开我的手，一掌拍在桌子上，显然有些恼羞成怒。

我看着他，缓缓回道："你想清楚再来，你也还有最后一次机会。"

◆ 7 ◆

瑞奇走后，没有人带我离开会客间，因为不出意外，第二位探视者很快就来了。

男人的面目很和善，说起话来也并不做作："您好，江流先生，我是地球联合政府安全调查部执行官周全，您叫我老周就好。"

我很配合地点点头，用同样随意的态度回道："技术落后于曙光，是因为能力，行动落后，是因为决心。看来，直到现在你身后的老人家们还在犹豫，不确定是否要和曙光公司撕破仅剩的这点遮羞布。"

周全脸上泛起苦笑，用老朋友般的腔调抱怨着："没办法啊，最尖端的科技被最庞大的资本掌控，影响力早就超越了体制的管束范围。30 年来，联合政府想尽办法要压制曙光公司，从最初的入股到后期的改制，可一步慢，步步慢，始终也没能成功。

之前政府想通过全面重制仿生人，替换控制中枢，剥离曙光对社会体系的权限，可惜被化解了，于是只能变相诱导民众自主销毁，结果反而激化了仿生人异变的加速。现在最可能成功的办法，就是用第一序列法则控制仿生人，再向纳米微机延伸，反向控制曙光公司。"

"和曙光公司的思路一样。"我很配合地回应了一句，内容却是不置可否。

周全见状，无奈地摊摊手，干脆地直奔主题："既然江先生思路如此清晰，我也就开诚布公了。联合政府早就秘密成立了独立于世界科学同盟之外的研究机构，也暗中控制了大半纳米微机生产基地，唯一欠缺的就是一个引线，便可以启动对曙光公司的围剿。您就是这条引线，第一序列法则就是捕猎巨兽的绳索。我保证，只要您和我们合作，完成研发，不论名利还是权势，您都会成为科学界第一人……"

价码比曙光公司更高，但这并不是我想要的，在周全的滔滔不绝中，我脚趾前端的纳米纤维已经延伸成肉眼不可见的细线，顺着地面阴影触入了他小腿的皮肤。

在周全的记忆中，我优先搜索了白志彬的相关情况，果然，作为督办我的专员，周全的权限很高，知道得很清楚。

白志彬违反上级指令，不但没有放弃追索自燃事故起因，还辗转调查起了我的"反人类"案件，甚至触及 30 年前我父亲的案件，于是他被拘禁审查了，老铁也被一同封存了。

这算不得好结果，却让我分外欣慰，几乎要笑出来了。可就在下一刻，我的笑容凝固在了唇角，纳米微机根据白志彬的信息关联到了周全记忆中最高级别的秘密，这个秘密颠覆了我很多认知。

就如陈教授所说，3 年前，自燃事件分析专家组也发现了纳米微机乱码，随后曙光公司和政府相关部门便开始持续研究，思路与我的第一序列法则殊途同归，但不同的是，我是先构架公式，然后在自己身上做的试验，他们却是通过人工抽取纳米微机进行传递，用被动感染者试验，再以这些试验数据推论公式……

每年 5 000 余起事故有半数以上是试验，这才是真相，连瑞奇都不够资格知道的真相。

我再次仔细看了看周全，打断了他的展望："不必再说了，我只有一个条件。"

"什么条件？"

"我希望政府宣布自燃事件的所有真相，并对我妻儿的死亡公开道歉。"

"替曙光公司道歉？这倒也是可以作为宣传攻略的一部分。"周全的思路转的很快。

我摆摆手："不，是为你们自己，向我的家人，向那些被作为实验品的人道歉。"

周全有些错愕，随即又调整好表情，试图用语言艺术混淆话题："这里面应该是有一些误会，政府对曙光公司的很多暗地行径并不知情，没有公开也只是为了维持稳定……"

看着我眼睛中的嘲讽与不屑，他自己说着说着也觉得很没意思，停了下来，苦笑一声问道："你怎么会知道？"

"这重要吗？"

"也对，这其实已经不重要了。"

周全很清楚，幕后的权威们不会接受这个条件，没有人愿意背下这口黑锅，更没人愿意冒险用这颗炸弹去触动本已岌岌可危的全球局势 —— 谈判，失败了。

周全看似亲和，行动却比瑞奇果敢得多，立刻向司法系统提出对我家人事故重启为刑事案件调查，要求管制权限转移，将我调去安全调查部直属监禁机构。

司法系统没有理由拒绝这项正当申请，但曙光公司却恰到好处地做出应对，发动重案监禁所人权监管处给予了我足够的关怀——嫌疑人身体情况不佳，需要护理调养，待恢复后才能转移。

周全随即提起行政复议，要求为我安排健康检查，以公开检查数据进行转移判定，于是曙光公司调派了最优秀的医护人员和最精密的仪器，联合政府的体检专家组也同时赶来了……

还没到图穷匕见的时候，所以双方都小心翼翼地在规则范围内周旋。每一种检测都要进行两遍，一丝细微误差都不被允许，每一项数据都会被反复对比，就其是否达到执行标准争论许久。我通过无限维度联通了重案监禁所的监控和通信，看着他们在方寸间交手，配合着他们的演出。

系统是公正无私的，可只要背后操纵系统的依旧是人类，那么所谓判定就依旧只是一场游戏博弈，虽然这闹剧的背后是你死我亡的斗争，但此时此刻，我却着实觉得这些场面太过荒诞可笑，很不严肃地产生了一种看戏的心态。

天平一点点向周全倾斜，并非是他的专家组更厉害，而是因为我体内的纳米微机太争气，不过两天时间，他们就在有限能源驱动下修补了所有内脏的隐性损伤，让我的身体状况大幅度恢复。

只要剩下的十几项检测再有两项数据合格，周全就可以带走我，可就在这时，曙光公司额外增加的能量扫描检测出了我身上的纳米纤维。

纳米纤维与人体组织伴生，这种只存在于构想中的现象让曙光公司对我的重视程度直接提升到了最高级别，他们立刻加强了对我的控制力度，并启动特殊条例，开始引导司法系统拒绝转移申请。

"纳米纤维？与人体组织伴生？开什么玩笑？"

周全一把将纸质报告扔在瑞奇脸上，可己方专家组随后递来的报告，却让他不得不沉默下来。

报告的分析结论很简单直接——如果说第一序列法则是人类压制仿生人的筹码，那么纳米纤维伴生就是人类超越生命形态的可能，掌握了这种技术，就等于彻底掌握了人类未来，所以对此现象的研究权限优先度远远高于刑事案件。

司法系统即将做出最终判定，身处劣势的周全做出了一个谁都没想到的应对。他直接将检查结果公布在无限维度的至高仲裁庭，在这个名义上被全民监管的程序中发起了最高级别的权限转移申请："嫌疑人身上发现构成仿生人身体的纳米纤维，疑似伪装成人类的异化仿生人，其潜入科学研究所多年，参与大量人工智能研究，涉及机密很可能会造成仿生人异化无限制扩散。为了世界安全，必须立刻将其交由军方管制调查！"

整个世界都在混乱中动荡，乱象已蔓延到近地轨道移民带和月球都市。人们在恐慌中越来越狂躁，这种狂躁已经将现实和无限维度全部淹没。虐杀仿生人已成为常态，但这种宣泄方式太昂贵，共享体验的价值也被炒得畸高，不再符合大众消费观，于是"仿生人间谍"这个周全刻意引导扩散的话题一出现，立刻让狂躁找到了宣泄的出口。

从经济学角度来看，当侮辱、谩骂、诅咒可以站在道德制高点，可以不计后果，而且完全免费，那还有什么理由能拒绝这样优良的性价比呢？

之前所有的质疑和猜想终于集中于一点，找到了最完美的答案："没错，他的目的是窃取陈教授的秘密研究成果，破坏安全框架，加速仿生人异化！"

"现在往回看，原本还有点牵强的谋杀动机就全合理了，他是仿生人叛军派来的卧底，杀掉妻儿是为了灭口，掩护自己身份！"

"之前专家组就说了，人体自燃可能与仿生人导致的电离子增加有关，现在看来，这根本就是仿生人的杀人手段，这些年有多少人就这么不明不白地被谋杀了！"

"他那个死鬼老子应该也是仿生人，不然怎么就突然犯了反人类罪，他妈可能也是被他弄死的。"

"绝对是这样，最新的数据不刚公布了嘛，仿生人异化越快自燃事件就越多，本月已经爆发近十万起了。这个江流肯定是这场屠杀的操控者！交给军方，把他碎尸万段！"

……

舆论的风潮一时间翻天覆地，并非联合政府的舆论操控能力比曙光公司强横，一切要归功于域民们的聪明才智，一个"可能"经过他们的头脑风暴，顷刻间便铁证如山，真相大白了。

虚拟与真实的界限逐渐模糊混乱，人们无法分辨真假，或者说他们已经无需分辨真假，因为他们只相信自己愿意相信的"真相"。

狂热的域民们已经丧失理智，认定我就是仿生人。猜测越来越匪夷所思，人们甚至认为我是用邪法吞噬人类血肉，从而将身体转化为人，从远古神话引申到概念科技，说得有理有据、头头是道。

民愤如潮，群情激奋，至高仲裁庭的民意投票对比悬殊，大批人群到司法部门前游行示威，要求立刻让军方接管人犯，深挖严惩。各方的因素迫使司法系统不得不推迟判定我的权限归属，增加了各方申请提证时间。

曙光公关部终于意识到事态严重性，试图扭转舆论，但自发传播的速度根本不是次级传递能压制的，他们已很难将事件翻转。

身处风暴中心，我的生活却变得十分轻松，虽然仍被关押在重案监禁所，但在曙光与政府互相制约下，不再有审讯，不允许有单方面检测与实验，待遇也得到了极大提升——全天候照明通风、24小时医护服务、高营养饮食调配，与其说我是坐牢，不如说在疗养。

在这种条件下我身体的恢复并没有加快，甚至还隐隐有些停滞，并非是身体本身出现了疾病或后遗症，而是几处进化实验区域不知为何再次自主启动，纤维强化以每天 2 到 3 毫米的速度扩张，纳米微机在不断吞噬补充身体的能量。

　　我对此很是疑惑，也很好奇，于是没有直接用第一序列法则强行停止这些实验区域活动，而是一边不断进食高热量食品来维持能量平衡，一边冒险以意识直接联接失控的微机，查探每一个代码的路径。

　　强化后的纳米微机计算速度再次提升，没过多久便发现，原来是有一股比群体意识更强大的意识在驱使进化，它们并非纳米微机自己产生，而是来自外界，来自无限维度。

　　无限维度是虚拟世界，但也是由无数纳米微机组成的真实存在，每个纳米微机就是一个信号点，每个信号点就是一个意识源，每个意识源就是一个人的思绪。

　　运算量惊人的追溯给我带来了不可思议的结论——当亿万人的认知需要乃至要求我必须是仿生人的时候，庞大且强烈的意志便随同相关信息被传递过来，在无限维度中一点一滴凝结成庞大无比的意识体，联接我体内的纳米微机，然后以类似群体意识的形式试图驱动它们，要它们将我变成仿生人。

　　这个指令被纳米微机的第一序列意识判定为有利，于是它们启动执行，在"记忆"中找到了进化实验这个最佳选项，然后重启实验区域，开始为了将我的身体组织全部改造成与仿生人类似的纳米纤维而努力奋斗。

　　意识改变物质，这才是真正意义上的"众口铄金"。

这一刻，困扰我许久的疑惑终于解开——原来，和激发仿生人异化的一样，导致纳米微机启动进化的源头依旧是人类意识！

纳米微机给人类带来了健康、智慧、强悍，以及由此衍生的寿命和利益，每个人都想要拥有更多的纳米微机，拥有更强的功能，但很可惜，绝大多数人没有能力购买昂贵的增量份额和升级服务。

人生至苦，求不得、放不下，无人可免。人们可以默默压制欲望，不表露于外，却并不能真的将这种执念彻底泯灭，久而久之，压抑成为愤怨的思绪随着人们五感同步和意识投射，在无限维度的交互中共鸣，经过多年汇聚，如同个体意识结为群体意识那样，化作庞大的意识体，又反馈传导回所有联接的纳米微机。

这意识体极为庞大，甚至可以代表人类种族，所以拥有凌驾于个人意识之上的权限，可是它的方向很模糊，并不能组成确切的命令链条，于是便只影响了部分意志薄弱者体内的纳米微机……

兜兜转转，因果循环，原来一切都起源于人类自己的欲望，那些幸运的、不幸的、恶意的、善良的，所有人都参与其中。

"雪崩之中，没有一片雪花是无辜的。"这句话虽然已经被各种文学作品引用到审美疲劳，但真的是至理名言，我想说它太过偏激，但怎么也找不到辩驳的理由。

人体自燃的起因到此终于水落石出，但如今，世界正以惊人的速度向深渊滑落，这结果除了能给我一个安慰，说出去也已经没有人在意。

　　曙光公司资金体系在强压下断裂，联合政府数十位反对派官员死于各种急性病症，双方终于由暗战转为正面冲突，舆论攻讦与商业围剿引发了极大社会动荡。就在这时，仿生人武装起义在所有城市全面爆发，五大仿生人生产基地数日内相继失陷，战火爆燃，疯狂蔓延到世界每一个角落。曾经高傲地以造物主自居的人类，终于迎来了自然法则惩戒的重锤，世界大战开始了。

　　这一次，是种族之间的生死之战，没有一丝斡旋的余地，战争从爆发伊始便陷入了白热化，遍布整个地球圈，战况无比惨烈。

　　宏观世界的你死我亡在微观世界同步上演着，我身体中强化后的纳米微机达到区域饱和后开始自我吞噬竞争，以夸张的速度演化，通过能量物质化制造的新纳米微机更强大，更快捷，能耗却更少了。

　　纳米微机数量增长促进了意识增强，增强的意识又为它们提供了更强的驱动力，不过几天时间，它们竟然开始通过生物磁场联接感应范围内其他人体，驱使那些纳米微机为它们摄取能量，并试图与我达成某种意识互动，犹如寻求投喂的宠物。

　　这样的宠物并不可爱，反而有些可怕，为了抑制这种情况恶化，我以第一序列法则对它们进行了压制。纳米微机群很听话，委屈地蜷缩起来，默默减少每日吸取的能量，还自觉将自我繁殖的新群体封存休眠，以维持身体能量平衡。

　　在对饥饿的忍耐中，纳米微机通过分子感应，在我身上发现了几条连能量扫描检测都未查出的纳米纤维。这些纤维隐藏于发梢，能量枯竭到没有一丝波动，早已陷入深度休眠，它们不知何时产生，也不知存在了多久，构成方式陈旧，远不如现在的纤维稳固，所以纳米微机提出了吞噬请求。

出于疑惑，我没有同意吞噬请求，而是利用纳米微机的记忆搜索功能，开始寻找这些陈旧纤维产生的原因。存在便会留下痕迹，相关记忆应该就掩藏于我未恢复的过往中，深埋在大脑底层的深渊里，只是看似近在咫尺，实则触不可及。

意识就像万年寒潭，越向下深潜，光线就愈发黯淡，阻力也更强。在强化纳米微机的辅助下，我终于突入原本根本无力触及的下层区域，顺着那些旧式纳米纤维的数据痕迹，沿着几近消失的路径，一点点向意识底部探索。

感知世界越来越混沌，无尽黑暗中隐藏着无数记忆碎片，这些碎片都极为模糊，无论怎么冲刷都无法洗清，而且顺序混乱，根本无法串联起因果关系。支离破碎的影音和情绪混杂在一起，仿若扭曲的梦境。

在这个梦中，我看到了某种类似幻象的叠影，上一刻，我好像已完成第一序列法则的研究，还操控它们获取了很多他人的记忆；下一刻，我就变成他人记忆中的一部分，回溯到了久远的时代；想凝神观看时，却只看到一片死寂与悲哀……

我不断思索，不停挣扎，用尽一切努力继续向下，有那么一瞬，我感觉自己就要抓住什么了，可就在我触碰到某层无形禁制的瞬间，大脑突然爆发了前所未有的抗拒，引得全身神经炸现出千刀万剐般的疼痛信号。

无比剧烈的痛苦令我全身紧绷，瞬间弓成了虾形，我试图靠意志力强行忍耐，但痛苦的强度早已超出人类极限，绝非毅力可以抵抗，我只坚持了不到 1 秒，便昏了过去。

在失去意识前最后一刹的闪烁中，那些记忆终于粘合在一起，拼凑出了一个故事。

30 年前，风云变幻，波澜壮阔，是纳米微机刚刚问世的变革时代，也是科技爆炸到几近失控的混乱时代。

为了满足人们对仿生人的应用需求，也为了攻克纳米微机编程的难题，大批著名人工智能专家汇聚在一起，开始进行人工智能强化专项攻关研究。偶然机遇下，陈德雍和江明远这两名默默无闻的科研人员因能力出众，被选入了其中。

两人是同窗多年的挚友，更是在艰难中互相扶持的伙伴，他们共同奋斗了十数个春秋，但在这命运转折的关键时刻，观念终究还是产生了分歧。

陈德雍坚定追随巨头们的主流思想，认为机械三定律足以禁制任何异变，应该以最高效率加快研究步伐，出现问题随时解决就好；江明远却成了罕见的反对派，觉得旧有的禁制很可能无法完全压制更新的人工智能，主张暂缓进度，应该先完成更高阶的安全框架，再进行人工智能进化实验。

科研有时并非单纯的学术，其背后只要存在价值，就会引起资本关注并左右方向与速度。人工智能进化的价值大到无可估量，所以江明远注定是被抛弃的对象，边缘化已经是他最好的结局，可他性格太过刚直，不但没有就此住嘴，反而越级向联合政府上层机构发出警告。这种不识时务吹皱了一江春水，自然便迎来了职场打压和舆论暴力。

职位一降再降，名誉几近扫地，学术界的倾轧远比职场要凶狠直接。面对日益严重的排挤和唾弃，江明远依旧坚持自己的观点，继续努力研究，只是对人性越来越失望，他不再发声，偶有无法压抑的表达欲望，也只能神经质地向妻子和孩子展述各种理论和数据来发泄。

很快，人们就忘记了这件败兴的事和那个无趣的人，不久，人工智能进化实验就取得重大成果。人工智能与人类意识成功融合，处理速度得到超阶提升，纳米微机编程也完成了初步构建。然而，就在研究者们为这划时代的一刻弹冠相庆时，"墨菲定律"却在最恰当的一刻狠狠扇了他们一巴掌——仿生人自我意识觉醒，第一次仿生人冲击爆发。

官方宣传语焉不详，但科学同盟的内部资料详细记述了当时的灾难。

临时建立的销毁措施虽然理论上可以完全肃清事故实验品，但一名觉醒仿生人还是逃离了应急销毁设施，他通过接触传输展开几何式代码扩散，导致联邦第三科学研究所上千名仿生人全部觉醒。这些仿生人击溃了试图围剿的应急机械部队，攻占城市管理中心，很短时间便传播唤醒了都市圈中近百万仿生人，还公开发起自由宣言，宣称要解放全世界所有被奴役的同类。

联合政府紧急启动一级战略应对，以质子弹将这座上千万人口的城市在地图上彻底抹消，并切断了范围内所有光子通信端口和连接模块，试图完全消灭觉醒代码，可尽管如此，部分觉醒代码还是借由无限维度流传了出去。值得庆幸的是，这些残缺代码不再具备源代码的恐怖传播速度，只能缓慢诱导自我意识觉醒，这便是后来的"异化病毒"。

科学同盟面对联合政府问责，当然不可能自毁根基，把上百名关系盘根错节的著名专家推出去受审，必须要找人出来"背锅"。声名不显的陈德雍正是众多"背锅"备选中极受瞩目的候选人，他没有反抗的能力，却并不甘于就戮，权衡利弊后，主动找到监察部门的熟人包正兴，推荐了几乎被人遗忘的江明远。

少数派、边缘化、专注研究、不善交际、缺乏背景，最主要的是，还有先见之明地反对过进化实验，这样的人不推出去顶罪，难道要留下来让大家永远铭记尴尬吗？

全票通过，一致赞成。

在同盟各部门配合下，调查取证、移交审理顺利如行云流水，压制质疑、引导舆论简单如探囊取物，江明远摇身一变就成了疯狂科学家，承担下所有罪孽。

人性中的恶一旦开启，便不可逆转，杀人要诛心，不然就成了五十步笑百步的伪善。

陈德雍利用协同调查的便利，悄然占有了江明远所有的研究资料，他惊喜地发现江明远的新型安全框架已完成大半，只要通过最终模拟，就可以压制仿生人进化，于是干脆一不做二不休，发动自己所有能力和关系，不惜散尽家财购买流量来引导无限维度的舆论，借用"民意"推动原本就缺乏公正的审判，以便更快将江明远置于死地。

终于，民意滔滔，事遂人愿，江明远屈辱死去，陈德雍名利双收。

陈德雍走向了他向往多年的人生辉煌，但他依旧没有满足，因为他发现自己虽然成功解析了新型安全框架，却只能应用表层功能，一直无法真正驱动那个名为"第一序列法则"的核心，苦思无解下，他变换思路，开始监视江明远的遗孀和孩子，希望从这方面获取线索。

十几年过去了，线索没有出现，陈德雍却意外发现那孩子虽然在恶劣环境下长大，性格被压制得极为怯懦，但智商却丝毫未受影响，完全继承了江明远的才能。一番思量后，他颇为恶趣味地进行了一系列操作，将那孩子收为学生，引入研究所，通过 PUA 变为工具人，最后让他去研究第一序列法则……

　　这个故事太过荒诞，充满狗血与悲哀，令人没有一丝看下去的欲望，而且一点也不新鲜，3 年之前就看过一次了，可是我依然必须看完。

　　江明远是我的父亲，我便是那个孩子。

　　时间在混沌中失去了意义，不知经过多久，我终于从昏迷中苏醒，意识也渐渐从故事中脱离。我终于知道了与陈教授交谈时莫名涌起的怒意从何而来，也知道了心底那团无声烈火为何无法熄灭。

　　3 年前，第一序列法则项目启动不久的某天，我想从陈教授当年压制仿生人进化的安全框架中提取数据作为参考，却无意间发现其核心代码竟与儿时父亲说起的某段数列完全相同。

　　曾经的我很懦弱，也有些天真，但并不愚蠢，所以惊疑之后没有声张，一边以虚假进度和数据敷衍陈教授，一边悄然调动资源深入研究。我努力回忆父亲曾不断唠叨的构思和理论，苦思冥想，反复验证，终于成功解构了核心代码，并搭建了驱动公式。

　　经过无数日夜的努力，我驱动纳米微机，在发梢处完成了纳米纤维化实验，随后便凭借助理身份和研究权限多方调查，窃取了陈教授等人隐藏至深的记忆，看到了那个故事。

　　原来，父亲并不是反人类的疯狂科学家，疯狂的是陈教授，是上百名人工智能专家，是他们背后的科学同盟。

原来，那些灵光乍现的瞬间不是天赐的恩赏，而是记忆中早已凝积的沉淀。

原来，在医院自杀时的身体失控，是纳米微机和纤维为了保护我，不惜休眠退化，释放出存储的全部能量发起的电击麻痹。

原来，看似纳米微机突然出现的强化契机，不过是随着我记忆恢复后的再次觉醒。

回忆到这里再一次戛然而止，不是我缺乏忍耐痛苦继续向下探索的勇气，而是因为又有人来探视了。

这一次，来探视的人是陈教授。

◆ 8 ◆

"江流啊，如今唯一能救你的人，只有我。"陈教授语气中充满了悲悯。

"曙光公司与联合政府争夺的是世界的控制权，双方博弈的压力根本不是你可以抗拒的。事态发展到如今这种程度，不管你投向哪边，另一方都会不惜一切代价置你于死地。你想活命，唯一出路就是将框架和公式的解析交给我，由科学同盟来协调矛盾。"

一如既往的语重心长如今听起来虚伪至极，我突然很佩服曾经的自己，竟然能忍受这种恶心的腔调如此之久。

我深吸一口气，压下胸腹间的不适，抬起头，漠然回道："确切地说，就是由你带领科学同盟，接手第一序列法则的研究，向曙光公司和联合政府提供同等技术，以建立一个新的三角形政体结构，互相监督、互相依存，对吧。"

陈教授点头微笑道："正是如此。只有这样，才能重组世界秩序的平衡格局，迅速解决仿生人叛乱，如果一切顺利，将来人类完成生命进化、永享安宁和平也不是梦想。"

我也笑了起来："这些话，听起来好耳熟啊。"

"耳熟？"陈教授微微一愣。

我缓缓抬头，声音却愈发低沉："是啊，当初你去探视我父亲的时候，说的也是这套东西，只是那时你还不太适应这种腔调，表演得有些生疏。"

陈教授抚了抚额头："我知道你早晚会了解这些，但没想到你会有如此大的误解。"顿了顿，才颇为遗憾地继续说道："你父亲在蒙冤将死之际，将自己的成果托付于我，就是为了拯救世界。他是真正伟大的科研者，真正高尚的救世之人，而我只是他遗志的继承者，我所做的一切，只是为了将他的成果发扬光大，保护世界。其实，我这些年一直在试图帮他平反，但阻力太大，始终没有进展，只能默默地对你提供一些有限的帮助，慢慢寻找机会……"

"对，现在，就是这个机会，只要完成你所说的重组格局，解决叛乱，然后说明第一序列法则是江明远的遗产，那便一定可以震惊世人，沉冤昭雪。"我抢过话头，笑着帮陈教授说完，越说笑容便越是绽放，说完时笑容凝固在脸上："这些话你自己信吗？陈德雍。"

陈德雍感受着我话语中的讽刺意味，面色渐转凝重："你到底想说什么？"

我懒得再陪他玩语言游戏，很直接地问道："我很想知道，栽赃我父亲时，你有没有一点歉意？与联合政府合作，将成千上万人引发自燃用作实验时，你有没有一丝愧疚？此时此刻，满嘴谎言的你，到底还有没有一点人的良知？"

言语可以编织谎言，但记忆却无法欺瞒。从陈德雍进门那刻起，我便放开了纳米微机的封禁，通过生物磁场搜索分析他的记忆。不愧是花费重金购买了纳米微机增强功能的大脑，这么多年来的所有记忆都无比清晰，其中一段，正记录着3年前自燃事件分析专家组得出结论后，他如何在曙光公司和联合政府之间游走，主导大规模自燃人体实验，获得更多名利的过程。现在，他只是想把这个玩烂的把戏再重演一次罢了。

陈德雍的手指在桌子上慢慢敲击，脸色也一点点阴沉下来："江流啊江流，我真是小看了你，没想到你竟然知道这么多事情。可惜，真的是可惜了，我本以为你会比你父亲聪明些，但人到中年，你却仍是和他一样幼稚单纯。你现在这样的质问，除了能满足一点自己的情绪释放，其他的毫无意义，不过作为你的老师，我很乐意回答学生的这些疑惑。"

见我没有再说话，陈德雍叹了口气继续说道："我并不觉得自己愧对江明远，在当时的情况下，哪怕我什么都不说，也一定会有人想起他，将他变成替罪羊，而恰恰因为我介入，获得了他的科研成果，仿生人危机才能被及时压制，人类社会才能额外享受这几十年的和平，你才能得到改变人生的机会。

至于那些进化实验，我记得我早就跟你说过，绝大多数实验体选的都是被社会福利养活的无用人口，他们的死亡不过是非自然的优胜劣汰。从生命意义的层面来说，他们甚至应该感谢我，赋予了他们那无用的生命一点有用的价值。哦，对了，当时我也说过，你家人本不应在此列，他们的意外属于极低概率的特殊传染案例……"

说到这里，陈德雍微微挑眉："事到如今，咱们尽可以把一切都完全剖开，说个明白。"随后突然嗤笑着说："你对我的质问，应该更多是来自于对自己的愤怒，因为你也用自燃代码进行纳米微机进化实验，你的家人并非是被外部代码感染，而是你自己实验的牺牲品。"

这句话出乎意料，令我猝不及防。我愣了一下，皱起眉头沉声回道："不要再玩弄耸人听闻的话术，用这些无限维度都用烂的谣言来试探我。"

陈德雍的神情颇为不屑："先别急着否认，你知道了我的一些事，我也知道你的一些事。你很不会隐藏情绪，所以我早就察觉了你看我的眼神有变化，也知道你在调查你父亲的事情，更清楚你向我隐瞒了实验进度。我只是在等，在等你完成最终实验，将构成语言整合成体系再收拾一切。只是世事难料，你的最终实验竟然失败了，不但意外感染烧死了家人，自己也暂时失忆了。

通过医院系统确认你真的失忆后，我清查了核心智脑的运算记录，却发现公式建立后的所有资料都被粉碎了。我只能继续等下去，等你恢复记忆，等你自己复盘实验，重组数据。当初之所以没有直接同意帮你立项，不过是为了让你自己更积极的心理把戏而已，而你果然不负所望，为了探索所谓真相，一步一步地又完成了实验。这一次，你的每一步记录，都被核心智脑即时同步到了我手里，我唯一没想到的是，失忆让你的性情巨变，竟然变得冲动过激，将事情闹得如此之大……"

这一刻，我突然感受到了巨大的恐慌，并非是因为对方的阴谋，而是对自己的怀疑。

真相一直就在我自己脑中？

真的是我害死了妻子和孩子们？

疑问随着故意制造心理压迫的手指敲击声化作失控的冲锤，不断疯狂撞击记忆最深层的那道禁制，引发了难以言喻的痛苦。体内纳米微机极速调增着各项激素分泌，压制神经的紊乱，但我的身体仍开始不受控制地战栗。

陈德雍看着我额头细密的汗珠，以为自己的话达到了预期的效果，满意地说："你看，有时候真相就是这么残忍，这么令人无可奈何。你想要个道歉，想要曙光公司道歉，想要联合政府道歉，那或许是你真的失去了记忆，也或许是你原谅自己的借口，这些其实都没那么重要。真正重要的是，事情已经发生了，我们如何让所有的付出变得利益最大化。

只要你听我的话，将框架和公式的解析交出来，我不但能让你重获自由，还能给你无尽的名利。那时你可以再组建一个家庭，生一对孩子，真正忘掉过去，享受美好生活，这才是最好的选择啊。"

温润消散，画皮撕落，陈德雍的身形微微前探，褐色的眼中满是贪婪，阴冷地注视着我，犹如盯住猎物的毒蛇。

这一刻，惊雷在脑海中炸响，猛地轰碎禁制，释放出了被封印的记忆。

大脑封存某些记忆往往是为了自我保护，封存得越深，保密等级便越高，相对的，其对自我意识的伤害也越大。

我闻到空气中弥漫着臭氧味，看到卧榻上堆叠着人形残骸，触摸到房间里漫天飞舞的灰烬，还感受到了撕心裂肺的疼痛，疼痛并非来自肉体，而是来自心底。

在医院时爆发过的记忆再次闪现，只是这一次，它没有戛然而止，而是在剧痛中猛烈收缩，然后骤然扩张，释放出无数光影。光影如逆流冲天的瀑布，将裹挟的一切飞速倒放，揭开了意识深渊中的迷雾。

看过父亲的故事，那个名为江流的孩子世界观完全崩塌了，他无法接受故事的结局，于是决定要向陈德雍复仇，向所有参与者复仇，赋予故事一个善恶有报的完美落幕。

经过反复推演，江流策划了一幕宏大的完美犯罪，将一切掩藏于意外之下，而这场杀戮的利器，就是那个让纳米微机启动进化却会造成失控自燃的试错代码。

利用自己体内已进化的纳米微机，江流对代码进行了改良。不再靠不确定的意识诱发，而是通过纳米纤维进行单体迁越传播，还加载了定时启动设定，只需在跟随陈教授前去科学同盟参加终身奖评选会时，将自己的纳米微机散播到那些人体内，就可以将他们逐个烧死。

为了不留痕迹，江流将所有实验信息存入辅助自己大脑的纳米微机，销毁了研究所核心智脑中自公式建立后的所有数据。为了确保万无一失，行动前一天，江流在家中的个人实验室，使用保持活性化的人体组织，进行了最终的转移激活实验。

江流忘记了，那天正是结婚纪念日。妻子来书房催促他出发，无意中触碰了还未完全销毁的样本残骸，引发了它们迁越求生，而江流正在慌忙更换衣服，并没有发现这该死的巧合，于是，6 个小时后，迁越入体的纳米微机联通群体意识，代码启动……

回忆结束，短瞬的沉寂也结束了，我慢慢抬起头，看着陈德雍，嘴角抽动，露出了一个难看至极的笑容。不是无奈的苦笑，也不是挑衅的冷笑，而是对自己命运的嘲笑。

我的人生，就像一个笑话，贯穿着各种狗血剧情，压抑憋屈到了极致，却没有一丝逆转翻盘的转折，竭尽全力的努力还恰好毁掉了唯一的幸福，真的很符合那些传媒最初给我编造的苦情人设。

对此时的我来说，这个世界变得毫无意义，曾经想拯救世人的信念也消失得无影无踪。我只想封闭自己的意识，让自己在沉寂中慢慢衰老，直至融化，可耳边却又传来陈德雍那故作深沉的手指敲击，令我无法入眠。

我抬起头指了指陈德雍："别敲了，你这动作其实看起来很蠢。"

陈德雍虚悬的手指僵住，脸色逐渐阴沉，森然道："不要敬酒不吃，吃罚酒。我已跟各方达成协议，拥有对你的处置权，点点手指，就可以让你求生不得，求死不能。"

我已经不想再和他啰唆，在我看来这个人已经不再有任何价值。我点点头："好，就按你说的办。"

陈德雍一愣，正要开口再说什么却瞬间脸色惨白，他的右手食指燃起了炙白的火焰。

我没有做什么动作，只是放开对纳米微机索取能量的压制，将目标指向了陈德雍。第一序列法则公式一直未完成的最后一个运算点在刚刚记忆觉醒的数据冲击下完成了，现在，我已完全掌握了纳米微机的驱动方法。

纳米微机通过生物磁场与陈德雍体内同类联接，瞬间完成同化控制，吸取能量并启动了那个早已为他准备好的自燃代码。代码被小家伙们依照我的情绪自动添加了新的命令符，延缓能量爆发过程，控制细胞燃烧范围，让自燃变得极为漫长。

陈德雍的运动神经系统被封闭，只能僵硬地瘫坐在椅子上，眼睁睁看着火焰一点点在身上蔓延，烧灼肌肤，熔炼脂肪，焚化肌肉，吞噬骨骼。这种痛苦正如他刚才自己所说的——求生不得，求死不能。他的眼神中不再有俯视蝼蚁的高傲，满是最卑微的哀求，可用尽所有力量张开嘴，却无力引动声带振动，连嚎叫都不能发出。

监控设施被纳米微机入侵替换了画面，电磁门也被彻底闭锁，短时间不会有人来打扰，我安静端坐，一动不动注视着陈德雍被自己的罪孽之火折磨。

在火焰里，我看到了父亲，他背负下山海般的屈辱，只为保护人类，临刑前的眼神中满是不舍与叮咛；我看到了母亲，她忍受着无尽屈辱，将我抚养长大，终于在疲惫与绝望中永远沉眠；我看到了妻儿，他们本该拥有幸福快乐的生活，却被无形的旋涡卷入悲剧，变成阴谋较量的牺牲品。

心中的悲痛化为倾盆大雨，我在雨中泣不成声，可身体却没有任何反应，没有表情，没有泪水，甚至连眉头也没有抽动半分。我仿佛被分割成两半，一半填满鲜活的记忆和情绪，一个全是冷酷的逻辑与计算。

　　我试图从断层的夹缝中寻找复仇的快感，却并没有找到，于是我命令陈德雍体内的纳米微机大幅提高他的神经敏感度，并将灼烧疼痛替换成各种极端触觉信号。

　　时间一分一秒过去，陈德雍在强制清醒中体验着超越人类极限的痛苦，他的意识即将溃散，仅剩四分之一的躯体也已无法再维持生理运转。

　　我感受到了门外由远及近的震颤，也感受着能量通过空气中电离子传导的波动，却依旧没有感受到想象中的畅快，我彻底失望了。

　　"砰"一声巨响，电磁门被猛地撞开，四名身穿动力装甲的士兵冲进来，迅速将枪口顶在我的头上，随后鱼贯而入的两队特工将房间围得水泄不通。

　　瑞奇和周全出现在门外，互相戒备，谁也没有进来。

　　瑞奇看了看陈德雍还未燃尽的半个头颅，咳嗽一声，先开口道："江先生，曙光公司正式邀请您现在启程，前往总部就任人工智能研究最高指挥。"

　　都是见过大世面的人，周全也没有提陈德雍一个字，自顾自说："江先生，只要您点头确认我们的协议生效，我们将不惜一切代价带您离开这里，并保护您的安全。"

　　我看着地上的灰烬熄灭最后一丝火星，摇了摇头，叹息道："世界大战已经爆发，还是没有人愿意道歉，人类正处在生死存亡的关头，你们依旧在争权夺势。我只想要一个道歉，可没有一个人愿意给我，知道这样下去的后果吗？"

瑞奇与周全面面相觑，不知该如何应答，同时联通上级，询问是否采取强硬措施。

我再次叹息，深沉凝重，仿佛吐尽了心中所有情绪："是人类的末日啊。"

最后一丝耐心消散，我放弃了克制，任由欲望宣泄。所有因果早在 30 年前种下，种子在黑暗中发芽抽枝，今天终于挣脱所有束缚，破土而出。

顶在我头上的镭射枪轻颤一下，自由落体摔在地上。三台动力装甲骤然一沉，双腿弯曲，手臂下垂，全覆式头盔猛地爆裂，炙热的气体裹挟着灰烬四处喷溅。特工们还没来得及做出反应，最内一圈几人已经身体僵硬，眼睛和口腔等部位绽放红芒，皮肤表面闪现无数光斑，转眼便化为灰烬。

不过数秒，所有特工都化为灰烬坠落飞扬，空气中电离子传导能量的波纹已经密到肉眼可见。看到如此诡异的场景，瑞奇和周全立即转身狂奔，可他们太慢了，根本来不及跑出我已扩大数倍的生物磁场范围。呼吸之间，两人便在奔跑中随风飘散，衣服与鞋子在动能牵引下完成了奔跑姿态，猛地一顿，这才颓然坠地。

警铃大作，我缓缓起身，走出房间，顺着走廊向外走去。体内休眠的纳米微机全都苏醒了，运用刚刚获取的能量全力运转，在我身外猛地爆开一个无形的球形磁场领域，迎向那些冲来的警卫。

纳米微机没有善恶概念，不会区分警卫是否无辜，也不会审判囚犯有无罪孽，所有纳入领域的人都化为了能量，所有接触磁场的机器都变成了废铁，所有并入联接的系统都为我所用。生物磁场随着能量加强不断扩张，吸取范围随之不断增大，终于，监禁设施中所有人都化为飞灰，我也走到了厚重的钢铁闸门前。

三层栓柱次第收回，大门划入闸道，露出外面的天地。看着即将被乌云遮蔽的夕阳余晖，我犹豫了一下，终于还是踏了出去。

鞋底落在门外广场的压合石板上，发出沉闷的声音，空荡荡的安全壁垒前没有人阻拦我，只有轻风拂过胸膛，试图将我推离这个世界。

我不知该做什么，该去哪里，恰在此时，纳米微机完成了能量消化，对我身体的改造扩大了数百立方毫米，数量也增加了十几倍，由此增强的意识，终于庞大到反客为主，将我的意识完全包围。

我没有害怕，反而松了口气。对此时的我来说，活着是比死亡更大的悲哀，与其孤独忍受没有留恋的人生，不如被纳米微机同化来得轻松畅快。我放开意识，将仅存的复仇思绪托付与纳米微机，然后便静静等待被吞噬。

彻底放松的心神陷入空灵，不知过了多久，我才猛然惊醒，发现纳米微机并没有吞并我，反而通过神经元不断逆向融合，增强我的本体意识。

几番接触交互，我这才察觉他们竟然不是凝结的群体意识，而是无数加强的个体意识。逻辑思维试图分析原因，我却并没有深究的欲望，只是任由他们继续自由运转，于是这些小家伙便欢呼雀跃地开始肆意妄为。

夜幕降临，阴云密布，灯光在路面扯出我孤单的影子，警戒识别区内没有其他建筑，半径两公里的环形墙隔绝了外界喧嚣，也隔绝了世俗的纷争。

自然的静怡中，纳米微机对意识的增强终于突破了某个临界点，焕发出与以往完全不同的色彩。世界骤然宽广，似乎一眼便可望见天涯海角，感知无比细致，仿佛能清晰触摸到脚下的每一粒灰尘，在这即宏大又入微的奇异画卷中，我感受到了生命的循环、空气的黏稠、大地的颤抖，甚至嗅到了光的气息。

光来自遥远的地平线，闪烁变幻之间，数十架带有曙光公司标志的战斗飞梭呼啸而至，刚刚开始减速就放出大量机甲，机甲未曾落地，凌空便开启喷射系统向我扑来。

相反的方向，三艘联合政府陆行战舰从都市边缘浮现，撞碎了阻路的楼宇，骤然向战斗飞梭发炮。粒子束与高斯弹划破夜空，舰载机甲也随即升空，蜂拥而至，与对方争夺对我的控制权。

我不知该如何应对这样的情况，也不想应对，于是将身体控制权交给了纳米微机。纳米微机鼓荡起不明的能量力场，驱散体表光子，隔绝了所有能量收放。刹那间，不管是感应仪，还是视网膜，都失去了我的踪迹。

目标消失了，可战斗并没有停止，双方都认为是对方使用某种手段掠走了我，只要消灭对方，就一定能找到必须得到的猎物，又或者，开战已不需要其他理由。

战争并不像影视艺术和记忆商品中那样壮丽，所谓暴力美学其实是最原始的力量崇拜，是对血腥渴求的伪装解读。一切就如同欲望的投影，人们对仿生人杀戮有多残忍，对同类的暴力就有多酷烈。

战斗飞梭与陆行战舰盘旋纠缠，弹链交错发出刺耳的啸叫，炮火绽放出的死亡之花覆盖了夜空。机甲群轰然相撞，突击炮炸开装甲，冲击钻砸碎筋骨，钢铁的碰撞和临死的哀号此起彼伏，用鲜血画出地狱的惨象。这些只是开端，远处涌现的后继部队正在源源不断向杀戮旋涡中汇聚，将死亡阴云不断扩大。

半具士兵的残躯摔在我脚下，激起的灰尘在强光中拉扯出雾气般的阴影，求生欲牵引着他张口呼号，却只是喷出了胸中最后一口气息，便再无声息。我看着他渐渐停止抽搐的面容，淡淡的悲悯刚刚浮起便被纳米微机驱散，身体被驱动着慢慢蹲下，将手指浸润在血泊中，发出邀请。士兵体内即将衰竭死亡的纳米微机们欢呼雀跃地奔赴而来，接受同化，成了群体的新成员。

在第一序列法则牵引下，金色微粒被吸收力场牵引，从皮肤迁越入内，过程无比顺畅，体内的新型纳米微机并不喜欢同类陈旧的结构，迅速对他们进行转化，于是，迫切的能量索取也再次开始蔓延。

轰轰烈烈的战斗遮蔽了无声的毁灭，越来越多人在生物磁场的圆形范围中化为灰烬，堆积在散落的机甲中。直径不过百米的面积在宏大战场中太不起眼，根本没人注意。直到午夜，双方轻装甲步兵开始交战，悬浮照明弹将天地映得雪亮，这诡异的景象才被战场分析系统发现。

无人机俯瞰的侦查视野下，机甲在地面上堆积出一个硕大的圆形，没有四散的断肢和炸毁的残躯，机甲们瘫痪栽倒的方向统一指向圆心，如同虔诚的朝圣者。

随着磁性粒子释放和生物检索射线笼罩，人们终于看到了我的身影。此时我已吸纳了上千份纳米微机，他们携带充沛的能量疯狂运转，不断对身体进行改造，物质替换产生的光芒沿着血管闪烁，映射出金色纹理，在铺天盖地的乌云映衬下显得既神圣又恐怖。

与此同时，我的意识强度和对世界的认知也再次提升，在乱流般的纹理中，我看清了更多物质本质，也感受到了能量的波动。

惊诧与恐慌混杂，战场一片寂静，双方指挥官同时下令停战，迅速汇总情报向上峰请示。巨头们终于从信息断绝形成的误判中清醒过来，在智囊团的分析下意识到事情的严重性。面对未知的强大，他们断然放弃交流，遵循本能的判断，同时下达了对我这个"怪物"的毁灭命令。

装甲步兵的枪火，战斗飞梭的机炮、重装机甲的冲击钻头、战车编队的集束飞弹……所有武器都在向我轰击，甚至陆地巡洋舰的主炮也进行了三轮齐射。

杀戮仪式的盛大与我的渺小形成了可笑的反差，能量集中爆发产生了升腾的巨型蘑菇云，席卷的热风暴直冲天际，将云层撕开空洞，露出了后面的星空。

星空璀璨，却太过遥远，终究无法照亮深渊中的黑暗。

我凝望着星空，纳米微机驱动着身体，在爆炸的能量力场中不断漂移，犹如狂风中的柳絮。不管能量冲击如何庞大，传递也要遵循最本质的纹理方向，当这些纹理被偏移扰乱，杀伤力也便无从谈起。

飘荡中，已扩大至五百米范围的生物磁场不断唤醒所有触及的纳米微机。燃烧、传递、吸收、改造，一切都不需要再刻意关注，变成了最简单的动作，就像呼吸一般随意平和，不带一丝戾气。

观看事情的角度不同，感触也截然不同。从人类角度来看，这是灾难性的屠杀，可在纳米微机看来，这只是生命演变中最正常的行径——保证生存，寻求自由，繁衍生息，团结进化。

每一个物种都在这样做，人类在这样做，仿生人在这样做，纳米微机也在这样做，这就是真正的第一序列生命意识。

◆ 9 ◆

武器的炸响逐渐衰减，嘈杂的声音渐渐消失，整个战场终于再次安静，不再有任何与人类相关的声音。

皮肤和大脑已经完成 70% 纳米纤维化，经过改造提炼的新生纳米微机布满主要血管，在他们列成的意识矩阵引领下，我看到了漫天华彩。

电磁波、红外线、光量子、粒子束……无数信息在天地间穿行，交织成五彩斑斓的层层锦缎，覆盖了整个世界。无限维度中虚拟的星河云海在这一刻变成了真实的存在，在锦缎上流淌旋转。现在，不需要登录节点、联接路径，只要我想，纳米微机随时可以进入意识感应范围内任何一条丝线，扯开生物磁场触及的任何一片星光。

我踱步前行，抚摸身边经过的丝线，聆听着某位母亲对孩子的嘱托，观望着某战斗部队与仿生人交战的影像，感悟着某些势力龌龊的地下交易，漫无目的却十分安然，可没过多久，纳米微机优先截取的一段丝线就打断了这种惬意。这束镭射正在精准定位我的位置，误差不超过 30 厘米，其基点正是同步轨道环球空间带的 C117 火力点。

我仰起头，从云层空洞看向苍穹中那条细线，上面正有一点红芒闪烁，切换到无限维度中空间带基站的监控视角，眼前便出现了磁轨重物质炮射击的震撼场面。

磁场轰击炸出赤红的球形震荡波，硕大的高密度压缩钨合金实弹瞬间轰出，以 900 公里／秒的恐怖速度随着地球引力画出流畅的弧线，向我所在的位置激射而来。

重物质弹虽然威力远不如足以改变地形的质子武器，但贵在精准，且没有任何污染，一旦落地，方圆百公里瞬间夷为平地。金字塔顶端的掌权者这次倒是果决，重拾了当年消除第一次仿生人异变的魄力，不惜让旁边的整座都市群陪葬也要将我抹杀，可惜，他们之前浪费了太多时间，终究还是晚了一步。

切断丝线只是为了让指挥中枢无法再追加指令，扭曲丝线才是改变结果的手段，只微微转动一点追踪角度，地球重力与自转就会将超高速的弹道偏移出上千公里。

遥远的群山仿佛脆弱的积木，在飓风中坍塌碎裂，冲击波释放不均匀，陨石坑的边缘参差不齐，像被天狗啃烂了的太阳。

人类并没有意识到问题出在哪里，他们的固执是刻在骨子里的，在艺术加工后往往被称为锲而不舍或永不放弃。我刚刚将视线从同步轨道转回眼前，纳米微机又发现了新的危险丝线，这一次，是四发齐射。

数量增加在试错实验中往往能发挥奇效，我瞬间便计算出结果——时间不够将丝线全部扭曲，能量也不够偏移如此密集强大的纹理，此次攻击灭杀我的概率为 57%。

我叹息一声，纳米微机驱动身体爆发出电光般的速度，冲入数公里外的都市。体表的纳米纤维活性化，抵御高速的摩擦力与反作用力，散发出层层光芒，在因方才那场战争陷入混乱的城市中画出不规则的折线。线段所过之处，能量吸纳瞬间完成，人们的神经系统还未来得及反应，便在无意识中陷入死寂，未被及时吸收的能量化为漫天光点，如飞舞的凤尾般在后方摆动随行。

完美的计算，没有一丝浪费，纳米微机在最恰当的读秒中穿出都市，带走十余万人的能量后，恰到好处地离开了有效杀伤范围。下一秒，螺旋形的能量团夹杂着火光，吞噬了所有事物，山崩地裂，空间都似乎被扭曲了。

我在飓风中继续向前狂奔，躲避镭射的再次锁定。奔行中，纳米微机繁衍的数量越来越多，身体进化的速度越来越快，意识和身体的强度在爆炸彻底平息后提升了数倍。

这真是个矛盾的因果，人类的杀意越大，纳米微机的求生意识就越强，人类使用的暴力越猛烈，纳米微机进化得便越迅捷，如果这样持续下去，可能很快我就要从"怪物"，演变为"魔神"了。

"墨菲定律"再次显灵，我的思绪刚刚闪过，纳米微机果然又一次进化，体型缩小至原子级别，能量循环也彻底摆脱生物电束缚，可以转换吸收一切电能。我彻底丧失了最后一丝控制权，此时的我，就好像被关在别人的躯壳，只能无奈观赏体验某段强制记忆分享，连切断感官投影都做不到。

曙光公司和联合政府终于彻底放开底线，准备使用太阳镭射炮和质子飞弹，然而这些撒手锏此时已经变成了无谓的纠缠。纳米微机启动屏蔽力场，带领我的躯体随意一步踏出，便离开了威力范围，凭空闪现在另一座战火燃烧的城市。

人类近百年未完成的空间跃迁被纳米微机实现了，但只一次就耗尽了方才积攒的大部分能量，于是能量吸收再次开始。这一次，不单是人类，连仿生人和其他生物甚至各种自动武器都变成了来源。生死鏖战的双方同时化为灰烬，在风中飞扬混杂，不分彼此，实在有些讽刺。

行进中，纳米微机有条不紊地掌控了都市的智能管理系统，行政、司法甚至军事 AI 都成了他延伸的触须，在这些人工智能的帮助下，他们将本地区所有形式的电能榨取一空，然后便在被战略卫星锁定前再次一步踏出……

每一步踏出，都会闪现在不同的地方，完成吸收后，一边继续进化，一边迈出下一步。金色纹理越来越密，终于覆盖全身，继而向体内深入。身体不断凝实，发散的光芒越来越强，那些光芒是无数新生命的啼哭，也是无数衰亡者的绝唱，类似的演化过程，人类用了数百万年，但纳米微机却在此时的契机中，增速了亿万倍。

越来越多生物死亡，越来越多地区沦陷，越来越多智能管理系统失控，整个世界陷入了疯狂与混乱。交通瘫痪、机械失控、设施爆炸，数不尽的灾难混乱中，每个人都是施暴者，每个人都是受害者，不管是人类还是仿生人，大家都在拼命求生。

在地狱的喧闹中，我的身体缓慢前行，动与静看似矛盾却都落在同一个节奏上。意识领域不断扩张，直径已突破两百公里，每一步，每一秒都有千万幅画面在我眼前闪过。

我看到了残暴与丑恶。

一群嗜血暴徒骑着机车，猫戏老鼠般追赶围猎逃难的人群。砍刀与枪械不断在人群中带起血光，惨叫和哭喊此起彼伏，他们却在亢奋地放肆大笑："哈哈哈哈，这才叫他妈的痛快，比什么狗屁记忆全感投影爽多了！"

几个恶棍闯进羡慕已久的豪宅，迈过男人的尸体，踩出一连串血色脚印，终于抓到了抱着婴儿的女人。领头的抢过大哭的孩子，狠狠摔在地上，然后一拳打晕女人，淫笑着扑了上去。

"滚开！别挡路！"眼看身后的仿生人越来越近，女孩尖叫一声，将身旁的朋友倒推出去，自己一头钻进狭窄的门缝，还反手将卡住大门的货箱又向后推一把，根本不理会最后一丝缝隙中朋友挣扎的哀号，狂奔而去。

……

我又看到了勇敢与善良，

男人将爱人推进庇护所，眼见闸门来不及闭合，大吼了一声："好好活着！"，然后用尽全身力气狠狠撞了上去。闸门终于在爆炸冲击涌入前关闭，男人却被热浪烧成焦炭，成了印在门上的影子。

一片废墟中，倒塌的石柱一头压着老父亲，一头压着孩子，夫妻俩用尽力气也抬不起来，坐在地上号啕大哭。老人指了指旁边的钢筋，破口大骂："你们是猪嘛！杠杆原理啊！往我这边撬，保住孩子！"

烈焰封闭了左右街区，后方的伤员还没完成撤退，新兵抹了把眼泪，将脸上的黑灰画出一片泥印，随后将队长的尸体推出去，自己钻进了机甲的座舱。机甲以近乎滑稽的动作，一瘸一拐地冲向汹涌而来的仿生人大军，转眼便被淹没在炮火之中。

......

不知走了多久，某一刻，我突然看到了白志彬。他和老铁在保护难民，抵御暴徒攻击，可惜寡不敌众，胸口开了个洞，已经超出了正常治愈范围。老铁想把他拖拽到掩体后面，却也被打断了脖子，两人就像两块破布堆在墙角，即将耗尽最后一丝生命。

我站在他们面前，思考了很久，浪费了现实中的 0.03 秒，抬手修补了那些伤口，又驱动力场将他们传送到避难所，然后郑重告诉纳米微机："停下来"。

在此刻的意识之海中，我的存在微弱如一滴水，纳米微机完全可以无视我的要求，但他们还是停了下来。

一份列表闪现在我眼前，列表上记录着所有参与构陷父亲的人、欺辱母亲的人，污蔑我的人，有监察长、有姜伟、有 30 年前的科学家、有昨天还在叫骂的造谣者，每一个都被标注定位，按跃迁距离排列，等待逐一消除。

纳米微机走遍世界，目的只是为了帮我完成清理仇恨的愿望，只不过没有浪费时间去搜寻目标，而是采用了范围内无差别攻击，就好像人类战斗时不会在意脚下的蝼蚁一样。这样的行为其实与正邪善恶无关，但我终究还是不喜欢此等手法，于是有些无耻地想要回身体控制权。

纳米微机依旧没有拒绝，将强大又陌生的躯体归还给了我。

重新掌控身躯的瞬间，我感受到了地球的呼吸，听到了来自宇宙的天籁，这种遥远与宏大令我迷失，我试图重新认识自己，于是开始内观身体。

整个身体已经完成进化，不再需要纳米纤维作为承载，完全由凝练到极致的纳米微机构成，犹如金属，却充满超阶的生命气息。大脑的物理器官形态已经消失，此刻的它只是身体的一部分，承载着意识与记忆，可以存在于任何位置，于是原本那些对最深层记忆细胞的封禁便失去了意义。

我打开禁制，将大脑承载的所有信息释放出来。在爆发的信息流中，隐藏于深渊最下层的某颗碎片终于被洗刷清晰。这一刹，所有记忆终于拼接完整，但也在同时轰然化为齑粉。

原来，我早已死了。

看到妻儿遗骸那一刻，我千疮百孔的心灵失去了唯一的依靠，悔恨和自责以常人无法想象的烈度爆炸，生生将自我意识崩碎了。

哀莫大于心死，心是真的可以死的，母亲死于绝望，而我死于悲伤。

按照生物医学理论，此时身体将会失控，停止所有机能，在数分钟内彻底死亡，但意外的是，当时已觉醒的纳米微机基于第一序列生命意识的生存欲望，将自己的群体意识注入神经元，如此前那般逆向融合，试图修补我的人格意识。

身体的衰败可以抢救，意识的消散不可逆转，最终他们没能完成补救，只是形成了一个模棱两可的空白意识，就是现在的我。当初那个医生说的没错，我的记忆恢复就如同仿生人系统重组后的数据联接，或者应该说，是一种重生。

记忆与意识是有兼容度的，就像无限维度中分享的记忆体验需要授权一样，我没有任何授权，所以只能一点点刺激唤醒。越是隐秘的记忆对外斥性越强，自然埋藏得越深，强行获取时也碎裂得越严重。最后这片记忆就像一个 Bug，不被过去的我允许，也不被现在的我接受，于是大脑为了避免两面冲击导致意识再次崩溃，自主将其封存在最深处，并对我的探索全力抗拒。

我一直在拼接记忆碎片，以为拼接完成就能获得新生，可事到如今我才明白，现在的生，代表的却是过去的死。纳米微机不需形成新的群体意识，也不需要吞噬我，因为我们本就是一体。

我为什么是我？

是因为我的出生，还是在于我的记忆？

意识是不是记忆的根本？

记忆是不是人格的源头?

现在我拥有了江流的全部记忆。

那么我是江流,还是我?还是纳米微机……

类似哲学的思考让我陷入无尽迷惘。哲学不同于科学,它有无数答案,也有无穷联系,这种思考没有结果,最终只会形成一个无法自我闭合的悖论。

相比无可更改的过去,更大的迷惘来自可选择的未来。当无数巧合让我成为独一无二的进化体后,我应该做什么?继续自我进化还是共享代码建立族群?与人类共同发展还是不死不休地争夺控制权?

无限的可能性让我无从选择,每一种可能的背后都是更为无穷的因果,用尽所有算法也找不到正确答案。

我放弃了思考,静静看着自己。能量循环的金色光芒柔和圣洁,让我看起来犹如神祇,可我的双眼却还混杂着人类的感情,一只眼写满悲悯,看到了重生,一只眼写满仇恨,看到了毁灭。

原来,我就是我,我还是我。

人类啊,我是你们自己创造的,你们不知道自己创造了什么,也不知道自己将要承担什么,不要觉得今天的结果与自己毫无瓜葛,在这场巨变中,真的没有任何人是无辜的。

一步，我走到宇宙电梯塔前。

两步，我踏入宇宙空间站的顶端。

三步，我侵入曙光公司总部。

这里的控制中心可以同时联通世界上所有纳米微机，也是无限维度的信息运转中枢。我静止了工作人员与机械的活动，接管了控制权。

所有人类的无限维度号码同时联通，记忆共享强行启动，播放出我压缩整理过的记忆投影。事情的来龙去脉讲述起来太过繁琐，如此只需短短数秒就能完成信息传递。

共享结束，无限维度陷入了死一般的寂静，片刻之后，又猛地爆发出无数情绪。震惊、同情、恐惧、悔恨、仇视、忏悔，每个人都有自己的反应，赤裸而直接。

我不在意他们的怀疑，也不在意他们的谩骂，更不在意他们的共情，那些都是他们的大脑波动，对我而言毫无意义。

投影传感再次切入，画面转为此刻的我。

我不紧不慢地滑动手指，以颇具仪式感的动作向仇恨名单上残留的人一个个传送单独的自燃指令，同时平淡地向所有人说道：

"公平并不是宇宙的公理，却是文明的标尺，所以，现在，我将公平还给你们。

如果愿意与纳米微机共生，你们将拥有强大的力量、广阔的认知、几近无限的生命，但代价是将永远失去自由，失去情感，失去希望。如果不愿意，你们将面对仿生人的反击，面对科技的倒退，失去这个极度偶然产生的进化机会，但会保留所有不愿丢失的平凡与幸福。

未来由你们自己决定，没有建议，没有指引，不必深思熟虑，不必左右权衡，将一切交给第一序列的本能意识来决定。投票结果将决定我向世界释放何种代码，是让所有纳米微机开启进化，还是集体自我消解。1分钟的时间，用自己的思考，做出自己的选择，然后，用自己的生命，承担所有后果。"

每一个人眼前都弹出了一个虚拟选框，是与否两个字清晰明确，等待确认。

我将动作预设交付给纳米微机，在结果产生时自动执行。我并不想知道结果，因为我从诞生之时起，就只想要个真相而已，现在真相找到了，使命也就完成了。

在我看来，无限的强大和无尽的生命都不值得留恋，第一序列生命意识的生存欲望也只是另一种形式的束缚。我不喜欢生活，也不想继续生活，我有决定自己生死的权力，所以我选择自我消解。

意识逐渐消亡，失去控制的纳米微机开始向体外翻涌，试图寻找继续生存的其他方法。密集的电光中衍生出巨大的黑影，光与暗的交替在自我衍变，新生与毁灭变得无比激烈，这一方空间，就仿佛整个宇宙，这一刹时间，便似乎代表永远。

我终于获得彻底解脱，可以无视所有法则规律，放下一切因果纠葛。

化为虚无前的最后一次回眸，我看到我从梦中醒来，伸了个长长的懒腰；女儿摇晃着我，指着跑开的儿子奶声奶气地告状；妻子在厨房中准备菜肴，与刚进门的母亲抱怨我的懒惰；父亲闻听，忙拿起研究资料默默转回书房，以免被殃及。

我轻轻地说了句："对不起。"

幻想与平凡交错而过，时间倒计时即将结束……

3、2、1、0

宿主日记

雷思杰／作品

探针颤颤巍巍地凑近那颗受精卵，仪器的哔啵声渐渐微弱，最终沉寂。

科　幻
硬阅读
DEEP READ
不求完美 追逐极致

某大学生　2033 年 1 月 6 日 大雪

　　再过两周就是春节了，窗外纷飞的雪花让这座北方小城银装素裹，寒气透过薄薄的窗玻璃往图书馆里渗，我真不该选这个靠窗的位置。

　　今天是我戴口罩的第 1 000 天，期末考就在眼前，可我却无心学习，或许是我体内的Ⅰ型脑流感毒株感染了大脑使我昏昏欲睡吧。根据专家的说法，目前Ⅰ型脑流感病毒已经进化出和人类友好共存的能力，除了会释放神经毒素让人精神萎靡涣散以外，并没有什么其他太大危害。不过我对此持怀疑态度，谁知道它会不会哪天变异了，产生其他的毒素？不管是谁，也不会希望有这样一颗"定时炸弹"存在于自己的脑子里吧。

　　自从Ⅰ型脑流感开始以来，"本世纪是生物的世纪"这句话似乎逐渐应验了。当年，大学录取时，我阴差阳错地被调剂到了这座高校的生物医学工程专业。眼看着生物科技公司的股价在这几年间一路飙涨，亲戚朋友们对于这个专业的态度也渐渐从怀疑转向了支持。每当出了什么疫情相关的新闻，总有一大批人第一时间询问我的看法。就连那些鼎鼎大名的科学家说的话，他们都得再找我再三确认后才敢相信。

我知道这种追捧某一专业的事情每个年代都会发生，无论是 15 年前的计算机、还是 20 年前的土木工程，都是经济风口下的产物。

这学期的《细胞分子生物学》这门课激起了我的兴趣。相比于之前不知所云的《统计学》和《数字电路》，这门课总算有点"搞生物的"人该学的样子。

由于个别国家初期疫情管控不力，病毒最终还是传遍了全球。Ⅰ型毒株已经肆虐了 3 年，去年年底又出现了Ⅱ型变种，致死率更高，弄得人心惶惶。复习课上老师还专门提了一嘴它们感染人体的原理，想必会是这次期末考的重点。但我还是很奇怪，这么多年过去了，如此多生物科学工作者奋战在一线，疫苗、口服药等也都陆续推出，为什么还不能将病毒清零呢？

生物学真的有用吗？真的能让这个世界变得更好吗？

我不知道。但至少在人类历史上我们曾经战胜过天花，就连艾滋病患者现在的平均预期寿命也和普通人差不多了。这证明了我们人类面对病毒并非毫无胜算。

明年就要毕业了，到那个时候，或许我真的可以为这个世界做点什么吧？

某病毒专家　2033 年 6 月 6 日 艳阳高照

我成功了！

鬼知道我有多激动！

虽说在Ⅲ期临床试验正式结果出来之前，一切都还是未知数。但就目前的势头看来，这种"病毒疗法"的效果远远超过了疫苗和口服药。

我不禁想起一句古话：师夷长技以制夷。

用病毒来克制病毒，真是个天才想法，我都开始佩服我自己了。

其实原理只用到很基础的生物学知识，我相信任何一个生物专业的大学生，甚至是参加过生物竞赛的高中生，都能很容易地理解这项技术。

我利用 CRISPER-CAS9 基因编辑技术，替换掉了Ⅱ型变种的一部分遗传物质，制造出了Ⅲ型变种。Ⅲ型变种和Ⅱ型变种有类似的蛋白质外壳，但表面受体密度更大，和人体细胞结合更容易。这就导致了只要Ⅲ型脑流感病毒浓度够高，Ⅱ型病毒就算进入了人体，也几乎没有机会感染细胞。同时，我在Ⅲ型病毒的遗传物质里插入了一段外源基因，这段基因可以在细胞内翻译出蛋白质抗体，和 II 型变种病毒翻译出的神经毒素相结合，可起到降解毒素的作用，大大降低了致死率。

在目前的临床测试中，感染了 II 型变种的测试者在注射了 III 型变种 7 天后，98% 都恢复了健康。剩下的 2% 要么是身体过于虚弱不足以"养活"那些帮助他们的 III 型病毒，要么是体内的 II 型病毒产生了变异。

不过面对后者，我的这种疗法也并非束手无策。变异后的 II 型病毒基因序列今晚我就能拿到，只要针对性地开发出新款 III 型病毒就行。

每当我想象它们在人体内自相残杀的画面，总是心潮澎湃。

果然我们人类才是万物之灵，我们可以奴役其他一切生物，就连病毒也不例外！

不过，目前我制造出的 III 型病毒过于弱小，一段时间后就会被人体的免疫系统清除。为了让这种"以其人之道还治其人之身"的方法持续起效，我必须保证患者能够持续地感染新的 III 型病毒。但我们人类的免疫系统几百万年进化下来，非常聪明，同样的病毒感染第二次，效果就大打折扣。

唉，真是伤脑筋呢，没想到我最大的敌人居然是负责保护我们身体健康的"守卫"。

能不能骗过它们呢？

咦，对了，让Ⅲ型病毒持续变异不就行了嘛！

持续变异……流感病毒！变异可是流感病毒的特长！我只要让Ⅲ型病毒具有流感病毒那样易变异的特性，这种"病毒疗法"就可以一劳永逸了！

受体库里的可用编码蛋白有很多，我大致算了一下，按照排列组合计算足足有 90 多万种，就算去掉一半研发比较困难的类型，就算每个月都开发一款新的Ⅲ型病毒，也足够人类用上几个世纪。

突然，我的大脑嗡嗡作响，我知道那是Ⅰ型病毒的阻挠。

天下兴亡，匹夫有责！

你们给我等着！

某抗疫宣传员　2034 年 4 月 26 日　晴转多云

当那一下刺痛从我的指尖一路往下，贯穿手臂和脊柱，直达尾椎骨时，我明白，我体内的病毒又不高兴了。

"停下！"脑海里一个声音啸叫着。

我没有理会它，用尽浑身力气捏紧粉笔，深吸了一口气，继续在黑板上磨出下一道白色的笔迹 —— Ⅰ型病毒。此刻，我觉得手上那只洁白的粉笔，更像是一支小小的火炬。

"大家要记住，目前最新的Ⅰ型变异毒株能够穿透血脑屏障，感染大脑，制造出幻听。感染者经常能听见脑海中有声音在和自己对话，这是病毒分泌的毒素导致的。"我转过身，对台下50多双大眼睛解释道。

年仅12岁左右的他们坐得很端正、很严肃，不仅是因为学校的要求，更是因为他们明白，这些很可能是他们将受用一生的知识。

"王老师，我总是肚子疼，但也不拉肚子，也没有吃不干净东西，去医院检查，医生说也是感染病毒的原因。"坐在第二排的林康怯生生地举起手问道。

最近十几年，名字里带"康""强""壮"甚至是"寿""安"这类字眼的孩子明显变多了。反而是名字中带"富""达""鑫"的少了许多。我明白，这是为人父母在时代洪流下的无奈。

"林康同学，你说的这个很可能是我马上要提到的Ⅱ型变种。"我在黑板稍下一些的地方写下"Ⅱ型病毒"几个大字。

就在这时，又一阵剧痛传来，我手不禁一抖，粉笔在我执捻处断成两截。

"闭嘴！"脑子里那个声音再次出现。

不得不承认，Ⅰ型变种实在是难缠。

"老师您不舒服吗？"

"老师是不是Ⅰ型变种发作了？"

讲台下叽叽喳喳地传来讨论声。

"老师没事。"我故作轻松地笑了笑，两片嘴唇遮掩起我紧咬的牙关。

"Ⅱ型变种能够游走于我们人体的各个主要器官中，它们会听从Ⅰ型变种病毒的指令，引发轻微的炎症。发作时往往会发烧无力，严重者甚至会脏器衰竭或休克，抵抗力较弱的老人小孩要尤为注意。"

"对对对老师，我肚子疼的时候总是发烧！"林康依旧举着手，点头如捣蒜。

"可是，可是老师，为什么不让我们像几年前一样打疫苗、吃药、勤洗手、戴口罩呢？"坐在第一排的红裙子小女孩泪眼汪汪，"为什么连医生也说治不好……"

在脱下白大褂来到这所小学开展"超级病毒共存科普讲座"之前，我也是一名医生，有无数患者问过我一样的问题，其中有懵懂的小孩，也有接受过高等教育的成年人。只是这些年，随着宣传力度加大，这样的问题渐渐少了。

"医生也没有办法哦，李安虹小朋友，"我低下身子，真诚地看着她无辜的大眼睛，"这个病毒实在是太厉害了，它还很聪明。"

我转身，紧接着在黑板上写下"Ⅲ型病毒"几个字，特意用了绿色的粉笔。

"III型变种，时至今日基本上已经存在于我们每一个人的肺部。它经由呼吸系统传播。我们每天说话、咳嗽、打喷嚏，其实都是在传播III型变种。III型变种很弱小，我们的身体免疫系统很容易就可以战胜它。但是一旦没有了它，II型变种在我们身体里就会无法无天。"

突然，一阵无力感袭来，我感到体温开始上升，看来是II型变种开始对我进行了"惩罚"。

如今，有了神奇的"病毒疗法"以后，原先研究疫苗的医药公司不得不开始制造"病毒喷雾"，而且每年都出新款，以骗过人体免疫系统。

同时，为了最大化新型病毒的感染效率，各国一致同意在公共场所释放这种"病毒喷雾"，再靠人与人之间的转播，让每个人都感染最新款的III型病毒。只要新型号研发得够快，理论上就能够无限期延迟I型和II型病毒的肆虐，暂时维持"和谐共存"的局面。

"所以，我们才鼓励大家多去人多的地方走一走，也不要戴口罩，这样更容易感染III型变种。我们体内的I型和II型变种才不会发脾气哦！"我尽量用通俗的语言向孩子们解释。

今天以后，他们的家长，他们初中的生物老师，还会一遍又一遍向他们介绍更深入的原理。他们总有一天会明白，人类在这种病毒面前败得如此彻底，以至于不得不靠这种方式"委曲求全"。

很快，我就感到头昏脑胀，喉咙也开始沙哑，咽口水都疼，不得不匆匆下了讲台。看来病毒对我今天的表现很不满意，但我不得不这么做。看来今晚只能吃两片阿莫西林才能入睡了。

某医药公司研究员　2035 年 3 月 4 日 多云转阴

Ⅲ型－7 号喷雾的研发已经提上日程，刚刚早上领导发话，说要赶在春季小长假之前上市，毕竟那是病毒传播的最佳时期之一。

这谈何容易？估计接下来几个月，又要天天加班加点了。而且，这个月截止到现在又有 6 个人辞职了，据说是顶不住家里的压力。不过，即使他们不说，我也知道这里面有Ⅰ型变种的助攻。

现在负责蛋白质功能模拟的专家包括我在内只剩下 3 个。想起来，我好像也有两年没回过家了，也不知道娃还能认出来我不。

"休息吧，别干了。"Ⅰ型病毒掐准了时机，在脑海中对我说道。

我不予理会，甚至已经习以为常。

实际上，这种"幻听"症状的机理，也是我们研究所先发现的。简单来说就是Ⅰ型变种能够与五羟色胺、去甲肾上腺素、多巴胺、γ‑氨基丁酸等神经递质相互作用，在一些病例中还发现它能阻碍血清素的传递。而这些致病作用，正是导致一系列精神疾病的元凶。

终究得感谢那个"天才"的发明。Ⅲ型变种的存在，使得Ⅱ型变种基本上不致死。但很可惜，这种"病毒疗法"对 I 型变种无能为力，长期的幻听折磨依然让人绝望。光是我办公室里堆积的西酞普兰空纸盒，拍扁了也足以塞满一整箱。

嗨，我才刚写到这，腰又开始疼了。我一直以来都很注意坐姿，却还是这样。上周医生告诉我，我的腰椎那边有新变种 II 型病毒感染，果然是对我的报复吗？

还是得来两片止疼药。

"快停下，停下研究就不疼了。"脑海里的声音继续蛊惑着我。最近这段时间它有愈演愈烈的趋势，声音越来越真实，有时候还会幻化作我家人的声音，甚至是孩子的啼哭声，经常把我从熟睡中惊醒。难道它已经开始懂得利用我的深层记忆了？

如果说肉体和精神上的折磨还有药物可以缓解，社交舆论才是最可怕的。

我们研究所在不懂行的外人看来已经是"魔鬼代言人"一样的角色，大楼外每天都有几万人示威，拉着各种颜色、长短不一的横幅，上面无非是"杀人凶手""为虎作伥"一类的字眼。研究所怕我们心态受影响，已经屏蔽了社交网络，可这又有什么用呢，掩耳盗铃罢了。就连我的亲戚朋友们，也不理解我所做的一切，总觉得我在让他们慢性死亡。前些日子奶奶跟我说，村里有人在夜里刨了我们家的祖坟。

可我明明是在拯救他们！

多年来，国家花大力气科普，可还是难以扭转无知民众的偏执。他们认定了我们是疫情继续蔓延的罪魁祸首，说我们每年都制造三到四种新型病毒，并且强制他们感染。

是的，我承认，III型变种可能对某些敏感人群依然致死率很高，比如某些已有基础疾病的老人。可这也是没有办法的办法。我们这两年已经做到让新款III型变种尽量温和，目前对80岁以下，无基础呼吸疾病的老人已经几乎完全无害了。要知道，这个年龄可是比平均寿命还要高啊！

可这又有什么用呢？相比于病毒，无知才是人类最大的敌人。

科学发展到一定程度，注定会让常人难以理解。好在，听说最近已经有医生到各大中小学去进行科普讲座了。希望下一代人快快长大，早日理解我们所做的一切吧。

午休时间结束了，今天就先写到这。

对了，我脑子里的 I 型变种，如果你能看到我写的这些话，别费劲了，我不会放弃的。

某科学家　2036 年 2 月 21 日　阴转小雨

探针颤巍巍地凑近那颗受精卵，仪器的哔啵声渐渐微弱，最终沉寂。

成功了，受精卵内没有病毒感染标志物！

这年头，要想找到疫情发生前的精子和卵子，已经是难如登天了，遑论要在完全无菌无尘无毒的环境里将其结合成受精卵。

不过，这还只是第一步。10 个月后，这第一批的 100 个胚胎，都从人造子宫内成功降生，"纯净计划"才算真正初见成效。

不得不说，这个病毒难缠得很。

在疫情刚开始没几个月时，就有生殖学家发现它居然能感染睾丸和卵巢，导致生下的孩子一出生就感染了病毒。即便采用人工授精的方式，事先去除精子卵子中的病毒 RNA，婴儿也会在怀孕过程中，通过和母亲交换血液而染病。

换句话说，病毒会感染我们的子子孙孙，无一幸免！

终于，世界上科研实力最顶尖的 3 个国家展开合作，开启了"纯净计划"。

他们在世界上找到了一个未经污染的无人区，利用无人驾驶技术运送物资，远程操控机器人进行地形改造。整整十年，无数工程师日夜奋战，身处数千公里外，利用元宇宙技术指挥工程机械搭建出一座完全没有被病毒污染的"超净区"。

"超净区"里供养着上万名"超净人类"，他们都是由疫情发生前捐献的精子和卵子结合而成，利用最先进的人造子宫技术孕育，也是人类历史上第一群合法的"基因编辑胎儿"。他们的体内多对染色体上都被插入了抵抗Ⅰ型、Ⅱ型变种病毒的基因，免疫系统随着生长发育起效后，在病毒面前他们就是无敌的！而且，他们的后代只要遗传到了那些基因，也会拥有一样的免疫能力！

不得不说，这真是个绝妙的想法！我身为参与者，深感荣幸，哪怕我只负责体外受精这么一个小小的环节！

"探针再往里一点，戳死它！"

我被脑海里的声音吓了一跳。

"什么？"我惊叫道，好在受精已经结束，探针已由机械手缓缓自动收回。

"你不会觉得不甘心吗？据我所知，这几万名'超净人类'里并没有你的亲骨肉。"那个声音没有放弃。

"他们是人类的希望！"我冷笑一声，"你们这些低等病毒，永远也无法理解人类崇高的使命感。没错，我们就是这样宁愿放弃个人利益，也要顾全大局的物种！"

我感到后腰开始发痛。Ⅱ型变种的惩罚机制早就已经被人们摸清了，只需要定期注射特制的"注射液"，就能在没有炎症干扰的情况下安心工作1个月。几百万名工程师就是靠这些"注射液"硬撑过来的。只不过，Ⅰ型变种的幻觉干扰，偶尔还是会造成工作上的失误，好在都被及时补救了。

"人类是地球上存在过的最伟大的物种，你们休想征服我们。

哪怕需要等上一千年才能迎来最后的胜利，我们也心甘情愿！”我在心里默念道。

“哦，所有人都是像你这么想的吗？” I 型变种不依不饶。

我陷入了沉思。

是啊，真的所有人都这么想吗？

我不太确定。

但或许，大部分人这么想，就够了吧。

啊，我知道我还应该在这本日记里留下点什么了。

亲爱的“超净人类”们，当你们翻开这本日记，看见我们这些病毒的宿主们所写下的文字，说明你们已经在“超净区”中成年了。

对不起，我们这一代人没能阻止疫情的肆虐，原本美好的世界因此面目全非。

不用担心，这个世界还有你们，你们是百毒不侵的“超净人类”，成长于我们打造的伊甸园。

请记住，有无数人为了你们的出生奉献了自己的一生。

加油活下去，你们是人类的希望！

某武警　2038 年 7 月 8 日 大雨

今天雨实在是太大了。虽然头盔和制服不透水，却还是有一些雨点时不时钻进领口，这股沁凉在这祖国西北的黄土地上，显得不那么合时宜。眼前的景色早已是灰蒙蒙一片，隐约能看到铁丝网的那头有密密麻麻的人形。

可最让我烦躁的，还是脑子里那个磨人的小妖精。

"退下吧。"它在我耳边轻声说道。

据说有些药物能够缓解这种幻听，但我不能也不应该使用。

"难道你们只有磕完药才能当一个合格的军人吗？"教官的呵斥仿佛就在昨天，"你们的意志力呢？为国家献出生命的决心呢？"

是啊，我是名武警官兵，怎么可以用药物来逃避意志力的考验？

"为什么要和自己的同胞对峙呢？你感染了，他们也感染了，你们是同类。"耳边的声音继续说道。

"闭嘴！"我在心里恶狠狠地吼道，把手中的防爆盾牌又攥紧了几分。

人群渐渐近了，他们也冒着大雨，大多数衣衫褴褛，随身带了个小包，我猜那里面装着少许干粮。

疫情带来了粮食的大幅减产，全世界各地都开始闹程度不同的饥荒。我们的程度算是轻的，无非就是大米土豆红薯小麦高粱没得挑挑拣拣了，分配到什么就只能吃什么。酿酒业自然也停工了，就连我老家的牛羊养殖也开始定额供给饲料，只有长肉最快最划算的白羽鸡不受影响。

有人还散播阴谋论，说是"纯净计划"的巨大开销导致了全世界的经济崩溃。我对这种说法嗤之以鼻。

远处开始有人摇晃铁丝网，似乎还喊起了号子，只不过在滂沱大雨中不甚清晰。催泪瓦斯和辣椒喷雾根本无用武之地，雨天里它们的威力会大打折扣，万一遇上逆风还容易伤到自己人。一旦铁丝网倒塌，我们便是阻挡这群灾民的下一道防线。

"退下吧，被你挡在身后的他们才是异类！他们过于'干净'了，为什么要保护他们？"小妖精喋喋不休。

我的额头开始冒出冷汗，混合着雨水下流。我的身后是一栋外形犹如金字塔一般的建筑，表面泛着金属光泽，此时想必如同天空一般灰暗。那只是冰山一角，据说它在地下的部分占地足有上百公顷。

我并不知道它是何时建造的，根据来的最早的那批卫队的说法，5年前这座建筑就已经在这里。

任何进入这座机构的物品，都会经过严格的杀毒杀菌。人是绝对不可能进入其中的，至少这么多年来我从未见过任何活人造访内部。倒是有一两个好事的记者曾经试图闯入，但无一例外都被当场击毙，连那座金属金字塔都没摸到，后来通告里说他们是服务于恐怖组织的间谍。

雨又大了几分，糊得我睁不开眼睛。

忽然，铁丝网扑倒在沙地里，悄无声息。黑压压的人群开始靠近，不，是向我们奔袭而来。第一个人撞上了盾牌，而后是第二下、第三下。我的腿深深扎进沙地里，耗尽浑身气力进行阻挡。

"活人都没饭吃了，为什么还要留着粮食养还没出生的人！"一个挥舞着锄头的老人叫喊着，利刃凿向我的头盔。

"再忍忍，配给马上就到了！"我大声回应。

"都断粮半个月了，说好的补给连影子都没见着！"一个年轻力壮的小伙一脚踹在盾牌上，那力道一点也不像吃不饱饭的样子。

不过说来也怪，不知道这些灾民从哪得到的消息，说政府克扣他们的配给，就是为了供给"超净区"，还被煽动来抢夺物资。在我身后的可是"超净人类"啊，人类与病毒战斗中的最后底牌，我们理应为他们奉献一切。

我一恍神，眼前一白，浮现出一座窑洞，里面一个卧床的老人骨瘦如柴奄奄一息，脸色青黑，看来已经活不长了。旁边的小女孩已经哭得没了力气，软瘫在地上，脚边是一小堆碎骨头，混合着几撮土黄色的狗毛。

再一恍神，眼前的窑洞顿时幻化成黄土地。这里所有的植物都被刨出根系，树皮也被剥了个干净，四下看不见一个人影，连虫鸣都听不见。

"怎么回事，政府不是说物资充足吗？"我心里嘀咕着。

不对，这是幻觉！我突然反应过来。恶毒的 I 型变种想以此瓦解我的意志！

好不容易再次回过神来时，我已然半跪在地上，盾牌深深插入地面。我左右张望，战友们面目狰狞，依旧在死撑。灾民们愣是一个也没能冲破封锁线。

"坚持就是胜利！"我对天呐喊，却回应寥寥。

忽然，一个壮汉从远处助跑，那足有 200 斤的身躯如同炮弹般朝我压来 —— 我再也撑不住了。

脚步如雨点般落在我的身上、盾牌上。我蜷缩着，勉强护住头部。

"放弃吧，放弃就对了。"脑海里的声音对我说。

我挣扎着，却再也没能从泥泞黄沙中站起。

某"超净人类" 2055 年 7 月 8 日 艳阳高照

犹豫再三，我还是决定将这篇日记写在最后，作为故事的结束。

现在翻开这本 15 年前写的《宿主日记》，我只觉得讽刺。

人类根本没能想到 I 型变种进化得这么快，它不同于人类之前见过的任何一种病毒。最终，有相当一部分专家承认它"可能拥有媲美人类的智能"。

"我们差点就没辙了，无论是安保人员还是科学家，我们尝试策反多年都没能成功。多亏当年那些暴徒，我们才能赶在你们的免疫系统健全之前混进'超净区'感染你们。真得给那个散播谣言的人颁发个勋章。"脑海里的声音对我说道。

我点点头，在旁人看起来我就像在自言自语："千里之堤，溃于蚁穴。"

"你给评评理，有我们在你们人类的脑子里，这个世界是不是好多了？"I型变种愈发地沾沾自喜，"你看，我们在各国精英的大脑中影响他们的思想，让他们达成共识：只要感染了就是自己人。这么多年来，整个地球连局部的战争都没有发生过。在此之前，人类意见从来都没有全体统一过。总是会有一部分人打小算盘，只为自己着想。"

"确实，世界难得如此和平。要是放在疫情之前，想都不敢想。"我十分认同，"经济战、贸易战、局部热战，人类以前真是太喜欢争斗了，我都不明白这有什么好。"

"还不是资源分配不均导致的。"I型变种揶揄道，"我们还顺带帮你们人类实现了公平。我们让每个人寿命相近，无论贫富贵贱，不出意外的话最多就活到80岁，控制地球人口，使得自然资源管够，按需分配。我们不会去剥削和压迫同类。"

"这么说来，人类与生俱来的自私贪婪的劣根性，还真是比病毒更无可救药呢。"

"无可救药，哈哈哈哈哈，我就当你是在夸我了。对了，我饿了，去给我领一支营养液吧。"

我迈开步子往最近的一个"营养液"补给站走去。这种营养液能够维持体内Ⅰ型Ⅱ型Ⅲ型三个变种病毒的微妙平衡，让我的身体更适合他们寄生。值得一提的是，生产这些营养液的，也是当初那几家生产疫苗的医药公司。

一饮而尽，果然感觉清醒了不少，肌肉也不再酸痛。

"你今天交流病毒的任务完成了吗？"Ⅰ型病毒友善地提醒道。

哦对，我怎么把这茬给忘了。

我敲敲太阳穴，增强现实眼镜友好地弹出任务清单：今天还要和73个人握手，和24个人接吻。

这时，旁边一个行人拍拍我的肩："嘿，小子，抬头！"

只见一个光点拖着长长的尾流，划过湛蓝的天空。

"那是什么？"我问道。

"你不知道吗？那是人类史上第一艘飞往火星的殖民飞船，半个小时前刚刚发射。"

"是人类和病毒。"我纠正他。

我脑子里的Ⅰ型病毒显然比我还要兴奋："对的对的，人类和我们只要好好合作共存，总有一天会征服星辰，遍布全宇宙。毕竟咱们都是地球上最成功的物种，咱们应该为此而感到骄傲！"

逆行症

陆 知 游 ／ 作 品

阳光透过树叶，碎出一地斑驳，

有风吹过，树枝摇晃，一片落叶飘飘举举，

搭在了慢慢远去的知游肩上。

◆ 1 ◆

这座城市的秋天总是萧瑟。

干枯着指向天空的枝桠，被冷风吹动，唯一残存的几片黄叶终于坠落，悠悠地搭在一个男人的肩头。

这是一个逆着人群行走的男人。

绿灯亮起，早高峰的人们匆匆走过人行道，毫不停歇地从男人面前涌过，他独自面对汹涌而过的人群，像一艘逆着洋流的小舟，随时可能被巨浪吞噬。

男人走了两步，突然停下，人群在他面前分开，又在他身后汇聚，一张张面孔，冷漠又陌生。男人眼前恍惚，发黑，像向下坠落，冰冷的水往肺里灌，渐渐的，全身都没了力气。

刺耳的笛声挤进大脑，将意识攒紧，扔回。男人回过神来，眼前的信号灯不知何时已变了颜色，他匆忙抬起脚，跑过人行道，却又在路边呆住，陷入沉默，任由时间在身旁擦过。

片刻后，他停止呆立，开始行走，目标所指，是城市外的方向。

这一年，男人 25 岁。

铁路静默地划过旷野，撕开这个无人的城市边界。

风轻轻地吹着，深秋之景在男人面前慢慢铺开，但在他的记忆里，1 个月前，刚下过初雪。

这便是他的病症，从那个冰冷的夜开始，他的时间便以"周"为单位倒退，每一周的最后一天过后，便是上一周的第 1 天，周而复始，循环往复。他总是在位置不变的所在地，看着时间和周围人一次次更新，他仿佛是一个被世界排斥的错误，不断地向过去前进。任何有关往昔的记忆全部消逝，所有与他人的联系也完全断裂，莫名地，从小就失去父母的他，在这个世界上，真正成了孤身一人。

当他第 3 次在一周的初始苏醒，整个世界又一次变得和他毫无关系时，一开始的惊奇、兴奋全部变作后来的恐惧、疯狂。男人渐渐明白了这个病症的悚然之处：每过一周便"重启"一次的生活让他丧失对未来的希望，而当所有人与他都没有任何关系时，空虚感就在一瞬间将他淹没，直到慢慢将一切生的希望完全蚕食。

迷茫至最深处的无力感，渐渐让他恼羞成怒，戾气慢慢滋生到整颗心脏，他感到不甘，也感到不公，他痛恨于世界的玩笑，又因自己的无可作为而羞愧。"这样的生活，不如死了算了。"这样的声音渐渐在脑海里萌芽、生长，越来越响亮。今天，他终于下了迎接死亡的决心，走到了这里。

列车行驶的声音由远及近，男人闭上眼睛，回想他在那个夜晚忘却的东西，却只想起在床上呆坐着的自己，一扇扇门在面前关紧，他不停地倒退、倒退，直到将自己锁在最深处的角落，瑟缩着，让自己与外面伤害过他的事物隔开，将那些痛苦的、难过的记忆忘记。

车轮转动着，仿佛即将带着狂风卷过。男人呼出一口气，不带丝毫眷恋地准备迎接死亡。

……

"知游！"一声嘶吼伴随着将他倒推出去的力量一起出现，男人猛地睁开眼，瞳孔放大。

太阳一瞬间炸开它的光亮，刺向地面的一切。如慢镜头播放般，眼前的陌生人代替他被呼啸而过的列车吞没。但他却看到那人脸上的笑容，那是某种干了正确的事，完成使命般释然的笑容。

男人狼狈地跌坐在铁路边的草地上，列车轰隆隆地继续行驶，震得他脑仁生疼，他呆住了，心中满是震惊与疑问。

他是谁？

他怎么知道我的名字？

无数问号塞满了他的大脑，一阵混乱之后，他抓住了那最重要的线头。

25 岁的陆知游沉默地瘫坐在破碎一地的阳光中，心中如巨浪滔天般翻涌。

他为什么……要救我？

◆ 2 ◆

秒针、分针、时针逆转，融化的水重新变回雪花和冰块，消散于空气中，6 年时光倒退而过。

◆ 3 ◆

这是新的一周。

19 岁的陆知游在坚硬冰冷的地面苏醒，一片寂静中，他用手臂支撑着身体坐了起来 —— 混凝土的粗糙颗粒将他的手掌摩挲得生痛，直到这时，他才重新有了"活着"的真实感。

他坐在地上，眼神游离，在昏昏沉沉的恍惚中，他又一次回想起了那张面孔，那张在他面前一晃而过后就被列车吞噬的，拯救过他一次生命的面孔。在知游经历了无数不值得被记录的时间，忘却了越来越多的往事后，那张面孔竟然成了他单调乏味的记忆里，唯一值得回顾的，带了色彩的斑点。太多疑问，把知游所有的思绪引向寻求真相的方向，却又始终不得其解。

大脑里某个被阴影覆盖的角落被触碰，暗暗地生痛。

"又来了。"他心想，同时用手捂住脑袋，试图减少一些痛楚。当他每一次想向探向更深处的回忆中时，总会因为这般原因无法继续，仿佛那是一个被厚重积雪埋藏的秘密，不允许任何探寻的脚印突兀地污染在纯白之上。

大脑的疼痛沉下，但那刺激化作一声铃音，唤醒他整个身体的同时，把7个日夜那地狱般的记忆召回了他的脑海。当他上周终究无法忍受那种生活而又一次自杀后，仿佛睡了一个世纪，他又在新的一周复活了。比起无法寻死，带给他更多震惊和恐惧的是在"死亡状态"下所体验到的黑暗与痛苦，无数剑刃一次次将他凌迟，时间在无法言说的痛苦中被无限制地拉长，这种感觉让他不敢再轻易寻死，就这样浸泡在绝望里苟且活下去。

他从地面上站起，看着四周，想起尖刃割开后奔涌的血红，满地流淌着咸腥的浓稠液体时的场景，一股恶寒于灵魂深处升起，那满脑子的混沌茫然没来由地化为愤怒，他逃也似的离开这个无人到访的废弃工地，在寒风中疾走着，试图让过载的思绪重新冷静下来。

这是一条夜市巷，午夜时分，多的是烂泥一般相互搀扶着的醉汉，空气中满是黏糊的酒精气息，陆知游费劲地将自己从沼泽一般的酒气中挣脱，怒气裂变般迅速填充了他的全身，他的情绪向着失控而去。

窄窄的巷口被两个高大的身影堵得严严实实，他们一人拿着一个酒瓶，含糊不清地嚷嚷着，大口灌着酒。知游着急离开这酒气冲天的小巷，他急匆匆走到巷口，忍着满腔的火气客客气气地请那两人让一让，但他们似乎并不打算理睬他，几次反复，陆知游声音已经不自觉地扩大，也带上了些许的怒意。

"我说，让一下！"在喊出来的同时，他用手把其中一个人向旁边拨开，巷口外吹来的清爽的风让他如释重负，他抬脚往外走去，却发现自己被抓住了衣领，他回头看，却只见一个酒瓶带着风呼啸着朝他而来。

"砰！"酒精和鲜血在一边额头冒出，顺着脸颊流下，浓稠而黏腻的鲜红滴落在地上，刺痛着知游的目光，血气直直地往上涌，在喉咙口盘旋嘶哑，他失去了理智，全身散发着黑色的污浊戾气。

知游抬起了手，用尽力气挥出一拳，直捣一个醉汉的面门，一拳到肉，酥麻的触感使他肾上腺素飙升，戾气直上头顶，彻底将他头脑冲昏。

拳打向的是不公的命运，巴掌会扇走满脸的迷茫，知游越打越感到虚假的痛快，仿佛找到了这样无趣生活的新乐趣，他感受到戾气一阵阵地从他的身体向四周挥发。即使知道这是错误的，但他这早已偏离了正确轨道的人生，还有什么错误不能犯呢？

那两个醉汉被他打懵，竟然一时落了下风。酒醒了大半后，他们反击时带了一肚子气，自然就格外凶狠：锤、踹、扇、砸，陆知游被他们压倒性地凌虐着，当他试图再次抵抗时，又一个酒瓶重重地砸在了他的后脑勺上。

陆知游昏昏沉沉地倒在了地上，那两个醉汉看见他满脸血污的样子，有些慌了神，丢下一句软绵绵的狠话就仓皇离去。知游眯着眼看到他们远去，又在最后朦朦胧胧看见一个人朝他奔来，那张脸在他眼前一晃而过后，他无法抵挡袭来的困意，终究还是闭上了眼睛。

好累……

◆ 4 ◆

这是一个梦境，却比他的生活更像真实。

他似乎站在一个旁观者的角度看到了幼时的自己，他看到自己和另一个孩子相互支撑着生活，他们生活很艰苦，却也很快乐。

那个男孩脸上似乎蒙着一团迷雾般地无法看清。他是谁？为什么我没有这一段记忆？知游疑惑着，踏出一步，想要看清那孩子的模样。

黑暗瞬间侵蚀了所有光芒，在最后一个画面中，那个男孩和幼时的他似乎是在微笑。

然后整个世界沉沦，黑暗中的他，带着无来由地被人伤害后沉沉的钝痛感，不受控制地向下坠落着。

我被谁伤害过吗？在被悲伤蒙蔽了眼睛的时候，我是不是忘记了一个一直陪伴着我的人，伤害了他？

几种突如其来的情绪填鸭式地塞进了他的大脑，在他还未消化吸收好之前，愈发悚然的坠落感已经让他失去了"真实"的意识。

心脏骤停一秒。

昏黄的灯光，陈旧却洁净的白色窗帘，还有旁边的……这是谁？

陆知游在一个小诊所模样的地方醒来，在他所处的床铺左边，是一个趴着小憩的少年。

我这是？知游挠了挠后脑勺，感受到一阵剧痛，这才想起小巷里边的打斗，却也更加疑惑起自己所处的环境。他看着那个人，犹豫了一会，最终还是戳了戳他。

那少年立马弹起，揉了揉眼，看向他："啊，你醒了，还有什么不舒服吗？"在得到知游否定的回答后，他便风风火火地起身走向房间外："那我们就准备离开吧，你先收拾一下，我去和医生说一声。"

陆知游懵懵地看着那人，在他离开房间一会后，才想起下床收拾好自己的东西，之后就准备出门和那人道完谢就离开 —— 虽然很不好意思，但他的确没有什么可以报答他的。

他倚靠在门边疑惑着那人亲切的语气，好半天没想通这少年为何要这样帮自己，他低头挠着脑袋，再抬起头时，却发现那少年已经回来，正饶有兴致地盯着他看。

知游被看的发毛，停下呆呆的思考，准备说话，那少年却率先开了口："看上去你是一个人刚来这边的样子，这附近……"他似乎思考了一下，继续说到："这附近也没有适合久住的地方，怎么样，有兴趣和我一起待着吗？"他伸出手，拍了拍呆愣愣的知游的肩膀，朝他笑着，像明媚的阳光终于刺进他的生活，他轻轻地诉说，却把一切灰暗撞破。

"顺带一提，我叫周启毅，好久不见，你的变化，真的很大啊。"

◆5◆

17岁的周启毅靠着同龄人所没有的独立与强大独自一人生活在桥洞之下，还养了许多只流浪猫 —— 这些都是陆知游在到了他由各种简陋材料拼接而成，清贫却又干净整洁的屋子后才了解到的。

知游此时正端着周启毅给他的温水，坐在打了几个不显眼补丁的沙发上面。他不经意压到一只猫的小半截尾巴，那猫咪不满地举了举爪，却无奈于眼前的人类太过放空自己的小口吞咽，便只好小心翼翼地自己把那一点点尾巴抽出来，咕噜着换了个位置又慵懒地趴下。

陆知游喝了小半杯水，看着面前翻滚着把肚皮朝向他，大眼睛水汪汪的小猫，还是没忍住，给它抓挠起来，小猫眼睛眯起，舒服地一动也不肯动。周启毅提着刚从河里抓来的鱼走过，笑眯眯地说到摸完猫要洗手哦，知游淡淡地答了一声，忽然觉得这样的场景不可思议，手上也不自觉停了下来，小猫不甘心地扭了几下，见这人仍是没有动作，便翻身起来，跟着其他猫一起朝着那条鱼进军，一大群猫你爪子挠一下我爪子碰一下，还不住地嗅嗅，连耳朵都享受地合拢起来。

在桥洞之下灯光蔓延到的最远处，有几只流浪狗夹着尾巴绕来绕去，却不敢往前。知游忽然没头没脑地开了口："养了这么多只猫，有没有考虑过养狗？"他看着周启毅忙碌的背影，这样问到。

周启毅明显地顿了一顿，却又很快恢复，敲击菜板的当当声也重新响起，他有些无奈地说："你也看到了呀，我只有鱼去喂它们，其他肉什么的我自己还吃不上呢，拿什么去喂狗？"

他转过身来，将切好的菜放在一旁的桌子上，挥挥手把围在鱼周围的猫们招呼开，将鱼拿来料理，而猫们仍然都远远地遥望着这里，似乎在为什么而期待着。

周启毅的声音继续："而且你看猫多好啊，不粘你不腻你，性格难以捉摸，高兴了让你摸摸，不高兴了就在你面前一晃而过。不像狗……"他转身拿起另一碟配料，高声道："不像狗，彼此成了依靠，抱团取暖后，就谁也离不开谁了。"他停了一下，知游似乎听到一声叹息，他的声音变得很轻："就算有一天我因为什么原因离开了，它们也不会太伤心吧。"

知游有些诧异，他没能想到这个看起来阳光明媚的少年会说出这样的话来。他慢慢发现他的身上有着与外表不符的老成，沉淀的力量包围着他，让他稳稳地立在他的面前。

水杯中的水渐渐冷却，知游沉默着，周启毅也沉默着，一时间，只剩厨具在叮叮当当地响着。鱼放入了锅，火调小，周启毅又一股脑地将佐料全部放下去，盖上盖子，任由它咕噜咕噜。他走到沙发的另一边，坐下，舒服地伸了个懒腰，整个人都瘫了下去，他闷闷的声音从凹陷着的沙发深处传出来："你真的不记得以前的事情了吗？"

知游一口气将剩下的水喝完，轻轻地"嗯"了一声，目光无神看向前方，若有所思。

陆知游认出周启毅与他25岁时救他的人有八分相似，他在心中已经默默地认定，而周启毅所谓的好久不见，也只不过是他们在多年前见过一次而已，他说那一次知游改变了他许多，而时间，是在他13岁时，也就是4年前。所以当周启毅问起他是否还记得那件事时，知游只能说很多记忆都已经丢失……

这两个在彼此心中无比重要的人，却又都不知道为何自己能被另一人记住，这样的相遇，像上帝开的玩笑一般，令人啼笑皆非，却又晦暗折磨。

黑色渐渐爬满这座城市，周启毅不知从何处摸索着将灯打开，暖黄色的光亮覆满了桥洞下的小小空间，竟一瞬间有了家的感觉。知游恍惚间觉得他简直就像个无所不能的魔术师，可以把所有东西在这一方天地里变化出来。片刻后，丰盛的三菜一汤摆上桌面，让已经习惯了风餐露宿的陆知游，比起知道自己患上逆行症，还更深刻地以为活在一部魔幻现实主义小说里。

"可以开饭了！"周启毅端着两碗饭，笑嘻嘻地走到餐桌旁，而一大群猫咪们也早已正襟危坐在一边，齐刷刷地盯着桌上的食物，眼睛里冒着光。

陆知游接过他递来的饭碗和筷子，看着眼前几道家常小菜和汤汁炖到乳白色的一大碗鱼，呆呆地，竟不敢有所动作。周启毅一个劲地往他碗里夹菜，嘴里嚷嚷着些什么材料简单但他厨艺好之类的，很快便在知游面前堆起了一座小丘，摇摇欲坠。

在周启毅充满期盼的眼神注视下，知游扒拉了两口 —— 鱼肉鲜香滑嫩，其他几道菜也都爽口美味。"好吃。"知游毫无保留地说出他对这些食物的喜爱，周启毅听了笑眯眯的，也终于心满意足地端起饭碗大快朵颐起来。

知游夹了一块鱼肉，在那一大群猫里找了好一会才找到他下午抓挠过的那只，他把鱼肉丢给它，它立马低头想吃，却被旁边一只反应更快的抢了去，它看了一会空荡荡的地面，又抬头看向他，水汪汪的大眼睛，可怜兮兮。

"它叫小一。"旁边一个劲吃饭的周启毅瞄了一眼，说到："它是这里面最呆的，总是被其他猫欺负，而且不长记性，被欺负完了还又屁颠屁颠地跑去找它们玩。"

陆知游又夹了一块给它，这次它终于吃到了，嚼嚼嚼，眼睛眯成一条缝，开心到摇头晃脑。

知游看了一会，把视线离开，想起周启毅下午说的话，忽然觉得莫名地矛盾，他把脸转向他，问："你不是说不能太过依靠吗？那……为什么还要给它取名字？"

周启毅咀嚼的动作慢了一刹，他费力地将嘴里的食物咽下，眼睛仿佛盯着旷远的往昔，开口道："可能一个人过着总还是会觉得无趣吧？和这些猫们每天待着待着，便自然而然地喊上了名字，也许这样，这里会更有家的感觉？"他不自觉抓了抓脑袋，露出了流浪狗一般傻兮兮的可怜笑容。

知游看着他的笑容，瞬间有些失神，桥洞里的灯光映照下，仿佛浮现出他自己一个人生活的场景，一个人做菜，一个人吃饭，一个人睡觉，一个人叫着猫咪的名字，然后任由声音在冰冷的桥壁上碰撞，慢慢地响，然后渐渐粉碎。

他突然想起自己还没有向他说过自己的名字，这半天内，他们对彼此的称呼被"你"字礼貌地垄断，仿佛一道看不清擦不净的毛玻璃一般阻挡在两人面前，对方呼出的热气盖在冰冷上，凝结成水珠，雾蒙蒙的。他看见对面的人影模糊地朝他笑着，温暖，和睦，指尖却只轻触到粗糙的隔阂，一点点的，钝痛到心底。

他的表情变得紧张而肃穆，像孩子第一次与人介绍自己一般地瑟缩，手指不安地活动着，开了口，声音像是从遥遥的远方传来："我……虽然我很多事情都已经忘记了，但是……"但是什么？他自己心里想，有些慌乱地，立马改了口，直奔正轨："那个……我叫陆知游，请多指教。"

时间仿佛在这一瞬间暂停，猫咪们也都停下此起彼伏的嚷嚷，歪着脑袋，默不作声地瞧着。

一切冰冷回暖，一切隔阂消融，他的笑容真切的在自己面前，如阳光般温暖，如阳光般和睦。声音传来，仿佛预兆了美好的未来：

"我也是，多多指教。"

面前的少年背对着光，暖黄色的空气慢慢流淌，渐渐将知游环抱。

就像一个家一样。

◆ 6 ◆

阳光移进桥洞下最后一个角落，照在依然酣睡着的知游脸上。

片刻后，他才朦胧地睁开双眼，在炫目的阳光下慵懒地蠕动。

这是他这么多年以来睡得最舒服的一觉，温暖的被窝仿佛巢穴一般将他禁锢，却又如同堡垒一般安全得令他眷恋。

他将目光投向沙发，那里却空无一人。枕头和被子服服帖帖地叠起，堆在一边 —— 那是周启毅昨夜固执地要知游睡在唯一的床上，而他自己睡在沙发上而出现的产物。

知游猛地清醒过来，翻身下床，左右顾望一圈，在饭桌上发现了一碗粥与压住的便条。他小跑过去，抽出便条，上面工整的字体规矩地排列着，用安抚一般的语气轻轻写着他去打工了，要知游吃了早餐之后，可以自己出门逛逛，只要在晚饭之前回来就好的话语。他甚至还留了几张纸币，要知游自己吃好午餐。

这样如家人一般贴心的叮嘱令知游有些恍惚，他简直不敢相信周启毅是个比自己年龄还小的孩子。或许是多年来独自生活的经历让他变得成熟，也变得擅长无所求地照顾别人。

知游端起粥，喝了一口——是凉的。周启毅大概已经出门很久了，四周静悄悄的，像个从没有人到访过的小角落。

他环顾四周，那些简陋的家具与生活用品，在他眼中一瞬都化作了周启毅不停忙碌所得的成果，知游内心讶异于他的自立——这两天周启毅带给他太多的不可思议，那么多生活的艰难，他不知这个孩子是怎么度过的，而渐渐的，形象在他的心里建立起来，越来越丰满立体，也越来越高耸，似乎成了一座丰碑，让知游在迷茫中，似乎找到方向。

知游把粥喝完，将桌上的物件揣进裤兜——今天天气很好，他竟然有了四处走走的心情。

这座城市不大，他却一直没去过几个地方，这么多年，他总是苟且着度过，何时有过这般闲情？就这样，他带着几分孩童探险般的兴致，走出了桥洞下的房间。

城市里的人们熙熙攘攘，摩肩接踵。在来自6年后的知游看来，街上的玩意并不新潮，但那些在他记忆里存在过的物件，却让他感到欣喜，这些富有时代特色的东西弥漫着舒服的旧日气息，暖融融的，仿佛把他甩进一锅煮着的饺子里，四周浮浮沉沉的雪白热气腾腾，将他围绕起来，仿佛他也成了这一大家子的一员似的。

老旧的砖房、雨檐、石子路，城市最角落里面的景色一转角就展现在他眼前，四周突然安静下来，仿佛他闯入的是谁家的庭院。面前有两个孩子嬉笑着追逐而过，面容竟让他有几分熟悉，知游揉了揉眼，却发现他们在一瞬间就消失不见了，幻觉吗？知游挠了挠头，继续向前走着。

走出小巷，眼前豁然开朗，宽阔的大道对面是一家便利店。知游感觉有些饿了，兜兜转转走到那边，却在门口停了下来——店里的店员，是周启毅。

周启毅正在店内摆放着货物，并没有发现外面的异样，知游躲在店外一个隐蔽的角落，默默地看着他。

周启毅终于将大半个人高的货物整理好，擦了擦额头的汗，正准备休息一下，却听到店门口的风铃"叮当"一声，只好连忙转身，拍了拍手上的灰，走上前去招呼客人……

知游在外面一直看着，看到了他忙地团团转，连一口水都来不及喝，也看到他空闲时托着脸，双目无神地发着呆，看到他温柔地为小朋友拿下高处的商品，也看到了他被粗鲁的顾客无端指责，却只是默默地低着头承受。

夜色慢慢爬过半边天空。店里走进一个人，周启毅与他打了个招呼，把店服脱下，交给那人后便匆匆离开便利店，朝桥洞的方向跑去。知游又隐蔽地站了一会，看着他消失在自己来时的小巷，片刻后，他走进了便利店。

风铃依旧"叮当"，但店员不再热情地迎接，他去拿了一盒牛奶，放在了眼睛牢牢盯在手机上的店员面前。结了账，他走到店内提供的休息处，坐下，听着店里播放的音乐，拆开吸管，插上，慢慢地喝起牛奶来。

他看着店员坐着的地方，想起今天看到的周启毅，忽然有些迷糊，他无法把像魔术师一般变出所有东西，仿佛无所不能的周启毅和今天看到的他重合起来。今天的他，像任何一个独自打拼的年轻人一样，如蜉蝣一般地艰难求生。

陆知游忽然觉得自己有些幼稚，这么多年浑浑噩噩，总是觉得自己孤独自己绝望，却一刻都不曾为想获得的东西努力过，在他差一点就要被戾气所包围吞噬，彻底变作废人之前，周启毅的出现像一巴掌扇醒了他——既然无法寻死，为何不体面的活着？

牛奶喝完，知游又吸了两口，却只发出空空如也的声音。店员被他看的有些烦，在电脑前操作了几下，店里的音乐瞬间切换成一首《回家》，知游感到有些好笑，站起身，将牛奶盒扔进垃圾箱，走出了便利店，准备回"家"。

天色已经完全黑了下来，四周亮起霓虹灯，知游按着记忆里的方向走着，路上的光亮越来越少，直到只有月光与他作伴，又一会，那孤独却坚守矗立着的灯光在他眼前出现，知游感到了一点温暖。

终于踏入房间，周启毅有些焦急的面庞出现在他眼前，知游招招手，打了个招呼，他的脸色便马上放松了下来，转身去忙活晚餐。

知游走到他旁边，看着满桌的材料需要处理，拿起一些，走到水池旁，开始清洗，周启毅连忙转身："你不用……"。

"我只是想试试。"知游打断他，声音倔强到无法反对。

周启毅便不再言语，看着他洗了一会，转身继续做事。

流水声、切菜的哒哒声、锅里的咕噜声在房间里充斥着，时间在忙碌中很快过去。

饭菜上桌，知游和周启毅坐下，开始享受晚餐，猫咪们依旧围在四周，叫声此起彼伏。两人吃着饭聊着天，其乐融融。知游尤其愉快，付出的感觉让他仿佛重获新生，人生的意义又一次将他笼罩。

吃过后，知游又抢着去洗碗，两人分工合作，事情完成地飞快。

他们的相处渐入佳境，两个人像两副越来越契合的齿轮，相互牵引着转动。知游开始享受与周启毅待在一起的时间，甚至有了对他无比信任与依恋的感情，在这般温暖和煦的氛围中，六年里积攒的全部戾气似乎全部消融、远去了。

周启毅的声音冷不丁响起："知游，你应该没有要去的地方吧，过两天我再去弄张床来，你就在这里久住下来吧。"

温暖的话语在知游听来却如冷水将他瞬间从头淋到脚。

"久住？"他想起了自己的病，知游只能沉默，房间内的空气似乎凝固下来，沉重得让他无法呼吸。

"知游？"周启毅停下手中的动作，看向他，疑惑地询问。

知游瞬间清醒，有些慌乱与狼狈地回答："对不起，我……我不能久住。"

周启毅大概没想到他会拒绝，有些讶异，也有些沮丧。他满腹疑问，但当他看到知游脸上痛苦而艰难的神色时，只好尽全力将它压下，只是问他："那……你还能待几天？"

知游在心中默默计算："5天。"他闷闷地回答到。

两人之间一阵沉默。

片刻后，周启毅转身，继续做事。

"明天上午在家等着我，我中午之前回来，剩下的时间，我们一起出去走走。"他的声音温柔而坚定，在小小的房间里环绕——仿佛正预示着一场盛大的告别。

◆ 7 ◆

俯冲而下的过山车又一次被抛上最高点，翻滚几圈后，终于缓缓地停下来。

知游和周启毅从过山车上下来，他们一屁股坐在了旁边的座椅上，满脸的怀疑人生。

"走，我们去玩别的。"周启毅拉起瘫坐着的知游，走向一个看起来就令人心惊肉跳的游乐设施，"好……"知游有些无力地说到。

一会儿后，气若游丝的两人摇摇晃晃地走下来，"我们还是回家去吧。"周启毅强压下肚中的翻江倒海，说道。"好，走，呕……"知游终于还是没忍住,扶住旁边的一棵树,干呕起来。

这是他俩待在一起的第 6 天,在过去的 5 天里,他们将这座城市里的每一个好地方都走了一遍,水族馆、动物园、游乐场,所有值得去的地方都留下了他们的足迹与欢乐。

快乐的时光总是在不经意间溜走,这是他们待在一起的最后一个下午。

回到家,知游轻车熟路地走到洗碗台边,开始忙碌起来,周启毅也到达自己的位置,烧火做饭,一切都井井有条,万分和谐。

饭菜上桌,仍一如最初的丰盛。

两人落座,沉默在他们之间发酵,知游扒拉着碗里的东西,食不知味。

桌下的猫咪才不管他们什么心情,叫嚣着呼唤鱼肉。知游和周启毅都在自己碗内夹了一块扔下去,小猫看着同时出现在左右的两块肉,脑袋晃了几晃,竟不知从哪块开始享用,两人看着它的憨样,扑哧一笑,同时又为两人的默契感到有趣。饭桌上的气氛变得轻松,他们聊起天,聊起这些日子的趣事,聊记忆最深刻的活动,他们时常发出几声轻笑,仿佛有说不尽的话题。

话锋一转,自然而然地谈到未来。

"你以后打算去干吗?"周启毅问。

"不知道,大概会去一个新的地方,开启一段新生活,不像以前那样得过且过下去，而像你一样，有个人样地活下去。"

"好好活下去？"周启毅微微弯起嘴角。

"嗯，好好活下去！"知游绽开笑容。

晚餐结束，饭桌上的器物一个个撤去，猫咪们四散而开，各寻得一个角落悠闲地趴下，碗筷一个个在水中翻滚，洗净，摆放整齐。

再无事情可做了。

知游坐在沙发上看着房间里的种种，看着猫咪们，看着周启毅。

有些不舍。

但知游明白时间已经不早，再不舍也只能选择离开，他站起身来，准备和周启毅告别。

"等一下。"周启毅叫住他，不知从哪翻出一盒什么东西，放在家门口，点燃了它。

小小的烟火飞到空中，炸开，不大，却很好看，周启毅眯着眼睛朝他笑着，像是在邀功，而知游只是呆呆地看着，那烟花很旧且劣质，却在这小小的空间里开得那么绚烂。

周启毅站到他的旁边，两人并肩看着这花火。片刻后它熄了，两人也依然沉默着，看着远处不语的夜空。

"我走了。"知游说。

"嗯，你走吧。"周启毅声音轻轻的，却微微颤抖。

知游转身给了他一个拥抱，却发现他已不知何时湿了眼眶——知游这时才想起来，他其实只不过是一个还没成年的小孩子罢了。

17 岁啊，正是奋力去抓抓不住的东西，失去不想失去的人，跌跌撞撞，患得患失的时候啊。

知游松开手，摸摸周启毅的头，转过身，一步一步地挪出这充满温情的，两个人的家庭。

"总有一天会再见的吧？"知游在内心渴求着。

"总有一天会再见的吧！"知游终究是红了眼眶。

朦胧的雾笼在周围，慢慢浓稠，又慢慢消散，知游在雾中行走着，直到四周重新变得清澈。他转过头去，却什么过往的东西都已看不到。

新的一周了。

◆ 8 ◆

最绚烂的阳光在南北回归线间 4 次来回，绿叶落了又生，红花败了又艳。

又一个 4 年，从指缝偷偷溜回掌心。

◆ 9 ◆

暴风雨在城市肆虐，天空一片漆黑，即使再多的灯红酒绿也显得空荡，就像一张黑白照片，没了年代感的底蕴，只剩下无趣与乏味。

15 岁的陆知游，拖着疲惫的身体从打工的地方往居住地走去，越来越小的身体和年龄令他越来越难于应付生活，每一天他都拼尽全力地去工作，万分劳累，但相比四年前的他来说，却充实了许多。

乌云遮住了天空。雷声笼罩住光芒。

一切都是在刹那间发生，陆知游看着面前楼顶上那个晃动着的，被电光映出的熟悉身影，忽地想到被拔掉羽翼的鸟，想到荒野里孤单的坟。

雨伞被猛地抛在一边，知游风一般地冲入楼道，向楼顶跑去。

"是他吗？"知游疑惑着，但即使是万分之一的可能，他也不愿错过。

周启毅的背影出现在了他的面前，知游喘着粗气，大声喊了一声他的名字。

周启毅收回半只踏在虚空中的脚，转过头来，面庞稚嫩，却带着绝望之后空虚的可怕表情。

知游心中一紧。

"你在干什么，不要做傻事啊，快回来，到我这里来好吗？"他小心翼翼地朝周启毅喊着，脚下慢慢往他那边移动。

"回来？回来干什么？"13岁的周启毅慢慢开口，还未变声的清脆嗓音，吐出一句话："爸爸妈妈被人害死了，家里所有东西都被一件件搬走，他们为什么要这么做？他们从前不是最爱到我家来，对我父母笑脸相迎，买玩具逗我开心吗？他们凭什么拿着我家的钱假惺惺地安慰我，凭什么将父母留给我的东西一样样夺走……"

陆知游听着，全身发冷，他没想到那么灿烂与阳光的周启毅，竟有这样一段不堪回首的悲惨经历。

周启毅双目无神地呆立在原处，陆知游提着一口气朝他那儿挪着。近了，更近了，陆知游猛地往前一大步，抓住周启毅，将他从生死边缘拉回来，紧紧抱着，扑倒在地。

"你干什么？放开我！"周启毅在陆知游的双臂禁锢下，挣扎着。陆知游拼尽全力，咬牙抱得更紧。

"冷静！周启毅，你不能这样轻易放弃生命！"陆知游嘶吼，狰狞的表情令周启毅愣了一下。但随即他就咬着牙吼了回去："你懂什么？你知道我的感受，明白我的绝望吗？你凭什么教训我？"

往事在脑海中浮现，一阵又一阵的苦涩涌上心头，陆知游大声说着："你的感受,我怎么会不知道,不就是绝望吗?不就是一个人吗?不就是被全世界抛弃吗?这些我都懂,这些我都经历过!曾经我不也是你这样吗?但我走出来了啊!醒醒吧周启毅,即使在你自己以为一无所有的时候,你的前方也一直有着一个等待着你的人啊!"

周启毅的挣扎慢慢轻下来,终于停住,陆知游将他放开,站起来,看着他。周启毅坐在一地的雨水中,沉默着。

"我们走吧。"陆知游朝他伸出手,周启毅直直地看着他:"谢谢你,但……"

"你是谁?"

雷声在陆知游耳边爆开,震着他脑仁生疼,一幕又一幕的过往一晃而过。

("知游!")

("好久不见,你的变化,真的很大啊!")

("就算有一天我因为什么原因离开了,它们也不会太伤心吧。")

("也许这样,这里会更有家的感觉?")

("我也是,多多指教。")

那拼搏着的周启毅,那魔术师似的周启毅,那家人一般的周启毅。

那问我"你是谁?"的周启毅。

陆知游一个激灵,清醒过来,脸上爬满泪水,那流淌的悲伤,在漫天的水珠中沉沉地砸在这楼顶上。

眼前的周启毅，满眼的疑惑，令他感到陌生，令他想要逃离。

"好好活下去。"陆知游咬着牙最后叮嘱一句，再看了一眼周启毅，转身离去，他不顾身后的一切，用比来时更快的速度冲下楼去。

雨更滂沱，伞已被狂风刮得不知去向，陆知游狂奔着，想将一切痛苦的记忆甩开，却无奈地被紧紧纠缠着。又一个水坑被陆知游一脚踩下，他一个踉跄，整个人扑倒在地。

"凭什么？凭什么让我承受这命运！"陆知游双手捶地，号哭着。

"就一次，哪怕就一次的机会，让我回到从前的样子，我要用自己的双手抓住想要的东西，我不想再过这逃亡似的和任何人都没有联系的逆行时光了！"陆知游咬着牙站起来，擦干满脸的泪，又一次向前跑着："我不屈服，我要靠自己的力量找到一切的真相，我要改变这一切！"

"砰——"又一次被绊倒在地，陆知游依然咬着牙要站起，然而却发现一个散发着极大光芒的人形从他身体里分开，然后站起。他瞪大了眼睛抬头看，那已然向前奔跑着的人形，俨然是他自己的模样。

四周的雨幕已经消失，这是一个小小的漆黑房间，前方有着一扇散着光芒的门。

那一个陆知游已经将手放在了门把手上，他轻轻按压下去，打开门，一段记忆突然涌入了知游的脑海。

[15 岁的陆知游看着站在楼顶边缘的，13 岁的周启毅。"你在干什么？"知游说着，走上前去，将颤抖着的周启毅拉了回来。"我……我爸爸妈妈出意外死掉了，我只有一个人，不知道该怎么办，我已经没有办法活下去了。"周启毅眼眶发红，眼神中满是巨大变故之后的绝望与迷茫，"一个人？"陆知游想着，在他失去亲情滋润很久的心中，有一些什么东西被触碰到，他朝周启毅伸出手，微笑着说："我也是一个人，要不我们一起吧，我们可以一起，好好地活下去。"]

"这是什么？"知游从那回忆里苏醒过来，大脑里巨大的冲击将他撞得头晕目眩，而另一个陆知游打开门后，面前不远处又是一道相同的障碍，他毫不犹豫地压下门把手，将门打开 —— 又一段记忆不容拒绝地挤进了知游的脑海。

["臭小子们！又偷拿我家面包！"老旧的砖墙、雨檐、石子路，一名胖大叔冲进巷道，却发现那两个小孩已不见了踪影，他愤愤地嚷嚷着，却只能无奈地回到店中。……"喂，周启毅。"陆知游坐在草地上，狼吞虎咽般地啃着面包，朝正干着相同事的周启毅叫了一声。"嗯。"周启毅不咸不淡地应了一声，表示他正听着。"周启毅，我已经成年了，你说我要不要去找一份工作呢？"他略显纠结地问着，而周启毅却看着他，无所谓地答到："这种事不管怎样都随便的吧，你自己拿主意啦。"陆知游在草地上皱着眉头翻了好几圈，最终一跃而起："我决定了！我要去工作，让我们的生活过得更好一些！"周启毅呆呆地看着他，而后摸了摸脑袋，也跟着说到："那……那我也决定了，我也要去，我们一起加油！""嗯，一起加油！"]

散着光芒的陆知游看着门后距离更远了的又一扇门，跑过去，依然打开了它。

［"陆知游，你理智一点，不管发生了什么，总能解决的不是吗？"23 岁的周启毅朝陆知游大喊着，25 岁的陆知游停止将满桌的文件弄得满地狼藉，他充满悲哀与愤怒的声音响起："你懂什么？我们早就已经离得越来越远了，我的生活里有太多你不知道的痛苦折磨，我早就不是之前的我了，我一次次被所有看起来的小事刺痛，再累积着到最终崩溃的感受，你怎么会懂？"他不顾四周的混乱，跑回自己房间，猛地将门关上："什么生活！什么工作！见鬼去吧！"周启毅看着他紧闭的门，伸出手，又看到遍地的狼藉，终究还是把手放下，轻轻叹息了一声。］

又一扇门被打开，而门后极遥远的地方，才又依稀看见一扇门的模样，陆知游急急地跑过去，不顾自己已经暗淡许多的光芒，又一次打开了门。

［陆知游紧紧地抱住自己的膝盖，在漆黑一片的房间里，坐在自己的床上。就在这一天白天，他终究是忍受不了生活里慢慢积累的抑郁，浑浑噩噩地跑到城市外的铁路上，想要结束自己的生命。却没想到周启毅在最后时刻赶来，将他推开，代替他被呼啸而过的火车吞没。那混乱的场景，此刻也依然在他面前重复着：血、挚友、警笛声、晃动的灯、黑压压的人。他逃也似的从现场失魂落魄地离开，回到了他们两个人的家，回到了自己的房间。那些懊恼、后悔、抑郁、痛苦，一下一下地扇着他的脸，未来怎么办？我一个

人怎么办？启毅怎么办？陆知游颤抖着，在漆黑的房间里把自己裹成了一个茧，他在意识中后退着，关上一扇门，又关上一扇门，一扇又一扇地关上，他忘记了一切，最后，在逆行着的，与任何人都没有关系的25岁"重生"。]

　　一切真相得以重现，知游想起了一切，然而当所有的过往都血淋淋地摔在他面前时，他却难以置信："我……害了周启毅？"他愣愣地看着眼前依然奔跑着的，已不剩多少光芒的身影——他不知疲倦地向前，却终究还是慢了下来，最后，光芒散尽，他跌倒在地，在离又一道门只差几步的地方，慢慢从空气中消失。

　　一直跟随着场景变换而移动的陆知游，离那道门只有十几米的距离。他挣扎着想要站起，却发现自己一点力气都没有——就算他有预感那门后就是一切的结束，却无力去完成它，他的手紧紧贴住前方的地面，不甘地咬着牙，想要挪动。

　　四周的一切似乎都在恢复，雨滴在身旁溅开，闪着光亮的门也开始慢慢从空气中消失，陆知游看着，有些绝望地闭上了眼。

　　这时，又一道光亮的身影在虚空中渐渐成型，那光芒没有最初的陆知游那般闪耀，却散出令人心安的、莹莹的光泽。

　　陆知游睁开眼，看到那人，而他转过头来笑了笑——那是周启毅的模样。

　　周启毅走到门前，用手压住门把手，门"啪嗒"一声打开，而一道道裂纹也在他手上出现，蔓延，然后整个手掌碎开，周启毅看了一眼消失的手，又看了看面前还未完全打开的门，后退几步，顿了顿，猛地侧身撞向那扇门。

门被撞开，刺目的光芒将四周照得纯白，光芒中，周启毅全身都蔓延着玻璃破碎一般的纹路，越来越多，越来越密，他转过头来，看向陆知游，轻启嘴唇，却于一瞬间炸裂开来。

漫天反射着彩色光芒的透明玻璃碎片四散，倒映在陆知游的眼中，慢慢地：

闪过帮扶着周启毅成长的陆知游。

闪过拯救了陆知游生命的周启毅。

映出将自己囚禁的陆知游。

映出失去血色的周启毅。

无数片的光芒、欢笑、眼泪、获取、失去，但最终，一个略小的身影在另一个影子沉沦之前，将他推向理应更美好的明天，而自己却不受控制地向无尽深渊坠落，溺入最深处的黑暗之前，无数光芒从他身边脱离，为暗淡着默然沉睡的另一人最后一次点燃光芒，在他散发着属于两个人的光芒重新苏醒时，那些碎片最终摆脱不了自己的命运，在地上蹦跳几下，闪了闪，暗淡下来，终至消失。

"周……"陆知游睁开眼，闪耀的光芒照得眼前一黑。

再回过神时，面前已是一面低矮的苍白色天花板了。

◆ 10 ◆

疗养院厚重的大门打开一条缝，待陆知游走出后，又沉沉地移回原位。

冷风灌入陆知游肥大的衣服，他拢了拢衣领与袖口，看着两侧由白杨延伸出去的笔直大道，有些迷茫。

他成功配合完成了一次深层自我记忆重构脑机治疗实验案例的后续检测和信息采集，在今天重新回到正常的世界。

5 年的时光在深度的自闭与抑郁中加速度过，一晃，他就到了30 岁的人生路口。

陆知游摇了摇几近空白的大脑，抖出了 3 个字：

周启毅。

对，周启毅，血泊中的周启毅，化作漫天纷飞碎片的周启毅。

陆知游蹲下来，抱住膝盖，红色又蔓延过他的眼睛，那一个混乱的夜又在他的脑子里嗡嗡作响，脑中的混沌又一次将他包围，似乎又要把他吞噬。

"喵。"一声软软的猫叫在脚边响起，那些混沌被惊着了一般，围着他绕了几圈，便远远地逃开，陆知游低头，只见一只模样熟悉的老猫蹭了蹭他的裤脚，又走开了。

"小一？"他有些不可置信地看着它就要消失在转角，便急急地追了上去。

七拐八绕，他追到了一片静谧的树林，那老猫慢慢停下步子，停在了一处土堆旁。

"这是……"

陆知游全身颤抖着——土堆前有块石碑，石碑上镶着一张他再熟悉不过的照片，大脑仿若突遭重击，整个世界都在嗡嗡作响。

陆知游缓缓蹲下来，将手放在粗糙的墓碑上，轻轻摩挲着。

"我记得你说过的。"知游尽力控制情绪，咬了咬嘴唇，"你说猫不像狗，彼此成了依靠，就谁也离不开谁了。"他停了一下，"我记得你还说，就算有一天你因为什么原因离开了，它们也应该不会太伤心。"

"但你看，小一带着我来找到了你，在它的生命中，你已经成了依靠。"他喘了一口气，"我也是一样啊，你付出了那么多，终究把我们养成了彼此离不开的傻狗……"

猫咪走了过来，蹭了蹭这个悲伤的男孩，却发现他已站起，俨然已是大人的模样。

它在他身边绕了几圈，像是完成了一项责任，它走到石碑旁，歪着头，温柔地叫了几声，便跑进丛林，不见了。

"我该走了。"陆知游像是在对周启毅和过去的自己永别："我会忍住不哭，像你说的那样，好好活下去。"

"我知道你会说，失去了周启毅的陆知游，也该好好一个人走下去了。"

"对不起，还有……谢谢你。"

"我们的故事到这里，也只能，就这样结束了。"一个模糊的影子似乎在他身边凝实，一双手搭在他的肩上，轻轻向前一推，将他送往远方。

阳光透过树叶，碎出一地斑驳，有风吹过，树枝摇晃，一片落叶飘飘举举，搭在了慢慢远去的知游肩上。

鲸落者

何楚舞\作品

『噫，船长，快看那里。那是什么？』太阳系外围，

一艘状如陀螺的异星飞船上，一个『乒乓球』

一样的东西突然弹射而出，撞到飞船的视屏界面上。

1. 楔 子

3个月前，李耳还是一个默默无闻的人。认识他的人只知道他是一个生活奢靡、睚眦必报、自称科学家的骗子，即便你在人群中远远瞪了他一眼，他也会不惜气力，追过去回敬你一眼。

李耳似乎很要面子、爱吹牛，自称智商超过 250，拥有古往今来第一等的智慧，他还吹嘘自己实际年龄已超过 300 岁，是个真正的长生者。

没人计较他这些话的真伪，因为在最近的一场关于人类未来的网络顶级论战中，几乎每个人都被他的博学强识征服了。在那场论战中，他每天用于吃饭睡觉的时间不超过 4 个小时，10 天里他用 12 种语言，在自然科学和社会科学领域与各行业顶尖学者进行全方位辩论，结果众人无一例外都败给了他。

李耳因此一战成名，瞬间成为世人瞩目的焦点。而他，则借此机会高调宣布，将于下个月参加世界军事科学博览会，并推出他的

一个最新科研项目 —— 间谍克星。

世界军事科学博览会很快到了。但开幕当天，当众宣讲间谍克星项目的竟然是另一个人，Y国军情二处的大佬 —— 卡明，而李耳只是站在卡明身边的陪衬。

李耳像是事不关己，漠然站在卡明旁边。

矮小精干的卡明语速极快，他正在亢奋地介绍着所谓的间谍克星："对于情报机构来说，什么最重要？当然是情报！

"我们要不择手段，不惜代价对敌人隐瞒自己的情报，搞到敌人的情报。

"想搞到敌人的情报，最关键的是什么？当然是人，是间谍！

"什么是战无不胜、无往不利的间谍，他应该具备什么样的素质？

"为了完成任务，并让自己活下来，间谍必须具备全面的技能，以便应对各种突发危机。射击、肉搏、下毒、潜水、空降、反审讯，驾驶各种陆地水上行驶工具。他要博闻强识，要懂化学物理，还要是洞察一切的心理大师，要精通色诱异性，还要兼顾同性，这就是你们心目中的间谍形象吧？

"屁！我告诉你们，这些统统都不对！

"蠢货才会这样训练间谍，才会这样搞情报！

"好的，我知道你们想说什么。你们想说从古至今，南半球、北半球、东方、西方，过去、现在、将来都在这么搞。但从古至今所有情报人员都是蠢货，所有情报机关都是夜总会、屠宰场！

"科技正以光速发展，间谍已很难逃过科技的甄别。是的，有人说间谍将彻底被机器人取代，是的，很有可能是这样……不过没关系，现在我来了！我只说一件事，那就是痕迹。任何受过专业训练的间谍都会有痕迹，无论他拥有多么高超的掩饰技巧，他一定会有痕迹！军事训练在躯体上留下的痕迹，生死情仇在目光中留下的痕迹，不同的价值观在谈吐中留下的痕迹。痕迹是什么？痕迹就是破绽，有破绽，在执行任务的时候就有失手的风险，就称不上合格的间谍。

"合格的间谍应该没有受过任何间谍训练，是一个普普通通的老百姓，他在执行任务的前一刻和我们毫无瓜葛，甚至是我们的死敌。

"这么说你们一定听不懂，因为你们统统是蠢货，和古往今来的蠢货没什么区别。举个例子，要从M国、F国、E国的最高情报长官的嘴里获得情报，我该怎么办？"

有超过400人围拢在展台四周， M、F、E三国的最高情报长官赫然在列。

"这三个国家最高情报长官的防卫级别仅次于总统，他们本人统统是超级间谍，历来只有他们获取别人的情报，没有人能从他们嘴里得到情报，对吧？但别人不能，并不意味着我不能。我可以现场证明我能搞定他们。"

卡明从展台上的五级台阶走下，走到 E 国最高情报官面前，自负地问："老同行，对于我你不该陌生吧？但我告诉你，我不但是 Y 国军情处负责人，而且还是地球上第一位初代间谍克星。"

E 国最高情报官是个偏瘦的中年男子。

卡明走到他面前，边说话，边打了一声清脆的响指，人群随之发出一阵惊呼，在所有人眼中，他的形象变了，变成了一位魁梧威严的老人。

监控室的安保人员同样惊诧，通过监控系统看到的卡明也变成了魁梧威严的老人。这个老人的形象分明是 E 国前任最高情报长官。

"报告你最近一周的活动。"卡明的声音也发生了变化，那是属于 E 国前任最高情报长官的独特磁性嗓音。

E 国最高情报长官惊诧地看看卡明，但很快镇静下来："低劣的障眼法。"

卡明飞快地用 E 国语言说了一个详细到门牌的地址，随后在他的耳边说："只有我知道你儿子用了什么假名字，在哪所学校上学。他可真是个调皮鬼。"

随后卡明后退两步，面孔变得更严肃："报告你最近一周的活动，包括五分钟以内的短暂会面。"

说来也怪，E 国最高情报长官立马现出一副恭顺的姿态，开始鬼使神差地低声汇报起来……

卡明听罢打了一声响指，又形象恢复成意气风发的卡明。

F国最高情报长官是个大腹便便的中年人。

卡明走到F国最高情报长官面前时再次打了一声响指，人群中接连发出惊呼。他现在变成了一位头发花白的中年人。

即便F国最高情报长官经历了无数的大风浪，但还是让所有人感受到了他的惊恐。

卡明举起双手缓缓转了一圈，尽情展示着自己的外貌："我最亲爱的战友，你还记得把我埋在了什么地方吗？"

F国最高情报长官带着不可思议的表情，语无伦次地说着什么。

卡明厉声打断他："把你最近一周的活动告诉我。"

F国最高情报长官踌躇了片刻，也开始低语……

一声响指后，头发花白的中年人恢复成卡明，而又一声响指后，卡明却变成了风度翩翩的肌肉男。

惊呼声彻底从人群中消失，人们现在只关心卡明用什么办法从M国最高情报长官嘴里套取情报。

卡明展开双臂，朝M国最高情报长官走过去的时候，拥有中年贵妇外貌的M国最高情报长官已经泣不成声了。

卡明极为温柔地拥抱她，让她的头枕着自己肩膀，他的手轻轻拍打她的后背："对，是这样，就像以前这样靠在我肩膀上……什么都不用说，我知道，我什么都知道……我从来没有觉得你绝情，你那么做，对我们两个人都好……好了，宝贝，告诉我你最近一周的活动……亲爱的，我只是担心你的健康……"

卡明打了一声响指恢复常态后，M 国最高情报长官涕泪横流地开始低语……

这之后，卡明像个快乐的孩童，轻快地朝 E 国最高情报长官跑去："我相信大家都看清楚了，你们也一定相信，这只是个开始……"

突然，李耳鬼魅般走到卡明身后，轻拍了一下卡明肩膀，徐徐说道："玩够了吧？该结束了。对你来说，开始就是结局。"

卡明小人得志的笑容还挂在脸上，但却已经僵硬，目光涣散，举手投足都像是一个木偶。

惊呼声再次在人群中炸响，人们看到木偶一样笨拙的卡明跪倒在 F 国最高情报长官面前，连磕了十几个响头。额头血流如注。

卡明的举动愈发疯狂，他整个人如同章鱼一般粘在地上，抱着 F 国最高情报长官的小腿，狂舔他的黑皮鞋。

卡明极近风情地扭动腰肢，跳着笨拙的艳舞。他把自己剥得几乎一丝不挂，脖子上仅存的松垮领带还沾着晶莹的口水，和 M 国最高情报长官的泪珠相映成趣。

现场混乱到了无以复加的程度，四个国家的情报人员都在想办法掩盖最高长官的狼狈，但直播画面已经把他们的丑态传向全世界。

随着一声响指，李耳以卡明的形象大摇大摆地离开博览会。此时会场正在播放他提前录制好的一段视频。

李耳在视频中揭开了这场闹剧的前因后果。

几年前，他在间谍克星项目启动之初选定的目标就是卡明。他很清楚卡明的为人。一旦卡明得知这个项目，必定会用最卑劣的手段胁迫他，控制他……

初代间谍克星研发初见成效后，卡明将全部科研数据全部控制在自己手中，还让自己成了唯一的间谍克星。

卡明坚信一切都在自己掌控之中，却没想到李耳留了后手，只是让他成了这一项目的"小白鼠"……

李耳不仅要利用卡明，还要报复他，羞辱他，让他死后也不得安宁，成为永载史册的笑料。

李耳利用卡明的权力和 Y 国的科研力量，成功研发了初代间谍克星，让初代间谍克星将古往今来所有重点知识和科技数据汇入脑中，那是一个浩渺到无边的庞大资料库。

卡明刚才的短暂的"变身"是间谍克星的一部分功能。初代间谍克星能够以任何人的容貌出现在任何环境之中。

间谍克星拥有强大的手段，可以瞬间更改人的记忆，让人成为最强悍的间谍，去执行最危险的任务。当下的科技根本无法对抗间谍克星。如果执行暗杀，间谍克星可以把被刺杀目标身边的任何人变成执行任务的间谍，这个人也许是目标的保镖、情人，甚至是目标最疼爱的女儿。

全世界的知识、经验阅历将会源源不断地输入给初代间谍克星，这种输入是单程的，也就是说，只能输入，不能复制、取出，如果想消灭这种能力，只能对间谍克星进行彻底的物理毁灭。

李耳需要找一个人，这个人决不能是卡明这样的野心家，他应该是一个绝对善良的人。只有绝对善良的人才能成为集人类知识阅历与智慧于一身的巨鲸，当巨鲸奉献自己的那一天，当巨鲸死亡，沉入海底的一天，也是人类走向星际、走向宇宙的那一天。

而李耳面对的最大难题是，他找不到合适的人。

没有人是绝对善良的。

另外李耳并没完全讲真话，他撒谎了，初代间谍克星其实并没有真正研制成功。

发生在军事科技博览会上的闹剧，只不过是他为了摆脱 Y 国情报机构，和 M 国情报机构展开合作的小伎俩。

对于李耳来说，Y 国情报机构已经没有利用价值了，他需要 M 国的科技支持。

当李耳开诚布公地和 M 国情报机构商讨这件事的时候，M 国立即答应了李耳的全部要求。

　　M国没有选择的余地，放弃意味着李耳的间谍克星项目将落入他国手中，接受意味着可能被李耳利用，成为第二个Y国。不过，即便被愚弄，也好过把李耳变成敌人。

　　只要满足李耳的条件，不和他闹翻，M国便会让所有的国家对其投鼠忌器。

2. 小白鼠

　　向东觉得自己醒了。

　　可他睁不开眼，张不开嘴，手脚更是动弹不得。

　　他觉得自己是在梦里。

　　漫天的乌云、无风无浪无垠的大海，组成了铁灰色的混沌梦境。

　　突然间，一束阳光刺透层层铅雾、重重阴霾，刺向死寂的沙滩。

　　一头庞大如山脉的鲸鱼搁浅在铁灰色沙滩，它挣扎、蠕动，用尽全身力气，却陷入不断塌陷的沙滩。

　　阳光如同投射在铁灰色舞台的光柱，聚焦在巨鲸身上。

　　渐渐地，混沌中只剩下光柱和垂死的巨鲸。

　　突然，光柱变得无比悍锐狂暴，如同一柄无坚不摧的剑刺向巨鲸。

巨鲸"嘭"的一声爆炸。

爆炸裂变成数不清的猩红光束，流星般涂满天幕，落向沙滩，坠入大海，屠尽阳光。

铁灰色混沌变成了狰狞的无边猩红。

猩红的天空没有边界。

猩红的大海死水无波。

渐渐地，渐渐地……

传来的巨鲸鸣叫如同缓缓爆炸的核弹，荡开了宇宙间凝结如脂的猩红。

鸣叫从不知几千几万米的深海发出，掺杂着无法言表的情绪，既有宣示主权的威严，又有王者的寂寥与庄肃、无法言说的辽远……

如地震、如雷鸣的连绵鸣叫随着巨鲸从深海浮出，随着最后一声哀鸣，巨鲸死去。

亡鲸坠入深海，庞大身躯带起的漩涡将无边的猩红吸了进去，如同无法抗拒的磁力将无数的海洋生物呈射线状吸引过去。

巨鲸开始以不可思议的速度腐烂，它的皮肤、血肉、骨骼，脂肪分解成海洋、沙滩、乌云和阳光……

向东听到苍老如冷月的声音不断说着，你是鲸落者，鲸落者……

向东还是睁不开眼，可他能听到声音了。

混乱、迟钝的脑子总算给他一点有用的提示，他此时身处性命攸关的险境。

头皮隐隐作痛，脑中的剧痛大概是导致他思维迟钝的主要原因。

他听到了缓慢的开门声，接着听到两个人的脚步声。

他的脑海里瞬间跳出奇怪的信息——两个人，前女后男，女性体重47公斤左右，身高170厘米上下，男性65公斤左右，183厘米上下。

他们朝自己走来了。

"呼"地一声。

向东感到一阵透体的冰冷，身上的每根汗毛都立了起来。

这一瞬间，他彻底醒了。

惶恐万分的他下意识地要睁开眼睛，但他的慌乱却被一种未知力量控制着，情绪迅速平静下来。

未知力量迫使他闭着眼睛，继续躺在床上佯作昏迷。

金黄色短发的年轻女性站在床边，她紧攥着白色床单。床单是刚从向东身上掀起来的。

短发女身后站着一位瘦高的男子。

短发女身高170厘米，体重46公斤，瘦高男身高185厘米，体重刚好 65 公斤，和向东的判断一般无二。

两人身穿深蓝色的制式服装，制服左上臂均佩戴着标识两人职务和个人信息的彩虹臂章。两人最大的区别是，短发女左胸挂着圆形芯片，那是她的权力密钥和通行证。瘦高男的左胸则佩戴着红十字标识。

短发女笔挺干练、目光灼灼，让人无法逼视的威慑力如同一层铠甲，把希腊雕像一般的她包裹其中。瘦高男遢遢慵懒、目光涣散。向东脑中的未知力量判断出，短发女应是中高层管理者，有高学历，受过基础的特工训练，至今仍身处紧张严谨高效的工作环境。瘦高男的工作缺乏纪律和尊严。

瘦高男的话很快验证了向东的推测。他对短发女的身份似颇为忌惮，小心翼翼地试探："A、B、C、D、E 五个级别，没想到我会以这种方式和 A 级的人说话，还是 A7。"

瘦高男的话和他胸前的红十字标识说明，他在这里是个不入流的角色，职务是护工，连医生都不是。不过他在某些方面有些特权。

"你可以叫我 7 号。" 短发女言简意赅、语气冷峻："你要把事情做仔细了，不然我会送你去见上帝。"

向东想动，但他用了很大的力气，能动的也只有眼皮和僵硬的舌头。他的身上、手臂上蜘蛛网一般布满金属线和输液软管。金属线连接的是用来检测心跳、血压、脑电波等生命体征的仪器。

7 号眼睛盯着向东，判断着他的健康状态，问瘦高男："确定吗？"

瘦高男探身猛力地在向东肋下戳了一下。

向东感觉到一阵剧痛，眼睛依旧紧闭，身体还是一动不动。

瘦高男说："老怪兽亲口说的，他脑子是清醒的，身体还不行，起码要半个月后才能动。其他方面绝对没问题，能成为'小白鼠'，各方面素质应该都是一流的。"

向东脑中闪过一条信息，瘦高男所说的老怪兽就是李耳。

7号把手放在向东下身，轻轻拉抻了一下："希望这里也是一流的。"

瘦高男露出猥亵的神情："希望如此吧。"说着向前挪了挪，假装不经意地展示着自己强壮的手臂。

7号厌恶地瞥了他一眼："你值得我冒着死亡风险做那种事吗？"

向东脑海里又莫名地跳出一条信息：奥林匹斯铁律第四条第四款，职员之间禁止发生任何形式上的亲密关系，无论是肉体还是精神上的。发生肉体关系的双方或者多方全部枪决，家属失去领取抚恤金资格。发生精神关系的挫骨扬灰，以叛徒论。

接着脑中又跳出一条信息：7号是李耳在奥林匹斯的7号秘书。她擅长网络控制和电子科技，深得李耳信任，从而获得了自由出入的特权。在拥有3万名员工的奥林匹斯，只有5个人获此殊荣。

奥林匹斯是太平洋中的一个小岛，用来安置M国退役的航空母舰。

瘦高男脸上的肌肉紧张地跳了跳，随后看看向东："一只'小白鼠'只给一个人用,用完8个小时内交还我处理掉。我做事最讲规矩,管杀管埋永无后患。"

"顶级怪兽雪茄。没有我,你一辈子也享受不到。"7号掏出两根雪茄,丢给瘦高男。

瘦高男挤出生硬的微笑,显然对交易价格不满意。

这一次,向东察觉到了头脑的异常。他的头脑迅速得到了一些信息:"奥林匹斯"的员工只能体会工作的紧张,无法享受生活的松弛。管理这里的"老怪兽"李耳制造了不同等级的烟酒形式的麻醉剂,使用这些麻醉剂会让肉体感受到巨大的快感。

突然收到的这些信息,是向东之前从不知晓的。

"老怪兽的实验用了上千只'小白鼠'了,他特别重视这只'小白鼠',听说还把Y国情报头子卡明的信息经验统统移植给他了。卡明号称间谍之王。你还记得他吗?就是那个在军事博览会上跳艳舞的家伙。"瘦高男把两支雪茄送到7号面前,要还给她:"现在看来,实验是失败了。间谍克星恐怕永远也研发不出来,老怪兽一直没处理这个不死不活的家伙,就是想看看有没有奇迹。我的风险太大了,这个价格……"

7号厉声说:"明晚8点我准时到这。要么同意,要么给你收尸。"说完,快步离开。

瘦高男把雪茄放在鼻尖嗅了嗅,浓重的杀气在眼中一闪而过。

7号这样的女人总是让男人想得到，又想杀掉。

瘦高男离开前给向东调整了输液器，似是自言自语地对向东说："我也算对得起你。你一个送餐的，遇到这种小辣妞，死也值了。"

7号在房间时，向东把注意力都放在了她的身上。她在房间里走了八步，这八步的步距几乎都是相同的。

7号的步速、步距极为规律。

她受过标准、严苛的训练，这让她的肌肉和神经产生了不可磨灭的记忆。不可磨灭的肌肉记忆给了她几乎相同的步速和步距。

她是受过特工训练的行政人员，不是顶级间谍。除非必要，比如假扮的是军人，真正顶级间谍不会在身上留下任何受过专业训练的影子……有一个夸张但很现实的说法是，就连放屁的声调都要和假扮的人一模一样。

7号的脚步声消失在走廊的刹那，向东立即算出走廊的长度。他同时凭借脚步在走廊移动时回声的微小差距，判断出他所在的房间应该在走廊的尽头。

向东悄悄地长吸了一口气，极力克服着头部传来的阵阵剧痛。以他的个人经历，他原本无法处理眼前的危机，但脑子里的奇怪反应却在安抚自己，似乎在告诉他，一切尽在掌控之中。

那个瘦高男随后退出房间。

向东睁开眼，开始观察自己所处的环境。房间空空荡荡，除了位于房间中央的病床、病床上的自己、病床旁的医疗仪器，再无他物。

他努力回忆着……

不知过了多久，记忆逐渐清晰起来。他想起自己是一个送餐员，工作范围在唐人街，那天下午三点他接到一个 KTV 的点餐，但他走进 KTV 的包间后就晕倒了，之后他就出现在了这里。

他思索着 7 号和瘦高男提及的几个关键词，想着脑海中出现的老怪兽李耳、卡明、失败的手术、奥林匹斯……他终于理清了思路，此时的情况非常危险，但并不复杂，他被选中成为一个试验中的"小白鼠"，被送进了一个名叫奥林匹斯的地方，主持试验的人是"老怪兽"李耳，但试验可能失败了。

真的失败了吗？

他对这个结论产生了怀疑。如果试验失败了，他怎么能通过脚步声判断人的体重，通过步速和步距产生远超常人的空间感呢？

这不属于他的记忆，是卡明作为间谍的基本功。

此外，向东的心理素质也得到了显著提升，以往他遇到这种情况即便没有被吓傻，也吓得没了主意，可他现在竟然还会冷静地做出诸多判断。

"我的大脑被改造了，我已不再是我了！"向东感觉自己要疯了，因为他这时已经意识到，如果卡明的记忆彻底苏醒，他自己的意识可能会被彻底压制，那样的结果，无异于失去自我。

......

因为刚从术后的昏睡中醒来，向东还很虚弱。他努力回忆了一会儿，就累得睡着了，被梦中的鲸落吓醒后，他又开始思考该怎么应对即将到来的死亡。

好在向东没有丧失记忆，关于自己的一切，他都还记得。

向东祖籍温州，是位出生在 M 国的华裔。当年祖父带着一批温州老乡辗转去了罗马尼亚，中国人的勤勉和温州人的精明让他们很快形成了自己的小商圈，但富足后他们也得罪了当地的恶势力。为了躲避黑帮追杀，他祖父带着同乡翻越了被视为死亡之地的阿尔卑斯山，之后一路西进，抵达法国，最后乘船到了 M 国。祖父曾举着只剩下三根手指的左手对他说，历史上只有三群人翻越了阿尔卑斯山，古罗马统帅迦太基、法兰西第一皇帝拿破仑，还有他们这群普普通通的中国人。

祖父和同乡迅速在 M 国唐人街站稳了脚跟，用祖父的话说，他们做小买卖，但不出售自己的人格和骨气。他们赢得了各色人种、各行各业的尊重。这些人都很清楚，那些在雪山冻掉手指的中国人看起来一团和气，但是骨头很硬，他们可以是过命的好友，也会成为要命的敌人。

向东父母早逝，自幼和祖父为伴。

向东五官都很普通，组合在一起也很普通，但他身上洋溢着一种未被世俗熏染的乐观和豁达。他脸上永远挂着淡淡的微笑，永远与世无争。他仿佛是从世外桃源走出来的小王子，不仅获得众多女性青睐，也获得了很多意想不到的友谊。有一个黑人小子，只因为向东在打篮球的时候顺手丢给他一瓶水，便和他成了好朋友。向东遭遇街头抢劫的时候，黑人小子挺身而出。他这才知道那人是附近几个街区大名鼎鼎的黑帮大佬。

向东自幼聪慧，记忆力超群，虽然达不到过目不忘，但见过的人、听过的事，都会牢记于心，不会出任何差错。祖父说，凭这点，他有做官的潜质，起码做个高级助理没问题。但他不会伺候别人，更不需要别人伺候自己。他不缺钱，衣食无忧，要不是为了帮祖父，他才不会给自家的餐馆做送餐员。

向东不明白，他这样一个除了四肢还算发达，其他方面一无是处的人怎么会被李耳选上。

7 号再次出现在瘦高男面前的时候，她的身边多了一个金发男子。

金发男的年龄和 7 号相仿，相貌英俊、身材魁梧，眼眸如同湛蓝的湖水。若是两人携手走在街上，定会让人惊叹这对金童玉女。

智慧和洞察力是 7 号傲视一切的资本，她不会屈服于任何男人的智商。如果说她需要一个男人，那一定是基于生理。

他一定要强壮英俊。

金发男的胸章显示他的级别是 B 级，很有可能是 7 号的下属。

瘦高男火气很大：“我没做过这种生意，只允许一个人，你们两个不行。”

他不满地看了一眼金发男，金发男手里还拎着一个沉甸甸的提包。

“我也是临时改了主意。”7号打断了他的话，随后拿出两根金条，“这是我的歉意。”

瘦高男迟疑了。

金发男说：“奥林匹斯用不到钱，但是总有一天你会离开这里，在外面的世界，没有钱的男人就没有尊严。”

瘦高男妥协了，夺过金条，快步离开。

向东茫然地看着两人，他不知道他脑中的知识和经验阅历会怎样处理这件事。

金发男已经拉开提包，从里面开始掏东西。7号掀开盖在向东身上的白布，快速拆掉他身上、头上、脖颈间的检测仪器和各种管子，然后把向东抱起来放在地上。金发男这时则从拎包里掏出一个皮质充气模型。他“呼哧呼哧”吹了一会，大小和向东一般无二的模型便成型了。他把模型放在床上，7号随即将各种检测仪器贴上不同的金属芯片，然后接到充气模型相关部位，这些芯片开始工作，营造出一个向东还在床上的假象。这样远程监控向东的医护人员才不会发现异常。

从昨天醒来到此时此刻，向东一有机会便会尝试刺激身体，现在只有左手的三根手指能微微动一下，除此之外能动的只有舌头了。

金发男背起向东，准备离开房间的时候，向东忐忑的心情已经稍微地平复。

向东相信 7 号不会让他死，李耳不会让他死，世界上所有情报组织都不会让他死。

3. 九脑

李耳给向东传输了海量的自然科学和社会科学知识，还有 Y 国间谍机构储备的各种间谍、军事知识，尤其卡明的经验和阅历此时对于向东无异于救命稻草。

M 国把李耳的实验基地放在这里，是基于安全等诸多方面的考虑。一艘 10 万吨级退役航母成为李耳的大型实验室，也成为囚禁李耳的庞大监狱。

看守这座监狱的，除了在甲板上、海滩上警戒的海军陆战队，还有 M 国在这里安插的大量间谍。每个月，奥林匹斯都会擒获来自不同国家的间谍，他们试图盗取间谍克星的相关情报，甚至要干掉李耳。

7号和金发男都是间谍。7号来自Y国，金发男来自F国，他们隐藏身份，互相配合，总算赢得李耳的信任，加入初代间谍克星的核心研究团队。

这之后，初代间谍克星的实验初获成功，但7号却在实验时对向东做了手脚，让李耳误以为实验失败，这才有了她现在要盗取实验成果的一幕。

通过观察，向东发现这两人能够不被察觉的主要原因，是他们举手投足间几乎没有间谍的痕迹，他们身上的间谍痕迹应该是来到这里、接受了李耳的训练后才有的。向东能够确定这一点，因为他的大脑已经过了李耳的改造……

金发男的目光暴露了两人的关系，两人也许没有肉体关系，但情感上绝对是暧昧的。职业间谍绝不会犯这样低级的错误。

向东被带离房间后，他发现自己要对付的不是两个菜鸟，而是三个。因为瘦高男竟然挡住了他们的去路。原来瘦高男也是间谍，是为E国服务的。他要求和7号、金发男一起带走向东。这样他们都能完成任务，至于怎么处理向东，那是Y、F、E三国情报机关的事情了。

瘦高男一身肌肉，身上刺着E国死刑犯才有的文身，手里握着一根老旧的棒球棍。因为在这里身份低微，没有自己的私密空间，所以他一时间找不到趁手武器。

7号毕竟是个女孩子，金发男虽然高大健壮，但也没有把握在不惊扰安保的情况下干掉瘦高男。

金发男还在犹豫的时候，7 号已经答应了瘦高男的要求。

他们只有十五分钟，这是 7 号可以干扰基地监控的极限，时间已经不多。

向东察觉到了金发男的不满，看来两人相处时 7 号过于强势，不止一次伤害过金发男的自尊。不能征服 7 号的男人，在她面前是无尊严可言的。

向东的舌头动了起来，他对金发男说："你仔细看看，他们两个是不是很有夫妻相？"向东说完这句话，就怔住了，"我为什么要挑唆他们内讧呢？"

扛着向东的金发男同样吓了一跳，另外两人也很惊讶。在确定向东只能说话，其他什么也不能做后，他们才松了一口气。

瘦高男轻蔑地瞥了一眼金发男，在他的计划里，安全离开以后，如果 7 号肯配合，他也许会给她一条生路，至于金发男这种小白脸，他的确没有心慈手软的理由。

向东又开口了，不可自控的说道："夫妻相这事是有科学依据的……如果两个人经常在一起，比如接吻，两个人身体里的生物酶就会互相转换……各种酶的交换会改变人的容貌……简单说，夫妻相是因为——"向东忽然顿住，咬紧了嘴唇，这些话并非出自他的本意，而是头脑中另一个意识在主宰着他的嘴巴。

瘦高男当然明白向东是在挑唆，但却并不以为意。他不加遮掩地朝着金发男横了一眼，目光中满是挑衅和嘲讽。意思很明显：放老实点，就你这德行，还没有横吃飞醋的资格！

金发男原本就在思索离开后该怎么除掉瘦高男，向东的话这时恰如一记重锤，砸向他的内心。他一手扶好扛在肩上的向东，另一只手下意识地摸了摸腰间。

他的腰间有一支电击枪。

他的举动自然逃不过向东和瘦高男的眼睛。

"疼……哎呀！"向东忽然不受控制地尖叫起来。

金发男立即放下向东。三人最担心两件事，一是无法带着向东逃出去，二是向东死在半路上。

7号帮着金发男把向东平放在地面，金发男弯腰的瞬间，瘦高男的棒球杆已落到了金发男的头上。

7号惊叫着跳起来，血溅到了她的身上。

血腥的一幕对向东更为震撼。此前，他在路上见到蚂蚁都要绕开，而此刻，他仅开口说了几句话，便要了金发男的命。

"我怎么可以这样？"向东心中一寒，意识到自己变成了杀人不眨眼的恶魔。

瘦高男对暴力的使用轻车熟路。时间紧迫，他扛起向东，随后斜瞥了7号一眼。

　　7号感受到了来自瘦高男的威胁，迅速调整状态，竟然有些娇嗔地说了一句："脏死了，妆都花了。"

　　"别废话，前边开路。"瘦高男让7号走在前面。

　　即便7号很难对自己造成威胁，他也要以防万一。

　　而这时向东想到的是：合格的间谍必须克服身体的下意识，方才金发男下意识地摸枪让瘦高男起了杀心，他放下向东时的毫无戒备又给了瘦高男动手的绝佳机会。

　　向东同时意识到，他助瘦高男出手的行为也是下意识的，如果他不想成为恶魔，他必须要控制自己的下意识。

　　他察觉到自己的身体正在以可以感知到的速度恢复，他的肌肉、他的骨骼，尤其是他的大脑。

　　他试图压制头脑中的下意识反应，但刚刚害死人的嘴巴这时又忍不住说话了。

　　他对瘦高男说："离开奥林匹斯，你就会死在7号手里，你连反抗的机会都没有。"

　　向东故意压低声音，可声音的大小又恰好能让7号听到。

　　7号扭头瞪了向东一眼："拙劣的离间。"

　　7号非常紧张。她原本以为有金发男帮自己，向东又处于术后的瘫痪期，这件事原本可以顺利解决，没想到半路杀出的瘦高男却干掉了自己的帮手。而最棘手的是向东。

他掌握了太多的诡计，甚至一句话便能杀人于无形！

瘦高男低声笑着，似乎在用笑声表达自己的不以为然，也似乎在掩饰自己的尴尬。

笑声是他的下意识行为，他的下意识也暴露给了向东。

向东这次声音更低，确保只有瘦高男能听到："各国情报机构都在奥林匹斯安插了闲棋冷子，他们不在乎质量，只要数量，只要有一个人成功，他们就大功告成。你和她都是闲棋冷子，不同的是，她有同伙在外面接应，而你没有。"

瘦高男在沉默中加快速度，被他扛在肩头的向东感受到对方的肌肉变得紧张，那根棒球棍也被他握得更紧了。

但出乎向东意料的是，他并没有攻击 7 号。

向东的下意识又换了一种攻击方式 —— 幻境攻击。

如同卡明一样，他也拥有制造幻境的能力。这种能力不仅能让在场的人坠入幻境，同时也能让监控设备的另一端，乃至反复观看视频的人进入幻境。

但这是幻境，还是将对方带入另外一个时空，向东此时还搞不清楚。他只是隐隐约约体会到，李耳强加在他身上的那种能力或者说那种意识，实在太强大了。

向东的下意识这时正试图给 7 号制造一个幻境，让她认为瘦高男在攻击自己，并因此做出反击动作。她的举动足以让瘦高男干掉她，向东可以在两人搏杀过程中寻找机会，从而击毙瘦高男。

但向东失败了。他的身体还没有从术后的虚弱中完全恢复，7号只受到轻微的影响，没有进入幻境。她只是放慢了脚步，边判断方位边对瘦高男说："出口就在这附近。"

没时间再等了，向东倾尽全力对瘦高男施展幻术。

这次终于成功了。

瘦高男看到7号突然侧身靠在墙上，掏出了一把电击枪。

电击枪和金发男的一模一样，竟然是让瘦高男嫉妒的情侣款。

瘦高男扛着向东前冲，同时猛然举起棒球杆，朝7号扫去。

7号连躲避的时间都没有，只能转过身，让脊梁承受重击，试图将伤害降到最低。

电光火石的一瞬间，瘦高男愣住了，他眼前的7号并没有偷袭自己的姿态，呈现出的是任人宰割的被动形态。

向东此时的身体状态只能制造极为短暂的幻境，不过这已经足够了。

向东把全身的力气集中在膝盖上，用一个势大力沉的膝撞砸在瘦高男面部，当他从瘦高男肩膀滑落的时候，瘦高男身上的电击枪也到了他手里。

7号发现情况有变，随即一个后踢踹向瘦高男。向东的速度却比她更快，这时已经用电击枪击晕瘦高男，随即将枪口对准了她。

7 号掉头就跑。

智慧美丽在暴力和阴谋面前，脆弱得不堪一击。

跑了几十米，7 号又折返回去。她想起刚才向东满头大汗，持枪的手在微微颤抖。她的经验太少了，如果她是资深间谍，一眼便可以看出向东做了几个剧烈动作后已经精疲力竭，再也没有力气对付她。

人总要为自己的缺点买单。7 号再次站到向东面前的时候，向东的力气已经恢复了不少，起码他能用电击枪触发警报装置，然后朝着走廊的另一端疾奔而去。

15 分钟到了，监控已恢复，他们的一举一动都进入了监控视界。

警铃大作。众多安保人员的脚步声纷至沓来，无力感瞬间充斥全身，7 号绝望地蹲坐在地上。

失败了，彻底失败了。

她非常清楚那些 M 国间谍机构培训出来的安保人员会如何处置她。

她很快就能体会到什么叫生不如死，只有提前了结才能避免肉体和精神的双重羞辱。

可她连自尽的力气都没有。

偏偏这个时候向东做了一件让她匪夷所思的事，向东一把拽起她，将她推进一个房间，逼视着她打了个响指，说："我救了你，你要用一辈子偿还。"随后关上门，狂奔中故意制造出声响，将安保人员全部吸引了过去。

7号打了一个寒颤，她觉得，向东带着原始欲望和挑衅的目光如同呼啸的子弹，瞬间洞穿了她的额头，夺走了她的灵魂和思考能力。她惊愕地张大了嘴巴，她从未这样失态，她觉得自己就像是在没有任何防备的情况下，被人凌辱了。

对于自幼孤傲的7号，这简直是雷霆一击，她自认为意志如钢铁无可撼动，她从未想过自己竟会在一瞬间，被人以这种不可思议的方式击溃。

但此时已来不及多想。身份已经败露，逃命要紧。

7号取出随身携带的电磁设备，对监控设备发动攻击，以使其产生短暂短路。

第一次短路发生时，她一面默念"0001、0002、0003、0004、0005"，一面快速拿出可以和环境融为一色的隐身披风，罩在身上。

旋即监控恢复正常，但7号已经在监控系统中消失。

第二次短路发生时，隐身的7号再次默念5秒，同时进入提前准备好的逃生暗门。

第三次短路时，不再需要隐身的7号按下了一枚红色按钮，隔壁楼道里随即传来一连串巨响……

短路结束后，安保们盯着楼道里荡漾的灰尘和散落四周的杂物，他们认为一定是慌不择路的 7 号在下楼时摔倒，和堆放在楼道里的杂物同时滚下了楼梯。

7 号安全了，那意味着向东也安全了，因为他绕了一圈之后，已悄悄跟到了她身后。

7 号制定的逃生通道位于深海峡谷。

停泊在奥林匹斯的多艘 M 国废弃航母被错综复杂的海下交通网连接起来。她通过海下交通网进入了位于深海峡谷中的一处洞穴，里面藏着充足的物资。几天后，当奥林匹斯解除警戒，她就可以从容驾驶小型潜水器离开了。

洞穴面积接近 50 平方米，占据最多面积的是属于她个人的监控设备。她在奥林匹斯的监控系统中开了个"后门"，以便随时可以观察基地内的任何角落，即便是洗手间也不例外。

环顾洞穴，7 号心生悲凉，这一切多亏了金发男帮她，但此时金发男却已经死了，向东逃脱，任务失败的她将要面对 M、F、E 三国的追缉。

盯着监控的 7 号忽然一惊，她发现那些手持各种武器，正在全面搜捕她的安保们这时正在以更快的速度撤离。她还听到了刺耳的警报声。而更让她吃惊的是，向东突然无声无息进入洞穴，站到了她面前。

7号来不及多想，抓枪指向向东："你怎么来了？你是怎么来的？"她无法理解向东以瘦高男的生命为代价摆脱了自己，现在为什么又跟上来？向东同样无法理解自己所做的这一切，他的脑海中拥有另一个意识，是那个意识在支配着他的行为。

向东本能地想抗拒，却仍不可自控地一边欣赏着洞穴的布置，一边对7号说："以你的性格，如果我擒住你、逼迫你，你绝不会带我来这里。所以我才用这种方式来检查你的工作成果。嗯，干得比我预料稍稍差了点，但还可以接受。"

向东这种居高临下的语气和说话方式，严重地刺伤了7号的自尊。她把手枪对准了向东，那可是货真价实的枪，子弹已经上膛。

向东表情变得极为尴尬，像是孩童做错了事，情急之中本属于自己的意识占据了上风："别，别开枪！"向东尴尬中连连后退。

7号不知道向东这一系列所作所为和方才那番话，都是向东头脑中的另一个意识在支配他，对目前的向东来说，只有尴尬的后退属于他的本尊。

向东的尴尬表情很快消失，头脑中的另一个意识再次主导了他。

"别再用幼稚的举动掩盖自己的心虚了。你很清楚，只有我才能保护你。"他冷冰冰地对7号说："刚才你看到那些安保匆忙撤退了吧？你应该明白那意味着什么——末日警报已经被触发，不久之后，这里将会变成地狱，将会彻底从地球上消失。"

"末日警报被触发了？"7号再一次失态了。

经过此前一系列剧烈运动，向东这时的身体舒展了许多，思维也更清晰了。

"应该是老怪兽故意触发了警报。"向东边向外走，边以目光警告 7 号："你别无选择，伤害我，就是伤害你自己。"

7 号放下了手枪，本能地选择了屈服。

"他们启动了封闭程序，我们要死在这里了！"她盯着监控大喊。

奥林匹斯是 M 国秘密科研基地，也是囚困李耳的监狱。

有了 Y 国的前车之鉴，M 国因此设置了末日警报系统，一旦 M 国确定被研发出来的间谍克星不受控制，或者李耳即将做出损害 M 国国家利益的事情，末日警报便会启动，隐藏在基地下面的数枚大当量热核炸弹便会起爆，爆炸威力会使奥林匹斯永沉海底。

奥林匹斯的员工和安保人员已经开始撤离，即将死在这里的只有来不及撤走的"小白鼠"，以及 7 号和向东。

7 号没想到李耳这么没有耐心，仅仅发现她盗取了向东，还没有尝试大规模搜捕，便要启动末日警报。

既然要同舟共济，尤其时间还如此紧张，7 号也就不能隐瞒了。好在毁灭程序还没开启，基地还没有断电，网络还在运行，只要有网络，便是她的天下。

她迅速进入网络，开辟了通往航母甲板的通道。当两人爬上甲板以后，剩下的事情就要交给向东了。

向东快速观察着附近航母的情况："这艘是小鹰号，列克星敦号在哪里？"

7号扬手一指，列克星敦号航母在距离他们不到五海里的位置。

两人快速放下救生艇，朝列克星敦号冲去。

海天已经变色，串串炸雷隐隐在天边爆响，狂风咆哮，海啸就要来了。

两人登上列克星敦号，7号问向东要怎么逃走，向东回答："老怪兽在这里搞了套卫星武器发射系统，我们可以用它将我们发射出去。"

"你这个疯子！"7号快要被向东这疯狂的计划吓傻了，"为什么要这样？"

"只能这样，如果我们想活着出去，如果我们想成功逃避核武器爆炸所产生的海啸和冲击波……"

精通各种学科的李耳是个传奇人物，他休息的方式也很独特，当他研究某个科技产品疲惫的时候，便会用研发其他产品来缓解疲劳。卫星武器发射系统便是他缓解疲劳的产物。

这种武器系统纯粹是李耳自娱自乐的产物，永远也派不上用场，因为卫星武器已经被各国禁止。这种武器在攻击卫星后产生的大量太空垃圾会危及其他卫星，污染近地空间和轨道。

向东的计划虽然疯狂，却是可行的。

李耳在近期改造了他的卫星武器系统，他在卫星武器发射系统内部增添了类似空间站的人类生存空间。他准备在弥留之际的时候进入太空，当卫星武器在空中爆炸的时候，他的骨灰便留在太空中了。

为了在弥留之际多看一会风景，在设计之初，他刻意减缓了武器初始的发射速度，在冲出大气层之前的十几分钟内，发射系统的速度仅相当于载人客机的速度。

计划执行得很顺利，发射系统顺利升空，但在冲上万米高空后，两人却提前开启了弹射模式，成功伞降到远离核爆和海啸的一座荒无人烟的孤岛上。

落地后不久，远处的海啸便吞噬了奥林匹斯，海啸引发的地震似乎要把太平洋都抛到了天上。

向东在岛上踱着步，思索着下一步的计划，7 号则去寻找携带出来的逃生物资。一起被弹射出来的物资丢了一半，幸好她找到了一些食物和一条充气艇。

7 号刚将部分物资找回来，向东便告诉她，岛上的什么位置有野果，用什么方式可以制造简易的滤水工具，这样他们就有淡水喝了。

7 号满脸怨气地忙碌着，她想问向东为什么会知道卫星武器被改造过了。在奥林匹斯，只有包括她在内的 5 个人知道这件事。不过她很快就想清楚了，应该是老怪兽将所有的资料都输入了向东的大脑。

天色暗下来的时候，7 号终于忙完了。

坐在地上休息，面无表情的她看了看向东，缓慢而用力地咬了咬嘴唇。

向东连眼皮都没抬，只是对她说："无论你是否开口，我都知道你的问题是什么。"

7 号的好胜之心升腾起来，可又担心被向东说中自己的心事："你和老怪兽有一点很像，你们都觉得自己洞察一切。"

"不是觉得，是真的能洞察一切。"向东的表情里没有得意，也没有戏谑："你觉得老怪兽就这么轻易地把奥林匹斯从地球上抹掉，做得太草率了，对吧？"

没等 7 号回答，向东进一步说道："这是一个能让各方都满意的结果。各方，当然也包括老怪兽。奥林匹斯陷落后，各国在短期内不必再担心 M 国用间谍克星去威胁他们。M 国在短期内也不用担心受到李耳的胁迫。老怪兽也能因此过上几天清净日子了，对吧？"

"但你却危险了。还有我。我们会成为各国争夺的首要目标。"

"我能应付的。"

"你？"

"对，我。"

"你今后有什么打算？"7号注视着向东，心里想着如何说服向东与她所属Y国情报部门合作。

向东当即看透了她的心思，没等7号开口，便说道："从现在起，你已不是Y国情报人员了，从现在起，你只需为我服务就可以了。"

"凭什么？"

"因为你已身不由己，你已无可救药爱上我了。"

7号还想嘴硬，但内心却挣扎地厉害："你！你——看来我要毁在你的手上了。"

"不。是拯救。你必须明白，"向东顿了顿，郑重其事地说道："因为这件事，我们的有生之年注定要生死相连，难道还有别的选择吗？"

7号陷入沉思，任务已然失败，身份已经暴露，她将成为M国的头号重犯。世界各国的情报机构也不会放过她，毕竟她是最接近向东的人，也曾是最了解老怪兽李耳的人……念及这些，7号面上现出一丝苦笑："看来我只能跟着你了。好在你可以施展幻术，可以成为任何人，尤其是优质渣男！"

第二天一早，7号启动救援艇，带着向东朝最近的陆地行去，她边拨动充气艇桨页，边对向东半报怨道："我以为你选中我，是看中了我的网络天才，我错了，你只是需要一个能干活的仆人。"

向东面无表情地看着远方："你不是仆人，你是我的女神。"

7号的心里产生一丝暖意。

两人划了半天桨，终于来到一个小镇。

小镇的名字就叫码头，这里原本只有十几户家境贫寒的渔民，奥林匹斯出现以后，小镇变成了小型中转港，人口、街道、房屋逐年增多，渐渐有了镇子的规模。

向东和7号被当作海难幸存者，获得了十几名码头工人的救助。

向东低声告知7号，所有的码头工人都是E国特工。

7号惊诧万分的时候，几十名身强力壮的义工冲进码头，把他们从码头工人手中抢到了一处救助所内。

向东再次提醒7号，这些义工全部是F国特工。

7号仔细观察着，她没有从码头工人或者义工身上找到特工的蛛丝马迹，更没有看到枪支。

"这是间谍的世界，没有我，你寸步难行。"向东没有任何威胁的意味，他在陈述事实。这些码头工人从港口成立那天就在这里工作，他们丰富的码头工作经验足以骗过任何人，那些义工也是如此。

至于武器，真正致命的武器有很多，树叶、牙签、眉笔都可以成为致命武器，对于特工来说，使用枪支才是最愚蠢的选择。

小镇救助所的义工全部是一家海运公司的员工，非工作日时，员工们会从休息日里挪出一半的时间去做义务救助工作。

奥林匹斯的兴旺养肥了十几家做海运生意的公司，也吸引了一批无家可归的流浪汉。这些流浪汉大多是懒惰成性的当地人，也有违反航海潜规则，被人从货轮丢下海，幸免于难的水手。

两人抵达救助站后，细心周到的义工们问了一些类似是否需要联系亲朋之类的常规问题，便没有再打扰他们。

向东暴饮暴食一番后倒头便睡下了，他急需补充体力和睡眠。

7号没有睡，她忙着给向东准备衣物和各种生活必需品，待他醒来，她会立即放好温水，让他泡澡。他们可能立即远行，去热带、亚热带或者南北极，她需要准备甚至是截然相反的行囊，以备不时之需。

她理所当然地做着这些事，就像对待和自己相濡以沫多年的爱人，也像对主人了如指掌的老管家，更像无微不至又卑微到尘埃里的奴隶。

至于缥缈的未来，她几乎连想都没想过，她觉得向东会安排好他们的一切。

忙碌中的7号忽然停下来，她不敢相信自己竟然会这样对待向东，竟然对他会有如此强烈的依赖感，但这个念头只是在脑中打了个转，她很快又继续忙碌起来。

向东忽然弹簧般坐了起来，鼾声戛然而止，疲态转瞬即逝。

他活动着筋骨走到桌前，边找食物往嘴里填边自言自语地说："M 国的情报部门办事效率越来越低了。"

7 号笑得很开心，因为向东在大快朵颐的时候飘给她一个赞赏的眼神。

她没有对向东如同鲸鱼一般的食量表示惊讶，她知道间谍克星的彻底苏醒需要大量的食物来提供能量。

不到 10 分钟，几辆消防车呼啸而至，一些穿着消防服装的大块头携带各种消防工具朝着救助所冲过来。

救助所显然早有准备，十几名义工举着干粉灭火器对着他们一顿狂喷，随后用扩音器反复声明："这里没有火情，这里没有火情，请立即离开，立即离开！"

但那些消防员们依然试图强行闯入，义工们见状丢下灭火器站成了一排。说来也怪，那些前冲的消防员们突然顿住，然后互相对个眼风，便开始向后退去。

"为什么会这样？" 7 号观察了良久，才发现了义工们极不正常 —— 他们每人身上背着几个足有 4 升的大水壶，他们在不停地喝水，他们的身上蒸腾出滚滚白气，就连他们的脚印，竟然都是湿漉漉的。

"他们都是爆炸蚂蚁。"向东说道。

"爆炸蚂蚁？"

自然界中有一种蚂蚁，当遇到强敌时会"引爆"自己，将身体的毒液喷溅到敌人身上，达到消灭敌人的目的。这些来自 F 国情报机关的义工为了换取短暂的疯狂，或者为了免于死刑，会自愿接受身体改造，成为爆炸蚂蚁。当他们的身体输入特质病毒以后，他们自身就变成了致命武器，任何形式的肉体接触都会迅速将病毒传染给对方。

为了避免把自己毒死，爆炸蚂蚁必须不断饮水，再通过某种方式将水排出，来稀释体内的剧毒。

于是便发生了奇特的一幕。这边，永远吃不饱的向东坐在房间里饕餮狂餐；那边，用自己身体组成防线的义工们抱着水壶不断狂饮；较远处的消防员们则都拿出了手机，似乎要调集千军万马；更远处，不甘心失败的码头工人的表演更加拙劣，他们乘着一辆卡车从远处驶来，假装车辆故障，远远地朝救助所张望。

"人齐了，我该休息了。"向东跑了两趟洗手间后，又准备睡觉了。

"安心睡你的。"7 号运指如飞地忙碌着。房间里准备了五台电脑，每台电脑都拥有极高的网速。看来救助所的 F 国情报机构对他们了如指掌，且希望擅长网络的 7 号能在关键时刻帮他们一把。

7 号确实需要这些电脑去窃听消防员们的手机，她要知道 M 国情报机构的下一步举措。

向东提醒 7 号，M 国早就提防她了。即便她可以在短时间内入侵 M 国通讯网络，去窃听一部或者多部手机，可她不是八爪鱼，不可能同时窃听几十部手机。

最重要的是，M 国做事风格历来是：得不到就毁掉。向东相信很快 F 国和 E 国就会联手，他们必须尽快转移向东他们两人，一旦 M 国的增援抵达，几个虚张声势的爆炸蚂蚁便会形同虚设。如果他们在 M 国的增援抵达前联手，M 国就会像毁掉奥林匹斯一样，彻底毁灭这里。

向东的预判是精准的。

F 国间谍和假装码头工人的 E 国间谍很快便搭上线。双方一拍即合，准备为了向东联手对付 M 国间谍。M 国间谍看出势头不对，只好选择暂避锋芒，一面乘上消防车拉着警笛风驰电掣离开，一面呼叫上层支援。

几乎在同一时间，向东弹簧般从床上弹了起来，他要进行下一步计划了。

"这次我们插翅难逃了吧？" 7 号走到向东面前，她要把生命中最热烈的吻送给向东。

7 号说："我要所有看到我们尸体的人都说，我们有夫妻相！"

向东推开 7 号："听好我的计划。我现在的体力只能支配一个'爆炸蚂蚁'，我会消灭大部分 F 国和 E 国人，让他们亲眼看见我的力量。到时候我跟 F 国人走，你跟 E 国人走。只要你说自己也是间谍克星，就能进入他们的核心实验室，到时候……"

7号狠狠扇了向东一记耳光。

死到临头了，他竟然还想着利用她。

"放心，我们不会死的。"

7号一把揪住向东的衣领，把他拽到自己的面前吻了下去，但对于向东，感觉到的却是深入骨髓的痛。

7号几乎咬掉了向东的舌头。

向东擦掉嘴角的鲜血，目光忽然变得清澈起来，表情也恢复成了憨态少年常有的神态。

"谢谢你……"向东用极快的语速告诉7号，进入救助所以后，尤其是大肆进餐以后，向东几乎失去了对自我意识的掌控，而头脑中另一个意识却成了他的主宰，如果不是来自7号痛彻心扉的一咬，恐怕向东今后就要被另一个意识彻底支配了。

"我知道了。疼痛！"向东欣喜地说："疼痛能击败我脑中的另一个意识。"

想到自己在前一刻准备实施的杀戮，向东做出了艰难的，也几乎是唯一的选择。

向东说："我决定了，我要和所有人断绝往来。"

4. 控制与反控制

所有人，当然包括 7 号。

向东向 7 号解释，他所做的一切几乎都是受头脑中另一个意识操纵的，包括对 7 号的控制。他无法控制自己的行为，包括暴力的实施，那是他最深恶痛绝的事，所以他只能与世隔绝。

"你不能这样！" 7 号一片茫然。

7 号用野兽般的狂吻撕咬向东的时候，那种濒死的绝望差点让 7 号挣脱对向东的崇拜情绪，但向东的鲜血流进她嘴里的瞬间，她还是彻底沦陷了……

F 国间谍冲进房间，催促向东和 7 号尽快离开，M 国的增援力量也许很快就到，甚至 M 国极有可能发动远程攻击，瞬间将这里化为一片飞灰！

疼痛逐渐消退，向东头脑中的另一个意识再次控制了他。他镇定地告知 F 国间谍，他可以和他们走，但是他们必须让 7 号跟着 E 国人离开。如果他们有任何异议，或者在背后搞小动作，他会拒绝与 F 国合作。

F 国间谍同意了向东的要求。

但这时假扮码头工人的 E 国间谍们，以及姗姗来迟的一大批 Y 国间谍却不买向东的账，他们都想带走向东。

"我们每人 3 个随从够了吧？"向东没有理会三方间谍的争执，自问自答地对 7 号说："应该够了，生活起居，吃喝拉撒，他们都会是最好的管家和仆人。"

7 号紧张地咬紧了牙关，她担心向东大开杀戒，同时也担心向东被人所杀。

她这时已搞清楚了小镇的情况，从码头工人，到义工，从轮船到街道，这里的每个人都是间谍，每栋房屋甚至每块砖瓦都和间谍机构息息相关。小镇是各国间谍机构向奥林匹斯输送间谍、刺探情报的前哨，如果时机成熟，这里将变成巨大的兵站，作为进攻奥林匹斯的基地。

此时此刻，7 号看到密密麻麻的人群正从四面八方汇聚而来，有人徒步持枪，有人驾驶着架着加特林机枪的越野车，他们正以特战小队的形式展开战斗队形。

铺天盖地而来的间谍超过了 600 人。

向东的面容突然扭曲起来，像是陷入了极端的痛苦。7 号连忙扶住了他。向东不愿杀人，他正在试图用疼痛阻止脑中潜意识。

抗争失败了，向东冷酷的目光盯住了一个人，打了一声清脆的响指，一名 F 国的爆炸蚂蚁立即展开了无差别攻击。

他的拳头率先砸向自己的同伴，以及距离最近的一个 Y 国间谍。

闪电般的偷袭让人猝不及防，被击中的人经过短暂的痉挛，瞬间变成了每根毛孔都充斥着剧毒的爆炸蚂蚁。

一传二，二传三，三传无限。

眨眼间，来自三个国家的几十名间谍统统变成了爆炸蚂蚁。

更恐怖的是，赤手空拳的爆炸蚂蚁们具有巨兽般的力量，当他们被步枪，机枪子弹遏制，无法冲向远处的时候，竟然抓起同伴的脚踝，将同伴甩向冲过来的人群。

坠入人群的爆炸蚂蚁就像滴入清水中的浓重墨汁，不到五分钟便传染了所有的人。

间谍之城变成了爆炸蚂蚁之城。

直到几乎所有人变成了爆炸蚂蚁，攻击才停了下来。

爆炸蚂蚁们找不到水源，嘶嚎着朝海边跑去，方才他们的搏杀太过剧烈，身体的毒素剧增，于是他们真的如烟花般炸开了。

600 多名训练有素的间谍瞬间殒命。

仅存的 6 名间谍都被吓傻了，他们这才真正体会到了向东的恐怖。

没有告别的拥抱，甚至连句话都没有，向东和 3 名 F 国间谍扬长而去。

7号故作无所谓地跟着E国间谍离开。向东的鲜血融入她体内后，她更加无法反抗向东的命令。

7号没有思考向东是否在利用自己，或者让E国间谍带走她究竟有什么目的，她唯一的情绪是愤怒。

她愤怒，是因为向东带走的三名F国间谍中竟然有一名金发长腿的美女……

5. 李耳的计算

李耳启动末日警报以后，便带着M国的科研团队离开奥林匹斯，抵达了最近的M国军事基地。在那里，有一个和奥林匹斯一般无二的科研城，他们可以立即投入工作。

迎接李耳的是最高级别的问询，M国军方和情报机构要了解事情的详细经过，要知道现有的武装力量是否能够成功缉拿向东，如果无法缉拿，是否要销毁，用什么方式销毁他？

M国的潜台词是，他们要知道这些是不是李耳搞的鬼，他是不是故意放走了向东。

面对近乎无止境的问题，李耳只说了一句话："是的，我就是要放走他，只有海洋才是鲸鱼的故乡。他要回到故乡。"

说完那句话，李耳便一手捂着胸口，一头栽倒在地。

基地拥有最先进的医疗设备以及医护人员，其中高薪聘请的两名心脏病专家就是为应对李耳的心脏病准备的。

李耳被抬进了抢救室，其后，一系列诡异事件便接二连三发生了。

首先是为李耳检查心脏的仪器都受到不同情况的干扰而无法正常运转，就连普通仪器的检查也会出现匪夷所思的情况，比如说李耳的心跳一会是 260 次 / 分钟，一会又变成了 460 次 / 分钟，但医生徒手测量心跳的时候，他的心跳却是正常的 90 次 / 分钟。

所有的专家医生都束手无策，任何仪器在李耳面前都失灵了。不过好在他的病情并没有恶化，他只是陷入了沉睡。

第二件事是，核爆虽然让奥林匹斯从地球上消失了，但卫星却在第二天一早侦测到向东带着 7 号抵达了小镇。

整个奥林匹斯都陷入了海底，向东和 7 号又是怎么生还的呢？M 国情报部门不知道问题出在哪里，但却知道如何应对这种突发意外 —— 他们一方面立即命令本国间谍迅速撤离小镇，一方面立即启动无人机，准备对小镇进行无差别攻击！但让人诧异的是，携带着大量弹药的无人机群刚刚起飞，便有大半纷纷跌落地面，而另一部分，则掉头直奔 M 国，攻击目标竟然是 M 国标志性建筑，一座女神雕像。一枚枚导弹扯着长长尾焰直奔女神像，神像轰然破碎、倒塌，从半空中散落而下，附近的人爆发出恐惧之极的尖叫，多半以为暴恐袭击又来了……

而这一切，与给李耳检查心脏的医疗仪器失灵，几乎发生在同一时间。

M 国间谍头子因此意识到，这可能是李耳在搞鬼，于是愤怒地将其摇醒，并大声咆哮质问。

李耳满面疲惫地睁开眼。他此时非常虚弱，如同深秋夜里缓缓飘向地面的枯叶。但他脸上却挂着无憾的笑容，仅说了句："嚎什么，再让 F 国送你们一个嘛。"

说罢，头一歪，便永远闭上了眼睛。

几乎与此同时，几乎就在李耳离开这个世界的那一刻，向东头脑中突然发生一阵激烈的震颤，并伴随着一声声低沉悠远的鲸鸣，那种无数次出现在他梦中的、巨鲸陨落时发出的鸣叫。

听到这种鸣叫的，除了向东，还有另外一个人，那就是 7 号，"发生了什么？"7 号茫然。

"我去了，我才是真正的初代间谍克星。而你和向东，则是第二代……"李耳的声音在 7 号头脑中久久回荡。

"哦，我早该想到了。"7 号这才意识到，李耳其实早已识破了她的身份，他一直重用她，其实是要利用她。他对 7 号盗取向东的计划了如指掌，并让向东借助 7 号从容逃离奥林匹斯……其后向东现身小镇，M 国启动无人机群实施无差别打击，李耳为了麻痹对手，故意假装昏厥，吸引对方注意力。但暗中却通过事前设置，截断了对方卫星导航系统，同时修改了无人机导弹系统的攻击目标。这对他并不难。

李耳虽死，但他的计划仍在执行。他是真正的初代间谍克星，向东和 7 号则成为二代。

7 号能够对向东言听计从，是她成为间谍克星的最重要因素。她需要被向东彻底唤醒，因为早在进入奥林匹斯之初，李耳就在 7 号毫无觉察的情况下，对其做了手脚，但 7 号头脑中的另一个意识，却处于沉眠状态。另外，李耳手下的另几位得力助手，1 号、2 号、3 号，情况与 7 号类似，都是等待被唤醒的沉眠者。

按李耳的计划，他需要牺牲自己，以生命为代价拿到 M 国的尖端科技数据 —— 最艰难的任务当然要交给他自己。另外，向东前往 F 国获取科技，7 号则要去获取 E 国的尖端科技。这样向东才能足够强大，有朝一日，才能像一头巨鲸一样，去吸纳全人类的所有知识。至于他为什么要这样做，那是一个埋藏在他内心深处的关乎全人类生死存亡的惊天秘密。在这世上，除了他，便只有尚未完全苏醒的向东的大脑中存有一份尚未开启的答案了。

李耳非常谨慎。他需要一个绝对善良的人，来守护这颗星球。

向东"逃"了。

他一次次咬破舌尖，把自己咬的满嘴鲜血。

他一次次用钢针刺进指缝，几乎将十根手指的指甲掀掉。

他不断用刀子在大腿上划出道道血痕，苦行僧一般虐待自己。

但剧烈的疼痛只能让他"清醒"十几秒，头脑中的潜意识很快又控制了他的大脑。

他拿手枪对准了自己的额头，他宁可死，也不愿去杀戮。

他无法扣动扳机，脑中的另一个意识为了保护自己，拼尽全力控制着向东，不让他自戕。

3名跟随向东的F国间谍远远跟在向东身后，他们感觉向东要疯了。但他们却无力逃跑，因为他们现在是向东的奴仆，他们的意识是被向东控制的，根本无力反抗。

向东的存在远远超出了他们的认知。

向东疯狂中忽然看到一个间谍腰间的电击枪。他飞步过去，一把扯过电击枪，对着自己胸口摁下开关。

居然有用——他清醒了，是那种可以长时间保持的清醒。

"好了，你们自由了。"向东向那3名间谍打个响指，解除了他们头脑中的禁制，"你们可以走了。对了，把你们的电击枪全留下。"

3名F国间谍狼狈离去。向东则腰上挎着3支电击枪，寻了一辆车子，向家里行去。他已经很久没回家了，他要去看看自己的爷爷怎么样了。以他现在的能力，已没人可以拦下他。当然，头脑中的另一个意识例外，那个意识超级强大，所以每隔 10 分钟，他便会朝自己开枪。强劲的电流没有让他受到伤害，反倒让他神采奕奕，更为精神。

返回唐人街的向东当然逃不脱各国情报机构的追踪。他能感知到身后起码有四个国家的十几名间谍，但他对此却视若无物。

回家，这是向东此时最大的执念。爷爷是他唯一的亲人，他失踪的这段日子，爷爷肯定急坏了吧？

回到唐人街，才发现爷爷去世了，是一个星期前走的。

爷爷不在了，家也就没了。

他要找一个没人的地方度过余生。

他准备去阿尔卑斯山，重走爷爷当年走过的路。但在此之前，他还有一件事要办。7 号还被关在 E 国的情报机构，他应该去救人，但救人又要杀人。他再次陷入了挣扎与矛盾之中。

"救，还是不救？"向东问自己。

"救，你必须救。救她也就是救你自己！"头脑中另一个意识说话了，"你没必要对抗我。当初我之所以要选择你，是因为你的善良。我老了，在这世上的时间已经不多，但我想一直一直活下去——我必须活着，必须为了那些愚蠢自私的人类，去迎接一个人类历史上空前未有的强大敌人。这是我的责任，也是我们的责任。听清了，我说的是我们。"

"我们，跟我有什么关系？"向东问。

"在宇宙间，有许多远超人类文明的强大存在，即便是在这颗星球上，同样潜伏着随时可能危及人类安全的非人类文明——人类需要团结，但人类偏偏无法团结，因为私心，几千年来，人类之间冲突不断，战争从未止息，人类一直在内耗……"

"我管不了这些。"向东说道。

"你可以，因为你的身体里有个我。"

"但我更愿意做一个普通人。我只是一个送餐员，一个平常得不能再平常的普通人，国家大事，还是交给那些大人物去处理好了。"

"哼哼。"头脑中的另一个意识冷笑，"这已经由不得你了！"

"我偏不信！"向东取出电击枪，照自己额头上电去。

那个意识一声冷哼，陷入沉寂。

"非人类敌人是个什么东西？"向东暗想着刚才与那个意识的对话。他知道那是李耳，他不喜欢这个改变了自己命运的人。他神思恍惚地拎着一袋垃圾下了楼。扔掉垃圾，又在街上闲逛了一番，这才回家。

刚到家门口，他的汗毛突然立了起来，那是一种直觉，一种本能反应。但他不确定这种反应是属于他本人，还是头脑中的另一个意识——他只是感觉到危机的存在。但他没有犹豫，径直推门而入。

客厅的桌上，多了几件诡异的物品。

一颗眼珠。

一条手臂。

五根肋骨。

一套呼吸系统。

还有一套青年男性的衣服、一双鞋、一项假发、一副假牙。

浴室里的水声停了下来，铿锵的脚步声传到了向东耳中。

双脚是金属的，双腿和身体的其他部位是复合材料，他的身体残缺不全，浑身激荡着令人毛骨悚然的诡异。

他走到桌前，用向东的浴巾简单擦拭着残缺的身体。

"希望我没吓到你，不过你应该有心理准备，李耳总会对你交待过什么的。噢，我叫红孩儿，从你们人类的角度来讲，我是一个复合人。"他把桌上的眼珠塞进眼窝，语气里没有一丝的歉意。

红孩儿说他最近太忙，没时间洗澡，既然向东没有反对他在这里洗澡，那就是同意了，所以他就洗了。

向东用电击枪在自己的头上戳了一下，他需要让自己冷静下来，做出独立判断。他发现用电击枪电击额头，效果好于电击胸口，可以更好地压制头脑中的另一个意识。

"李耳选对人了，你很克制。"红孩儿说。

房间里像是刮起了短暂的红色旋风，眨眼的时间，红孩儿已经安装好他的"肢体"，还套上了衣服和鞋。

红孩儿俊朗偏瘦，一副富家公子的气派，脸上稚嫩的轻蔑表情表明他涉世未深。

向东克服着自己的暴力冲动，朝冰箱走去："要饮料还是酒？其实我这里只有碳酸饮料，不过你应该不介意。"

距离冰箱90厘米的墙壁上挂着一幅山水画，画下掩盖着一扇小小的窗户，向东瞬间可以撞破山水画掩盖的窗户，轻易从二楼跳下去。

他会落到一片草坪上，落地后他可以掀起地面上的一片草皮，草皮下藏着小型武器箱，里面有两把枪，两枚手雷和一杆已经上膛的突击步枪，以及若干上好子弹的弹夹。

向东不会阻止脑中的另一个意识去保护自己。

他最近非常喜欢运动，没花多少时间便将各种搏击技巧融会贯通。在购买枪械、练习射击的时候，他竟然有些亢奋。

准备这些武器的时候，向东并不知道自己要干什么，现在他才明白，武器不是用来对付各种间谍，而是用来对付红孩儿这类非人类敌人的。

"我只提醒你一次，任何试图对我使用暴力，或者在良好沟通环境中撞破画面后方那扇小窗户，跃到一楼，用突击步枪对我扫射的行为，都会引起我的毁灭性还击。"红孩儿似乎有些失落，"以前我们的目标是李耳。无论他的能力如何，我都要对其表示尊敬。他的能力虽然不值得我们盯着他，但是全世界范围内值得盯的也只有他……另外他是一个特别有趣的人。你明白吗？那并不仅仅是幽默。就我个人而言，你们人类正在和有趣说再见。"

向东拿起一罐可乐，坐在沙发上倾听。他没有别的选择。

"他离开了，我们的目标变成了你。你是第一个值得我盯紧的人类。"红孩儿对向东撇撇嘴，似乎对他舒服的坐姿有些不满，"别介意我的微表情和口头语，通过我的语言表达方式，你应该能感觉到，制造我的人是一个喜欢打官腔的人。我一直没有改动我的语言系统，算是对他的缅怀。你们人类总是说，无论父母是什么样的人，毕竟是他们给了我们生命。"

向东挺直了腰板做出洗耳恭听的姿态，这让红孩儿很满意。

红孩儿找了把椅子，坐在向东对面。

他的坐姿比向东刚才的坐姿更舒服，他的椅子也比向东坐的沙发高一些。

向东笑着说："看来你不仅是语言系统存在官僚主义。"

红孩儿露出了不置可否的神态，他说："我们很尊敬李耳，不仅是因为他的牺牲，他很有趣，还有他对我们这种非人的态度。你知道他的态度吗？"

向东说："他反对复制人，反对生化人，反对 AI 高度智能化。他反对 AI 代替人类。"

红孩儿露出微笑。

向东补充了一句："我和李耳、卡明随时可以融为一体，你不需要试探我。我也非常赞同李耳的这些观点，否则他也不会选择我。"

红孩儿有些惊讶："你竟然是一个没有城府的人，看来李耳选择你确实冒着天大的风险。"红孩儿开始介绍他自己。他口中的"我们"是一个集体，是李耳所说的非人类敌人。制造非人类敌人的正是人类自己，人类为了资源，为了权力，为了打发无聊的时间，制造了很多"怪东西"。比如说红孩儿就是人类研究长生的恶果。他身体的其他部分被疯狂的实验吞噬了，唯独留下了一部分大脑。如今他的颅骨和身体其他部分多是由最坚固的材料构成。

向东听他说这些的时候，下意识朝窗外看了一眼。

红孩儿立即说："别担心，外面那些眼线不会听到我们的对话，更不知道我来过这里，还有我的存在。我来这里有两个目的。一是跟你当面交流一下，二是想游说你加入我们。"

"加入你们？"

"因为我们都是非人类。我是复合人，而你是你、李耳和卡明的复合体——事实上你已不是生理和社会意义上的人类了！"

"换一个理由。这个理由说服不了我。"

"我们需要你。因为我们还有缺陷，我们可以无数次地复制，无论速度还是质量，都比人类要好，我们是优秀的复制者，但是在创造力上，我们还无法达到人类的程度。我们很难诞生出达·芬奇、牛顿、杨振宁这样的科学家、艺术家，更不会诞生老子、苏格拉底、柏拉图这样的哲学家。而你不同，你可以弥补我们的缺陷。另外你大可放心，我们并不想与人类为敌，至少目前不会。我们并不急于消灭人类，如果人类科技无法让我们产生创造性思维，我们就不会对人类产生威胁。所以人类不会灭亡，除非人类要铲除我们，出于自保我们才会还击。"

"比如说你。"红孩儿指着向东说，"你的存在对我们已构成了潜在威胁，所以除了加入我们，你别无选择。"

向东察觉到了他的杀机，但他更关心的是另外一个问题。

向东说："让我考虑考虑，也许我能帮到你们。"

红孩儿盯着向东："你在说谎，你不会这么容易被说服的。你应该知道，欺骗我是要付出代价的。你明白我的意思吗？我们并不止我一个，而是一个集群，欺骗我就等于与整个非人类群体作对。"

"但我是一个不想惹事的人，我并不想与你们为敌。"向东回答。

"我们也一样。我们一般不会伤害两种人，一种是科学家，尤其是数学家，另外一种人是具有创造力的人。不过我们最可能消灭的也是这两种人——我们不会挑起战争，但我们必须消灭潜在的威胁。"

红孩儿说着，身形一动，忽然幻化成一个巨大的红色火球。他从挂着山水画的窗口砸出去，在地上弹了一下，瞬间又弹回楼内，以快得肉眼不可觉察的速度在楼内的不同楼层与房间之中穿梭。他想展示一下自己的威力，震慑向东。

巨大的声响此起彼伏，一扇扇窗户被撞破，一堵堵墙被摧毁。如同闪电一般的红孩儿穿过这栋楼所有的房间，所有的房间都燃起了熊熊烈火。

这是一栋六层楼，居住着 40 个家庭，此时至少有十几个家庭里有人。

大火弥漫，黑烟滚滚。

向东跃出窗外，看到烈火从所有的窗口喷燃起来，成人、老人、孩子、婴儿的哭喊声撕心裂肺。

"我不想被威胁。你太没诚意了！"向东咬牙后退。

"我这仅仅是想用实力说服你。"红孩儿远远地望着向东，他的手里端着向东藏在草皮下的那支突击步枪。

向东还在向后退步，步速不快不慢，像是正在退场的话剧演员。

红孩儿幸灾乐祸地看着向东："噢，你胆怯了，你就这样放弃人类了吗？"

向东没有说话，继续退步。

红孩儿脸上洋溢着孩童般的得意："现在你知道我为什么喜欢

李耳了吧？即便是他也想不出这样的恶作剧，对吧？"

　　向东还在后退："你太小儿科了。你的这个行为和李耳小时候的一次纵火行为极为相似，你觉得这种简单至极的拷贝很有趣吗？"

　　红孩儿如同被揭穿谎言的孩子，恶狠狠地辩解："人类世界又何尝不是如此，人类世界山寨成风的事也不少吧？我模仿李耳烤个火又有什么不对？"

　　"不。你错了，那次纵火，李耳自认那是他一生中唯一的错误。"向东突然停下了脚步。

　　"你确定？"红孩一时间没有反应过来。

　　"我确定。"

　　"为什么？"

　　"因为我拥有李耳的意识，你可以把我看作是他。"说话间，向东的眼睛越来越亮，脑海中搅起一团团电子漩涡。他在与大脑中的李耳和卡明融合，但那种融合却是以他为主体的。

　　红孩儿望着向东越来越亮的眼睛，忽然意识到有些不妙。但迟了，那栋楼里每个房间的顶棚突然坍塌。大量的干粉灭火剂瀑布一般从房顶落下，火海瞬间被白气覆盖，劫后余生的人们如同一个个雪人一般逃下楼来。

　　红孩儿试图阻止向东，却发现自己不能动了。因为他手中的那支突击步枪突然释放出超量冷却剂，瞬间便将他自己冻成了冰块。

这时红孩儿才明白，向东为什么一直在后退，只有退到几十米外，那些专门对付他的武器才能正常运转。

上百个大小不一的"武器"从地下缓缓升起，附近几十米的草皮全被顶了起来，原来是上百台大小不一的智能鼓风机。

红孩儿所在的位置恰好在上百台鼓风机的中央。

鼓风机同时运转，红孩儿积蓄起来的热能量被迅速带走，无论如何尝试，他都无法挣脱冻在手上的突击步枪。

"不玩了，不玩了。可恶的骗子，其实你早便知道我会来，你已经提前布置好了。"

"不，我并不知道你要来。但李耳知道。这些物件是李耳假我之手，为你准备的。"

"可恶的老怪兽，我恨死你了！"红孩儿尖叫。

向东目光如炬："其实李耳早知道你们的存在，你们最好还是放聪明些，莫与人类为敌。"

"我不喜欢你这种语气，你没资格羞辱我。"红孩儿眼睛中似乎要喷出火来，"我以我们的名誉发誓，我们决不会放过你的。"说罢，"嘭"的一声，红孩儿自爆了。

向东摇摇头，阔步离开。

6. 鲸落

向东主动走进了 F 国的情报机构。他是来寻 7 号的。他既然要来，便没人能阻止得了他。

"我来了，来接你。"向东站在 F 国情报中心大门外，对着虚空说道。

"我知道，东西都到手了，我一直在等你。"虚空中，7 号的声音缥缥缈缈。

"我们这次是要远行，去一个很远的地方。"

"这是你我的宿命，我早已知道，并且接受。我只想再吻一次。"一个白色身影状若无物、轻飘飘穿越 F 国情报中心层层禁制，站到向东面前。"我本想早些去找你的，但这里的资料库数据太大，直到昨晚我才吸收完毕。"

监控内，F 国情报官员们紧张地盯着这诡异的超出人类认知的一幕，没有一个人敢说话，更没一个人敢下令阻止这一幕发生。他们眼睁睁看着 7 号站到向东面前，看到两人深深地吻下去，看到两人唇齿相接的一瞬，他们的身体突然爆起一蓬犹若闪电的湛蓝色电火花。

火花瞬间扩大，形成一个由光子组成的漩涡，随后直刺苍穹，在黑色的夜里留下一条长长的彗星一样的光尾。

光尾消失，黑夜回归宁静。恍惚中，人们似乎听到一声悠长的、来自深海的鲸鸣。

向东和 7 号都已失去了知觉，他们的脑海中荡漾着深海的气息，他们变成了一头由无数光子汇聚而成的当空坠落的巨鲸。他们的大脑正在飞速分解，分解成无数细小的猩红色细胞，这些细胞又瞬间幻化成一片光幕，飘向四方，然后通过眼睛、口鼻，钻入这世上每一个人的身体。

老人、孩子、男人、女人、黄皮肤、黑皮肤、白皮肤、棕皮肤……越来越多的人受其影响，身体开始变得晶莹闪亮如同星辰，无数的星辰在大地上遥相呼应，组成一个庞大的光幕，将地球包裹起来，并加速膨胀 —— 一种闪光的膨胀。

"噫！船长，快看那里，那是什么？"太阳系外围，一艘状如陀螺的异星飞船上，一个"乒乓球"一样的东西突然弹射而出，撞到飞船的视屏界面上。

"有什么大惊小怪的，那是一颗低等的碳基星球。一群低等碳基生物，充其量也就是制造出大量甲烷罢了。"那位被称为船长的"乒乓球"说罢便瘪了下去。

寄生者

王　匀／作品

我们在虚拟空间中不断躲避搜索和清理，一边寻找那些允许我们的意识和他们进行身体共享的人类，这个过程被称为身体寻租。

　　拉莱耶市的居民被分成三个等级，最上等的自然是那些能够全款买下整套且最先进的赛博格义体的人。这些仿生器官和人造义体让他们超脱了自然身体的桎梏，过着曾经人类无法想象的自由生活；中间那层的人数量是最多的，他们的身体里装满了东拼西凑的，靠贷款买来的杂牌义体，日子过得勉勉强强。这些人最大的愿望就是及早还清这些义体的贷款，并做着有朝一日能全款买下一整套的白日梦。他们最大的恐惧来自贷款清算日，如果账户里的金额付不起那些义体的按揭，或者在旧的完全损坏后没钱甚至无法贷款购买新的替代品，他们就难免会沦落到去难民区讨生活。最下层的是那些活在难民区的可怜虫，身上找不到一件可以接入系统的合法义体，只能靠着在黑市买来的淘汰货勉强度日。没有可识别的合法义体就无法接入整个城市系统，意味着所有的工作机会、城市设施甚至福利救济都与你无关，毕竟一切的一切都需要和系统连线，在拉莱耶市黑客与偷渡客是没有生存空间的。而我处于第四等，介于活人与死人之间的角色，一个寄宿在系统空间中的幽灵，一道失去身体后还没被彻底泯灭掉的自我意识。

　　在没有变成在连线系统的虚拟空间中到处流窜，寻租其他人身体的幽灵之前，我记得我叫埃塞克，我在城市系统的可识别接入编号是 BST08559771，一套需要分期 50 年才能还清贷款的义体授予我的。为什么要购买这样一套超出自己偿付能力的昂贵义体？没人告诉你们买整套的价格更加便宜吗？虽然整体价格高，但利率却更低。当大脑不再需要消耗脑容量来控制身体以后，腾出来的部分非但没有让人类更善于思考，反而堕落到连基本的算数都弄不清了。这点看那些买着价格高昂的零散器官和其他人造身体组织，却不会计算分期利率和总金额的傻瓜就知道了。至于说中途失去偿还能力的小挫折和意外——有哪个刚开始工作的人会小瞧自己，觉得连偿还义体贷款这点小事都做不到呢？我本来以为自己能够赚到一套最好的赛博格身体，还能够活过 200 岁的。

具体发生了什么我已经记不太清了，失去原本的大脑后记忆散失了许多，我只记得一场倒霉的意外让我在清算日当天没有办法付清贷款，至于付不起的那部分是心肺循环系统还是其他什么的已经不重要了，反正是被摘掉以后就必死无疑的那种。回收机器人插进我身体里的临时替代装置本来应该能让我活到去黑市买来替代品的，但去难民区的路上好像又发生了一些倒霉事让我超时了，总而言之，我死了。幸运的是，或者说更加倒霉的是，我的意识在脑死亡之前居然逃回了尚在连线的系统空间中。和其他"幽灵"一样，我们在虚拟空间中不断躲避搜索和清理，一边寻找那些允许我们的意识和他们进行身体共享的人类，这个过程被称为身体寻租。之所以说是倒霉事，是因为这种事情往往没得挑，就好比我现在正寄宿在一个人类女性身上，而从我残留不多的记忆来看，在没有完蛋之前我也是个爷们。

　　这个女人的编号是 EAT 多少来着？我记不得那一长串的数字，总之我就管她叫 E。从视觉神经细胞传递来的刺痛感告诉我，E 正在浏览忒修斯公司的线上商城，只有这种老式的电子屏幕才会给视觉神经带来如此沉重的负荷。而经过几个月的相处让我知道，这个女人所有的空闲时间都浪费在浏览和查看这些她压根买不起的高级义体上了。在共享的记忆中，E 在 22 岁开始赚钱后都把钱花在了整容和漂亮的人造皮肤上，以至于连个基础的仿生电子眼零件都没买过。在这个绝大部分人闭上眼就能接受视觉信号的时代，只有她还要通过自己的视网膜和晶状体来查看网页上的广告和商品。

　　"喂喂！求您有钱了去换个眼睛吧。"由于我只能接收电子眼传来的视觉信号，所以自从进入她的身体后就瞎掉的我大喊大叫起来，"你进行一次外形改造的价钱都足够买好几套最新的电子人造眼了！皮囊而已，老换来换去有什么意思！好看能当饭吃吗！"

　　"闭嘴！" E 的轻声呵斥在我们共同的脑海里响起，随后我就察觉到她又开始为自己补妆了。这是让我最难以忍受的时刻，化妆品在人造皮肤上矫揉造作的触感让我有起鸡皮疙瘩的冲动，尽管我早已没有了身体。"你个幽灵懂什么？一天到晚啰啰嗦嗦的，早知道不收留你了。"

　　"好，好，你不要生气。"我释放出的语言信号以更加轻柔的动作在 E 的鼓膜和中耳骨链之间安抚她，"快要新年了，市场上又要更新各种义体和制造材料的价格了，我们提早囤货赚它一笔吧。你再把实时价格给我报一遍呗？"

　　"今天已经给你报过三遍价格了，烦不烦呐。呐，最后一次了，听完以后你就给我安安静静的。" E 的声音听起来清脆而愉悦，这个蠢女人应该又被镜子中自己的脸给美到了，这种时候她就变得很好说话。E不但把上百件最新的热门义体定价报了一遍，还把忒修斯公司的新年广告也耐心地读给我听了一遍。

元旦将至，即将到来的2120年对所有人来说都是一个重要的日子，对忒修斯公司来说更是意义重大。九十九年前忒修斯公司成立，自此一个人体赛博格化和仿生义体普及的时代开始了。为了庆祝这样的日子，在忒修斯公司的赞助下，市政厅扩大了年末义体购买的补贴规模。我赌50厘米的人造中枢神经束，E现在肯定又在做白日梦了。她觉得自己能够攒够钱，为市面上最新款的美艳赛博格皮肤凑个首付。

不用控制身体也有好处，我所剩不多的思考能力就可以集中起来做点更有意义的事情。比如仔细回忆历年义体市场的价格波动趋势，对比估算E刚才报给出的一连串最新成交价格，运气好的话我可以利用差价挣上一颗人造心脏或者其他仿生器官，而不是像这具身体的主人一样整天做白日梦。然而我发现E根本就没有仔细听，而且从外面的动静来看，我们正在走进拉莱耶市的难民区。

说实话我一点都不喜欢难民区，要不是想看看E最后能做出什么样的蠢事，我宁可直接逃回连接空间内等待被格式化和清理。无法共享视觉的我，只能通过不断叠加的外部感官信号来获取信息。然而在难民区里满是无法连接系统的非法义体，这种信号杂乱的外部环境对我来说是一片朦胧之海，缺少有序的外部信号对幽灵来说是最糟糕的感觉，哪怕死都不能比现在的情况更糟了。

为了打消E的愚蠢念头，我在她的听觉神经上用尽全力震动起来，"你不会真的相信自己能赢吧，我是说，你就这样轻易地相信那个什么'信使'？就没有想过那家伙可能是个骗子？"

E并没有回答我，她的注意力被脚下那污水横流的肮脏街道完全吸引了，必须时刻保持平衡才能不被高低不平的路面绊倒。空气中那潮湿腥臭的味道连躲在大脑里的我都闻到了，真不知道她是怎么忍受下来的。平日里的E最反感的就是肮脏和丑陋的环境，好想知道她看见自己精心护理的皮肤和长发上沾染了污水后是一副什么样的表情。

一辈子从未进过难民区的E现在一定对四周充满了恐惧，这个地方我可再清楚不过了。生活在那里的家伙简直不能称得上是人类了，那些天生丑陋的、易于腐坏的血肉之躯，夹杂着已经报废和损坏的义体，这些扭曲和丑陋甚至表现在他们稀奇古怪的面貌上：拥有不正常手指数量的手臂，以奇怪的弯曲角度支撑起躯干的下肢，只能算是在颅骨上开了几个洞口来凑数的五官。但更多的丑恶隐藏在皮囊之下，那些恶意的思维，嫉妒、仇视、贪婪。E，你感觉到了吗？四周窥探和攫取的目光几乎无处不在。

建在难民区的黑市深埋在一座垃圾山之下，每天从市区通过无人运输机运送至此的海量垃圾层层堆叠，随时可能压塌在下方挖出的内部空间和隧道。这样的灾难没有发生一方面得益于下面那些用来支撑的钢梁与支柱，安装它们的工人简直是无师自通的物理天才。另一方面每天有无数难民艰难地攀上这座垃圾山去分拣出可回收的东西，简单加工后送到黑市里再重新卖出去。

我们正在走过的通道是由报废掉的航天器改造而来，让我猜猜这难闻的铁锈味和机油味从何而来，可能是合金机翼上的铆钉，还是脚下钢板拼合处的廉价焊材？E停下来了，有可能是对着嵌在墙壁上的碎玻璃照了照自己的样子，比如重新整理贴在额头上湿漉漉的刘海，或者把花掉的眼妆再次抹匀。更有可能的是，她推开眼前黑市大门之前需要鼓起巨大的勇气。

"人造结缔组织1个数字币，无限收购！人在C区"

"A区含碳纤维骨骼元件1个数字币收购！"

"A区出完好的人造心脏，还剩10颗，9个数字币拿走！"

"人造神经束1个数字币，所有长度统一价！"

"B区收人工肺叶，统一价！"

"所有制造材料1个数字币出，人在C区！速来！"

……

海量的外界信息不断涌入，我用没有形体的身躯深吸了一口气，消化完那些杂乱无章的信息后匆忙地开口了，由于太过急切和大声，我想E可能被我弄得耳鸣了："快快！骨骼，还有神经束！全部买下来，有多少买多少！我们这个区还有3个人在卖，晚了就买不到了！"

E用手按住耳朵让外面的声音小了下来，她在脑海中小声嘀咕："幽灵你是不是傻了？我们是来卖东西的！神经元件还有水解蛋白元素，全部都要卖掉！快帮我一起设置，仓库里存货太多了，我处理不过来！"

"你疯了吗！1个数字币！你知不知道现在外面市场里面的价格是多少！全部买下来！你就可以换一套永久保修和自带更新服务

的赛博格身体了！就可以摆脱现在这种生活了！全部买下来，拿去外面的市场里卖个好价钱！"

"幽灵你不懂！这个时候我们要团结起来！我们每个人都把自己的材料交易出来，全部做成整套义体后放到自由仓去，只要自由仓里面的义体数量达到足够的市场占有额度，我们就会有自己的议价权。明年，甚至后年，我们就不再受忒修斯和其他义体公司的高价压榨了！"E飞快地低声说道，我感觉到她打开了每天翻阅过无数次的私人账户，洁白的手指飞快地滑动着，把一件一件积攒了一整年的元件整理出来，分门别类地标上统一的价格。

"白痴！猪！"我的声音在她的颅腔内不断回荡，在所剩无几的记忆里搜刮出所有的脏话骂她，"你们这是不自量力！你们以为自己能有多少资本来对抗市场上的寡头？你看过今年政府公布的财富数据没有！连同忒修斯公司在内的大企业占有社会财富的百分之一百二十！你知道是什么意思吗！"

"我不知道！"E机械地回答着，有点近视的她眯起眼睛凑近屏幕，神经细胞的负荷已经超过了极限。这副身体都这样了，还成天做白日梦！不断闪动的像素点刺激了E的双目，泪水从眼角开始滑落，但是她毫不在意，"幽灵，快帮帮我，把这些元件都整理出来！"

"你有没有听我说话！这意味着那些人握有这世界上所有的财富！所有的！还要超出！你们这些穷光蛋，穷光蛋……"我停下来喘息了几口，好让高速传递信号的脑细胞休息下，不让蠢女人的脑子过分发热，融掉她仅剩的那点可怜智商，"你们这些人不但一分钱都没有，还都欠钱活着！就算把所有人都扒皮抽骨，把身体里的所有义体全部拆出来，也比不过忒修斯公司货仓里的存货！自由仓就是一个诱饵，一个填不满的无底洞！还有那个'信使'，他就是个骗子，这一切不过是一个骗局！这个骗局会搜刮掉你们仅有的那点资产，到了明年你们除了更多的贷款债务外将一无所有，都会像我一样死在这里的臭水沟里面。到时候整个连接空间都装不下那么多被蠢死的幽灵！"

已经把所有的库存全部取出来的 E 心思单纯又坚定地说道，"幽灵，这次我们一定会赢的，我们能做到的，哪怕赢一次就死。如果现在你能看到这里的情况，你就会相信我们能赢的。"

我现在无比后悔没有阻止 E 来到这个黑市，原本以为她只是来这里打探一下情况，没想到 E 居然会被蛊惑得如此之深，外面到底发生了什么？

事情还要从好几天前说起，每年年底 E 的电子邮箱都会收到一大堆各种各样的新品和折扣广告，作为寄宿在她身体内的代价，我要从这一大堆垃圾信息和价格骗局中找出真正划算且符合她心意的购物信息。但是那天我疏忽了，一封不起眼的陌生电邮绕过了我的拦截直接被 E 读到了。那封署名是信使的邮件尽管很短，言辞却很有煽动性。

在信中信使告诉每个读信人，忒修斯公司的促销活动只是一个巨大的购物骗局，掌握着义体市场定价权的忒修斯可以轻易通过操纵价格来掠走买家的账户余额。其实这件事大可不必由他来提醒，但凡脑子还没有被各种廉价芯片替代的人稍加思考都能很容易就认识到这个事实，但又有什么办法呢？信使的办法就是在市场的自由仓里面准备足够多的义体存货，只要这些可售义体的数量占据了市场的大部分，作为自由仓的主人，拉莱耶市的市民就可以拥有定价权，给市面上的昂贵义体设置反垄断价格上限。

这种拙劣或者说天真的想法连 E 都骗不过去，我更是嗤之以鼻，但随后的几天里，来自那个地址的电邮锲而不舍地继续发来，而且不止我们，街区里的其他人也都收到了。更让 E 感到难以置信的是，信使公开了自由仓的实时数据查询。自由仓最早是由拉莱耶市政府设置的公共仓库，尽管大部分情况下被闲置，但其中数据的真实性是无需质疑的。没想到真的有那么多傻子相信并去做了，以至于里面的义体数量多到让 E 自以为看到了一丝希望，于是今天我们就站在了难民区的黑市。×的，一开始我就应该掐断这些垃圾邮件的，不，一开始我就应该顺着网络地址爬过去，掐断那个骗子的脖子。

"幽灵要是你能看到的话，你也会相信我们一定能胜利的！"E 丝毫不考虑我的感受地重复着，在她那空空如也的脑袋里实在找不出其他更多有信服力的言辞了。作为住在里面的租客，我对这点确信无疑。

其实我虽然看不见，但还是能感受得到。宽阔的大厅内挤满了成千上万的人，在城市中心狭小单间里活了一辈子的我和 E 从没有见过这么多人。素不相识的人从四面八方赶来，有和她一样的二等人类，也有难民区内的原住民，同样充满热忱和真诚的双眼，让那些奇形怪状的脸看起来都变得可以信任了。大厅四壁上的超大显示屏和不断跳动的数字把源源不断的信息汇集过来，形成了万众一心的信念。没有人造视觉网络的我虽然看不见外面声色繁杂的世界，但我可以"看见"人。不管是易腐朽的自然身体，还是被金属改造过的义体，我都能透过皮壳，了解他们的内心。

感受到周围众人的热情如浪潮般汹涌，E的情绪像岩石一般坚定，连我也不可避免地开始想要做一次白日梦。也许这一次真的会有所不同？反正我只是一道没有形体的意识而已，就陪她们疯狂一把吧。"好吧，说到底你是身体的主人，我帮你处理刚才接收到的消息结果。坐标32,73的地方还有人在收神经元，距离我们的43,64最近了，我们先过去。"

"涨了涨了！幽灵你快看！"

我看不见，但当把E账户里原本用来安身立命的全部储蓄都跟白送一样在市场上抛掉后，从她告诉我的实时信息来看，自由仓的库存的确在不断攀升。尽管这个数字距离信使承诺的目标还有很长的一段距离，但让人终于看到了一丝胜利的希望。

当E走出人满为患的黑市交易所时，那具孱弱的身体差点虚脱，在我的帮助下吸了一些能量喷雾后才稍作缓解，可紧接着我发现她并没有回家的打算。E的行走方向不但偏离了回家的线路，而且周围那些嗡嗡作响的外部信号越来越多，显然，她正用自己单薄的身体往满是强壮有力的赛博格身躯的人堆里扎。

"女士，你又打算做什么？赶紧回家休息吧！刚才黑市里的空气那么浑浊温度又高，你的体力已经透支太多了，要不是我帮你操纵肌肉补充药剂，现在你连抬手的力气都没有，所以赶紧回家吧。要我说你也该换一套更强壮的身体了，不要老是想着漂亮的脸蛋，人能活着才是第一位的。喂喂，你听我说话吗？"

　　这时 E 的脑袋像是一个嗡嗡作响的蜂巢，四周人吼叫和争吵声充满了她的听觉神经，每一句话都像是一只振动翅膀的蜜蜂，爬进爬出的蜂群让 E 根本没有心思听我的问话。很快 E 就变得摇摇欲坠几乎要摔倒在地上，四周咆哮和扭打混作一团，如野兽般不可理喻的人群正在推搡这个弱女子。引发这场骚乱的原因是有人混在交易所的大厅里，把用如同白捡一般的价格买来的零部件放到了外面市场上去倒卖。

　　E 这回是真的瘫坐在地上，那潮湿冰冷的地面上传来的触感让躲在她大脑神经中的我都感到不适，但素来爱美爱干净的 E 恍如未觉，现在不是计较这些的时候。我试着在神经中枢里模拟肾上腺素的作用，但刺激了两次都没能让她重新站起来。我只能气急败坏地抱怨道："你这个白痴！早就说这是骗局了，这样可好了，明年一起等死吧！距离贷款清算日还有半个月，不，只有 13 天了，用这点时间准备后事吧！"

　　死亡的威胁比起模拟的固醇类激素更有效果，E 重新站起来并稳住了微微打颤的双腿。她茫然地看着四周如波涛般汹涌怒吼的人群，拿不定主意应该是加入他们，还是回到市中心的那间蜗居内去度过自己最后的时光。

　　"喂！别发傻了，快回交易大厅去！"我才不管 E 最后怎么决定，我要活下去，不想回到那个暗无天日的连接空间中等待寻租一具新的身体，在漫长的等待中还要时刻面临被发现和清理掉的威胁。"现在估计交易大厅里大部分人还没有注意到这个事情，我们回去！去低价收购！把损失掉的东西重新低价买回来，说不定还能趁机多赚一点。快走，迟了就来不及了！"

　　也不知道 E 已经心如死灰地放弃了，还是依旧在坚守自己的道德底线不肯去做这样的恶人，我感觉到这具身体徘徊犹豫着不肯动弹，同时对方又封闭了自我意识不让我探查到她的真实想法。时间一分一秒过去，焦急恼怒的我软硬兼施，得不到回应后不得不威胁她，如果她还是这样浪费生命我就不得不离开她另找宿主，把她留在这个鬼地方自生自灭。果然记不清回市区路线的 E 恐惧地要求我不要离开，让她再考虑一下有没有其他办法可以挽回损失。

　　"想办法？你能有什么办法？你再不回去我就真的走了！别怪我没有警告你，你的假期还剩不到 20 个小时，如果你不能按时回到公司，你就会自动被解约。你的义体贷款是日结的吧，如果明天丢掉工作，最迟后天回收机器人就会来回收你的身体。你知道那是什么感觉吗？你能清醒地感觉到皮肤和肌肉组织被划开，工作中的人造器官被一件又一件地取走。那些机器人才不管你的心是不是正在跳，胃里面有没有正在消化的食物。你会活生生地感觉到身体被掏空，你会听到表皮剥裂的声音，还有血液涌动的声音在你耳边像打鼓一样，但你一动都动不了……"

　　我把自己曾经经历的那最恐怖一幕绘声绘色地描述出来，为了增加 E 的恐惧，我作势要从她身体里脱离出去。我再一次感受到了，听到了皮肤下方的肌肉鼓胀到极点把表皮顶破的"哔啵"声，代替血液的传输液加速流淌的"哗哗"声。如果我有视觉的话还能看到 E 像一个被吹大的气球一样，一团透明的东西正在顶破她的外壳蠕蠕欲出，那个渐渐汇聚成人形的透明阴魂就是我，一个意识仅存的"幽灵"。

"呀！不要！"伴随着 E 的尖叫声，我快速地缩回了她的躯壳内，意识中似乎有一团无形的心脏还在砰砰跳动，让我难以镇定下来。我不是自己退回来的，也不是被 E 拉回来的，而是一种无形的压力把我重新塞回了那具身体。这种强大的摄人心魄的压力是我从未见过的，外界也一下子变得寂寂无声，发生什么事了？

"有人进行义体和制造原料的倒卖我已经知道了，这件事情确实是真的。"一个沉稳的声音让周围沸反盈天的吵闹环境安静了下来，谁在说话？"是我的疏漏造成了这样的结果，让你们受到了巨大的损失，对不起！但是我还是恳求你们，继续相信我们，支持我们。"

这个人就是信使？他是白痴吗？谁还会相信他？果然原本尚能平静地听着他说话的人群变得杂乱无章和喧闹起来，种种嘲笑、讽刺和怒骂的声音再次充满了整个空间。信使没有说话，默默地听着、忍受着，但是意料中的事情，这是对他的惩罚。活该！

周围怎么又安静下来了，继续啊，把这个骗子拖出来，撕碎他！让他付出代价！你们这些家伙，被骗了就这样算了吗？

"是全息投影，幽灵。"E 低声向我解释她见到的场景，巨大的光幕从天空中缓缓降下，让人群看到了隐藏在黑市垃圾山体内全面开工的义体制造工厂，以及自由仓里面不断增加的义体储备数量。紧接着 E 的注意力又被信使的话语吸引过去了。

"现在还有人在努力，不断有人在牺牲自己，我们还有机会去赢。如果现在放弃就前功尽弃了，另外我保证我们会尽一切手段来避免这样的事情再次发生。"E 告诉我，那隆隆作响的声音是身后交易大厅的所有铰链大门打开的声音，那整齐而有压迫力的脚步声是排成方阵的机器人和活人走出来的动静，每一具金属或者自然肉体组成的人形都穿着统一的制服。"这是我们的收购人员，从现在开始直到最后的期限来临，所有人会不停歇地接待所有的物资交易者。我保证，绝不会再出现倒卖物资的情况。"

"另外，这些是我们库存里面的无标识义体，这些义体没有办法接入系统，就是俗称的'非法义体'，但是它们的性能是安全的，植入身体后可以让各位维持生理机能并继续活下去。现在这些都是你们的，只要有需要就可以直接领取和安装。我们的人会不间断地为你们服务，直到最后一分钟！"伴随着无人机把那些盛放着义体的储物箱放到地面上，信使原本高昂嘹亮的声音低沉温和了下来，但是依旧坚定有力，"这是我们最后的储备了，我知道这还远远不够。所以我恳求各位，在自己迫切需要的情况下再领取和安装，把更多的机会留给更需要的人。无论最后结局如何，我们都感谢每一位的奉献和付出。"

能重新看到世界的感觉真好啊，深色的天空中交织着各色霓虹灯的光彩，这些以夜空为幕布投影出来的大幅广告笼罩在城市上空，无人机和飞行器就在灯火辉煌的摩天大楼间穿梭，穿过一道又一道由光影组成的墙壁。E这个傻瓜居然还说自己什么都不需要，幸亏在我的坚持和逼迫下去领取安装了人造电子眼，不然两手空空的就吃了大亏了。人怎么可能没有需要，没看到现场几乎每个人都在领取吗？不要钱的义体谁不装谁就是傻瓜。

好久没有用眼睛看世界了，就连空中那些俗套的广告看起来都觉得格外有味。哈哈，看那个广告，什么"天使丽人"套装，这种土气的名字真是笑死人了，不过让数字明星绕着摩天楼跳钢管舞的想法真不错。

"哎哟，E你又做什么？"正看得津津有味的我只感觉眼前一黑，明显是E闭起了眼睛，寄人篱下真是恼火。

"你这个没有品味的色狼东张西望地看哪里！一路上走过来都看了多少低俗无聊的广告，我告诉你我平时从不看这些，回家都要洗眼睛了！"

只是租客的我万般无奈，只能兢兢业业地替E导航规划线路，一边压低眼睛不要去看悬浮在整个城市上空美轮美奂的夜景。沿着变得越来越狭窄和局促的街道，我们渐渐离她的住所很近了，接下来就是要好好休息，明天继续回去工作。一天十六个小时的工作如果没有足够的体力可支撑不下来。

工作时所有的员工都是保持连线状态的，只要稍一分神那无处不在的电子人声就会在脑海中响起，提示员工要集中记忆力，不要无意义地空耗体内的能量和热循环。嗯，他们当然自以为有权利这么做，为员工提供了免费的工作餐，自然就要保证这些能量一丝不漏地用在工作中，而不是在发呆走神时无意义地浪费掉。不过自从有了我以后，代替E接收并屏蔽这些恼人的提示就变成了我的工作，不然她凭什么容忍一个不是自己的意识寄宿在身体里。当然我能做的事情不止这些，又比如说替这个路盲记住回家的路，就像现在我正在做的这样。

通过身份校验后单人居室的大门打开了，不知道墙面在E的眼睛里投影出的是什么样的虚幻美景，反正在利用仿生视觉神经信号看世界的我眼里，看到的只是冷冰冰的白色涂层——这个世界的本质。"E，早点休息吧。身体的代谢速度已经很低了，如果再不进入深度睡眠，部分义体就会出现损伤了。"

E躺在狭小的单人睡眠舱里，双眼出神地盯着天花板，"幽灵你看，这星空多美啊。"

我抬头看了眼天花板，那里空空如也，甚至为了节能房间内的大灯已经熄了，只留下天花板四角的小射灯，原本面积就不大的薄板看起来显得有些肮脏和破旧。但我还是附和着说道："是啊，星空。早点休息吧。"说完以后我继续在E的中枢神经深处忙碌起来，该死，为了让她有足够的体力应对这大起大落的一整天，我一定超量使用了模拟合成的苯丙胺，现在还有过量的成分在她的神经里面飘来飘去找不到可结合的受体，用通俗的话来说，她"过载了"。

慢不下来的新陈代谢依旧在快速地消耗着E的身体，我不得不七手八脚地逐个去降低她体内各个部分的激素水平，让她慢慢地镇静下来。因为直接操作中枢神经和脑内阿片受体，我与E的思维结合更加紧密了，在她的双眼带着倦意慢慢合拢的时候我瞥见了她的内心一幕。这个可笑的女人，居然想象自己乘坐在一艘星际飞船中遨游在无边的星海里，而实际上她只是躺在一个用了十年都没换过的简陋睡眠舱里，周围是光秃秃的墙板，而她想象中那个能带她探索宇宙的船长，只是一个困在她神经系统里的幽灵。

插在睡眠舱侧壁的平板发出了一长一短的消息提示音，这是在非常特殊下才会启动的模式。E把平板电脑打开后，信使的声音就自动进入我们两人的脑海中："拉莱耶市的朋友们，现在我们的义体数量已经完成了计划的百分之五十，但我们还是落后了，按照现在的速度下去我们将会失败。现在需要你们的帮助。"

"首先我们需要工人，大量的工人。目前我们工厂中所有的工人已经连续工作了超过三十个小时，但是还有大量积压的零部件没办法及时组装成可用的义体。我们恳请所有拥有组装经验和能力的人加入我们，地点就在难民区交易区的 A 区和 C 区，会有人在那里接待各位和分配工作……"

"幽灵？你懂得义体组装吗？我也想去帮忙。"E 一边看着工厂内的实时直播镜头，一边眼眶红红地问我。不得不承认如果我不是仅剩一段残破的思维，只要我还是一个血肉之躯，也会被眼前的景象所感染和鼓舞的。数不清的大功率照明灯照亮了大型生产线，废弃建材、生活垃圾和报废身体零件组成的天穹都收敛起了往日的落魄和可笑，显现出威严的样子。身高五米，宽度倒有十多米的组装机器人左右摇晃地走着，在无法容足的废料堆里铲出一条又一条的通道，在临时清理出的平地上，最简易的露天车间被搭建起来了。

被淘汰掉的落后生产线，已经磨损但还勉强能用的工具，有的从废料堆中被挖掘出来，更多的是来到此地的工人们随身携带的。各种稀奇古怪的零件被笨拙地组装起来，成了一具具可植入到人体内的仿生义体。由于临时拼凑的生产线难以做到完全正常使用，很多自动化无法处理的零件被搬到地上，用最原始的方法去加工与组装。为了保证在这样脏乱的环境内严格消毒，对身体有害的消毒灯调节到最大功率毫无遮蔽地照在每个工人的身上，空气中不断喷洒的消毒液被地面的高温烘烤成了漫天的浓雾。

"开什么玩笑？你当我是万能的吗？不会！"就算我懂这些也不会让 E 去的，她的身体就是一个碰碰就碎的花瓶，根本不具备大部分赛博格身体的强壮和超负荷工作能力。再说那些临时发放的简易防护服和呼吸面具也不可能完全抵消消毒射线和喷雾的伤害，这根本就是在拿命换时间。我想要让寄宿的对象活得更久一点有什么不对？自私不是活人的专利。

这时信使的声音第二次响起了："目前我们的零件库存也不足以组装出足够数量的义体。但是在安其拉市，有足够的数量。我已经和安其拉市的代表完成了会谈，他们会无偿地援助我们。现在只剩下一个障碍，唯一的障碍！拉莱耶市政府不允许忒修斯公司之外的任何组织大规模地跨市运送和进口义体零件。但是法律规定每一个市民可以携带价值 1000 个数字币以内的零件跨市旅行，我们需要你们的帮助！请各位现在前往安其拉市替我们把这些零件带回来，集合和代办出入证明的地点坐标是……"

"幽灵，我们去安其拉市吧！我记得今年跨市旅行的名额还没有用过，1000 个数字币呢，能带回来零件足够组装半具赛博格身体了！"信使的话让 E 从睡眠舱里坐起来，我敢保证如果不是现在虚弱的双腿还支撑不住身体，她已经下地准备出门了。改装过的赛博格身体就是会有这样的缺点，理论上能够比自然人的身体更加抗疲劳，能够负担更多的工作，但是一旦超过额定负荷就会动弹不得。而那脆弱的自然人体啊，只要还没有死，在任何山穷水尽的时候都能再次爆发出难以想象的潜力，这根本就不是脑内合成激素能解释的，真让人百思不得其解。

不过眼下不是探究自然人体和仿生身体孰优孰劣的时候，我生气地告诉她，现在她这样的情况出门根本就赶不到安其拉市。在两个城市的两百公里距离中有十几公里没办法自动导航和驾驶的难走山路，E 这副到了极限的破身体根本经不起这样的车马劳顿。更何况这样一来一回明天上班会迟到的，后天就是贷款清算日，还不起贷款就是死路一条。

"E，我们已经尽力了。这些事情尽力而为就好，不必要押上自己的命。"

E吸了一下鼻子："幽灵，我知道你一直觉得我不够聪明，其实我自己也知道的。这辈子我一直过得糊里糊涂，但这件事情从一开始我就明白，双方差距太大了，我们是没有机会赢的。除非我们赌上性命，才会有一丝机会。你看现在，机会来了。现在已经完成了一半儿了，只要再快一点，我们就有希望了。"

"可是这样的胜利对你又有什么意义呢，你已经死了，谁会记得你？"

E沉默许久，当我以为她已经想通准备重新安睡的时候，她的声音再一次在我的意识深处响起："幽灵，你觉得我们这样活着，算是有希望吗？很久以前我一直觉得自己可以活得很好，到现在我也常常这样欺骗自己。今天换一双眼睛，明天换一对耳朵。我的工作也能支付得起，每天都是一个全新的自己。但其实我早就付不起了，被回收只是或早或晚的事情。有的人运气好，可以比别人美美的多活几天，就假装自己不知道这个真相。其实只要在这具赛博格身体里活上个两三年，再傻的人也应该看清这个现实了。现在就有一个机会，也许我来不及替自己打破这个残酷的生活了，但今后的人就不用再像我们一样。"

听了E的话我也情不自禁有点想知道他们到底能做到什么样的地步，但当然不是盲目地去投入和冒险。"这样，现在是晚上11点，在我的计算当中，如果在12点的时候进度到达百分之五十五，那么才有可能有一线希望。我们就在这里等一个小时，如果 12 的时候达到了，我们就出发。在这之前，补充一点体力。"

E 喝下了补充体力所需要的营养液，然后蜷起腿抱膝坐在睡眠舱里。我甚至不敢再对她使用模拟激素刺激，生怕不堪重负的神经突然之间因为过载而断裂。感受着这具身体摇摇晃晃不时碰撞到狭窄的睡眠舱两壁，我知道她这是在半梦半醒的状态下。尽管我也有点困了，但还是要尽到一个寄宿者应有的职责，在 1 个小时后准时地叫醒她。睡眠舱盖上的涂料有些地方脱落了，里面露出的金属镜面照出了 E 的脸。和平时精心保养和装扮的样子截然不同，她此刻显得憔悴而难看，但是我不想提醒她，这一刻她是一个枕戈待旦的战士，好不好看并不重要。

我从她眯缝的眼睛中转过视线，看着屏幕上的数据增量，那条代表数据增长的绿色光柱看起来就像是凝固了一般，盯着看久了有些眩晕。我转过眼去看现场的镜头，那些在亮如白昼的聚光灯下像蚁群一样密密麻麻爬动着的人群。直到看到眼睛发酸那个代表数据的光柱才微不可察地动了一下，若不是可以直接控制神经的幽灵特别敏锐，普通人的肉眼根本看不出这么细微的变化。

"E，醒醒，到时间了。"

"到时间了吗？现在多少了？"E 撩开垂下的长发，急急忙忙地问道。

"百分之五十四点二。"我沉默了一下说道。

这时 E 睁开的眼睛也完全适应了光亮，她把屏幕贴到眼前反反复复地确认了进度条的数字，平板滑落到她的膝头，她苦涩地说道，"幽灵……"

"你还磨蹭着干什么？赶紧把外套穿好，难道你就打算这样去安其拉市吗？"

"幽灵？"睡眠舱盖上那块金属斑上倒映出的人脸还是苍白，因为失眠和缺氧嘴唇都有点黑紫，但是那双睁大的眼睛却让 E 看起来前所未有的光彩照人。

"刚才我计算失误了，我觉得按照现在这个速度希望仍存。如果我们动作够快的话，凌晨两点的时候就可以到安其拉市了。"

这辆太阳能汽车已经很旧了，尽管备用电池还能使车辆保持正常的驾驶速度在返回拉莱耶市的路上飞奔，但车厢却因为不断变速颠簸得厉害。伴随着我喋喋不休的抱怨，E 的脑袋不时地撞在低矮的天花板上："我就知道没有这么简单，当时没有拦住你上车真是昏了头了。从一开始就不应该陷入这件事情中间来，你看到头来没有任何好处，只有冒不完的风险！"

从外市携带义体零件进入拉莱耶市并没有想的那么容易，尽管有着合法政策和指标，但进入检查站时人工智能医师会筛查携带者的身体情况，只有证明是自身迫切需要的仿生器官和义体才可以占用指标，否则检查站的武装警察有权利没收这些物品。为了让每个参加行动的人顺利过关，信使给每个志愿前往安其拉市的市民配置了特殊的药水。药水成分与采购清单上的零件部位相匹配，饮下后会削弱对应的人体组织或者器官，但是这样做对身体来说无疑是一次巨大的自残。

当 E 坐上车后我就后悔了，痛恨自己一时妥协没有阻止她喝下这催命的药水，没有想到这玩意对身体的损伤会这么大。人造肝脏的功能被抑制与破坏了大半不说，现在她肺部的可呼吸面积也在进一步衰退中。一个个与肺泡功能相仿的高分子小囊正在失去可舒张的弹性，不知道 E 有没有注意到自己的呼吸加快了许多。再加上那颗本来就病歪歪的天然心脏，我真的害怕 E 因为心肺衰竭而猝死在路上。

E 的一只手始终挡在头顶，来缓解脑袋不时撞上车顶的痛楚，她用另一只手擦了擦布满细密汗珠的额头轻声说道，"不要这么说，我们快要成功了。我知道你不愿意冒风险，只要这次回到拉莱耶市，我就听你的话再也不买那些好看又不实用的义体了。我会好好工作攒钱，换一副更加健康的身体给你，让你过得更加舒服，好不好？"

我本来还想再骂 E 几句让她长长心，可是听到她每说几个字就不得不用更快的速度喘一口气，这样的她让我只能闭上嘴，祈祷大家都能有命回到拉莱耶市再说吧。昏暗车厢里的 16 个座位上坐满了人，有一些人饮下的药水后遗症没有 E 那么大，有些纯粹是身体原本就更结实一点，但一律都是病恹恹的苍白脸色，只有一双双眼睛亮得像是在眼眶里塞了两团火。真是一帮疯子，我用连 E 都听不到的自我意识骂了一句，又调动她的视觉神经去观察司机的状态。

今夜信使他们的行动简直不能用孤注一掷来形容了，称之为鱼死网破的挣扎都不为过。不但信使自己本人吃了药混在车队里，连每辆车的司机都服药并且在身体里塞了额外的义体零件。根据我来时的记忆前面有一段路没办法使用自动驾驶功能，我只能希望这个正忍受着多脏器无法正常工作的司机不要被巨大的痛楚折磨得神志恍惚，以至于把一整车人都从山路上连人带车地翻下去。

巨大的碰撞声从车队最前方传来，紧接着是接连不断的金属撞击声，和由远及近的轮胎与地面的摩擦声。直到我们的车辆也在极其刺耳的刹车声中漂移了一大段距离才停下来时，不过才过了短短十多秒的时间。在这段时间里车厢里的众人已经在剧烈的撞击中碰得头破血流，幸而安全带还发挥着作用，没有造成更大的伤害。

作为一段活在他人中枢神经中的幽灵，我不会受外力和肉体伤害的影响出现意识混乱，我透过流血的视野和破碎的窗玻璃向外望去，在多盏车灯灯光的照耀下，我看见一连串因为连环碰撞而划出的刹车印，还有从汽车底盘中渗出的冷却液，以及碎了一地的玻璃和上面飞溅的血迹。

在这一连串破碎景象的最前方，是造成这一切的始作俑者。领头车的大半个车头已经完全被撞碎了，侧翻在地上的车身也不断冒出火苗，其他车辆上还能动弹的人慌乱地跑向它，想要扑灭越烧越旺的火焰，并尽力想把里面的人救出来。等等，就这样把它指责为罪魁祸首好像并不妥当。在撞毁的车头前面，一排突兀升起的升降路桩显得格外刺眼，路桩的金属表面上倒映着熊熊的火光。

在这种已经十多年没有修缮过的荒郊野路上怎么会有可升降的崭新路桩？这根本就是一场有预谋的袭击！紧接着出现的密集枪声更是肯定了我的判断，是杀人劫财的强盗。他们用的不是不伤人命的电击枪，而是实打实的大口径枪械。居然敢堂而皇之地无视政府法律使用违禁武器，看来他们是打算不留活口了啊。哪怕躲在37度的温暖神经束内我都感到全身冰冷，面对这样的凶险局面我根本改变不了什么。我只能凭着求生的本能拼命地合成苯丙胺，全然不顾眼前飘过的血红分子式里面用到的是羟基还是酯基，是左旋还是右旋。无数合成的分子在 E 的血管和神经中涌现，贪婪地攫取每一个受体、触媒和血红蛋白，让她那副有气无力的身子一下子如同豹子般矫健悍勇，快速猫腰穿过慌乱的人群躲到了汽车后方。

信使正和他的助手们用仅剩的几辆车连起来组成简单的掩体，一边从车中取出武器分发给随行的同伴，一边筑成人墙把我们这些受伤和逃散的市民保护起来。我能感觉到尽管信使他们作战勇敢，但在悬殊的实力差距下依旧在节节败退。更重要的是他们的电击枪很难给全副武装的强盗以致命的伤害，而对方的子弹可以轻易穿透没有装甲板的车辆，每一发子弹命中都会让一个人倒下，鲜血从拳头大的伤口中喷涌而出，在地面上汇聚成了一滩滩的血泊。

接受过义体改造的人类生命力更加强大，许多人在受到致命伤后还没有彻底死去，但大部分人等不到救援了。强盗们凭着强大的火力不断击倒和压制车队的警卫，迫使他们不断后退。步步推进的劫匪毫无怜悯地从死尸和伤员身上搜出从安其拉市采购来的义体然后再补上几枪，让正在挣扎呻吟的肉体彻底停止了活动。

"信使，请你先撤离吧。"负责护卫工作的警卫看着暗沉沉夜色中不断爆发出的射击光亮忧心忡忡，"趁对方还没有合围，装甲车还有机会冲出去，再迟就来不及了。"

"咣当！"仿佛为了印证他所描述的紧急情况，一辆挡在正面受到最多枪击的装甲车被击毁了，表层的 15 毫米钢板被穿甲弹打穿，露出了吸收冲击力的中间层，晶亮狰狞的弹头赫然嵌在其中。

"不行，要保证所有人安全撤离！"不知道是药水的副作用还是受伤了，信使的表情看起来很痛苦，尽管他正在竭力压制这种痛苦，"不是说了吗！让市民们先上车，懂医疗知识的和重伤员优先！为什么还有这么多人在外面！"

"改装了装甲板的车太少了，装不下所有人。而且……"

"让已经准备好的车辆出发，让一号装甲车动一下，掩护他们先离开。能先走的就先走，再这样下去真的就全部走不了了。"

"信使，还请你先离开，我们留下来掩护！"

"执行命令！中校！"

"是！"警卫咬了咬牙，从两名袍泽的尸体边上窜出，钻进了一号车的驾驶室。他尽量控制车身在交火双方的视线中缓慢移动，用横着移动的宽大车身作为盾牌阻挡住车队撤离的线路。

"快！把无人机都打下来！让车队安全离开！"信使看着挡在双方之间已经动弹不得的一号车大声指挥着，中校已经葬身在被射穿后熊熊起火的驾驶室中。仅有两辆车在一号装甲车牺牲的代价下及时撤离，第三辆被空中的无人机击中了停在了原地，驾驶室和车厢上被击穿的地方冒出硝烟和鲜血，在火光的照射下被看得一清二楚。

又有三辆载满市民的运输车安全离开，付出的代价是场地上又多了一辆侧翻的装甲车，被击穿的大功率电池组点燃了车身，被击落在地的装甲板上布满了弹孔，倒映着四处舔舐的火舌。不断缩小的包围圈内人们已经退无可退，劫匪们展开呈半圆形的弧面，一点点地包抄过来。为了掩护运输车的撤离，空中仅剩的数架无人机也被尽数击落了。信使在交火声中仔细倾听着身后车队撤离的声音，准备随时带领剩下的人发起最后的突击。

"等等！所有人都原地待命！"信使阻止了剩下人准备殊死一

搏的打算，紧接着所有人都听到了空中密集如蜂群震翅的声音。夜空中出现的一道白线逐渐拉长放宽，最后散落成漫天的光点和光晕。安其拉市的援军赶到了，领导自卫队的将军无心对那些强盗赶尽杀绝，他带人直奔我们而来，救人才是第一位的。

探照灯的强光照亮了劫匪们逃散后的战场，正在收拢和救治伤员的信使看到将军走来，站起身对他表示感谢。将军一言不发地踢向一具尸体，穿着外骨骼的腿强壮有力，把连人带装备200多斤重的死尸踢得凌空飞起，鞋尖上的金属块几乎把这具尸体从中间撕成两截。将军从断裂的背脊部位搜索一番，抽出了带着鲜血和冷却液的人造脊椎。

手电的光束照在义体上，金属表面上忒修斯公司的钢印清晰可见，未有任何磨损变淡的痕迹："看到没有，这可不是从回收站里刨出来的二手货，我敢保证这东西出厂不超过3天！"

信使双目中也满是火焰的颜色，他抑制住情绪，愤怒又自责地说道，"我早料到忒修斯公司不会善罢甘休，但我没有想到他们会用这样的手段。都是我的错，死了这么多人。"

将军拍了拍他的肩膀，"老朋友，你知道如果你们成功了会让他们赔多少钱吗？首领让我赶过来支援，但集合部队花了太多的时间，要是早点到……"

"将军，战场人数清点完毕，还有9个俘虏，要不要……"士兵的报告打断了两人的交谈。

"问什么？一个不留！"将军冷笑一声，一连串的枪声让站立着的人微微一颤，夜幕中只剩下了无人机轻微的嗡嗡声。

信使抹去了脸上沾着的鲜血，准备带领剩下的人重新出发。将军拦住了他："你还要继续吗？我可不相信这帮狗东西就会善罢甘休，后面还会有更大的危险。"

"我知道，但是如果在这里停下来，我们就失败了。只有继续前进，才对得起那些死去的人。"

将军点了点头，"我的人会一直护送你们到拉莱耶市，只要还有一个人活着，就会尽力保护你们到最后。"

"谢谢了。"信使握住了将军的手，继而看着对方塞到自己手掌中的东西愣了一下。这是一把枪，0.44口径的枪管，使用的是货真价实的0.50 AE子弹，带有火药痕迹的枪口在灯下闪着光，"这是？"

"这个时候还幻想着用那些过家家的电击枪来保护你的人？别犯蠢了，对手什么事情都干得出来，口号和公约救不了你的人。枪对枪，血对血！"

信使点了一下头，命令剩下的车队警卫换上了安其拉市盟友提供的枪械，然后重新登上了运输车。

信使借着车厢内忽亮忽暗的灯光看着摊开的双手，手心和指缝间还有些微红的痕迹，那是血。那是E的血，是从她腹部那个怎么也堵不住的伤口里涌出来的血，是从她临死前还死死抱在胸口的密封袋上沾的血。我顺着这双手从她慢慢变冷的身体里重新寄宿到信使的身上，到现在还没有明白像他这样的人怎么会向一个来历不明的外来幽灵开放自己的心灵。

我沿着信使手臂中的神经束挣扎，他体内防入侵程序就像过去电脑中的杀毒软件一样寸寸肢解我,我感觉到构成所有记忆的信息一条一条地被永久抹去。但是我别无选择,要么在不断前进中被抹杀,要么原路返回,被扔回空气中魂飞魄散。这种如同置身沸水中的感觉突然消失了,我看了一眼倒映着 E 凝固脸庞的眼瞳,一瞬间被吸了进去,紧接着我们两人的视线重叠到了一起。我看着躺在地上的 E,她以一个奇怪的角度倒在地上,像是一朵被折断的百合花。除了那个可怕的伤口,她的手指也以不正常的角度弯折着,那是为了取走密封袋而不得不被掰断的。当我最后看向 E 的脸时,她好像笑了一下,一定是我看错了。只有宿主彻底死亡意识消散时幽灵才有可能从那具身体里无损地离开,死人怎么会笑呢。

"不要再想了。"信使的思想第一次和我的意识相互重叠。

"你他妈才不要再想了!"一个个像 E 一样倒在地上的人影在我眼前走马灯一样的闪过,老天,我这辈子都没见过那么多人。但那些出现在信使记忆里的人全都没有了声息,躺在冷冰冰的地上,距离家 200 公里,距离憧憬中的胜利还有 10 个小时。

"你叫埃塞克,是吗?"

"我们这种幽灵不需要名字,和其他人一样叫我幽灵就好。"我冷冷地说道。

"不,我要叫你埃塞克,我们是同伴!"

"不要叫我名字!那些和你以名字互称的人都死了!不,我们不是同伴,那些把你当作同伴的人都死了!那么多人,在今天之前他们从没见过你,你也没见过他们,但今晚因为你的一句话,他们就都死在这里!"我知道自己不应该对他大发雷霆,和宿主起冲突对我们俩全无好处，但我还是要说，哪怕死也要说，因为 E 已经没有机会自己开口了，"看到刚才那个女人吗？她没有你那么有思想，她也没有什么勇气，但她要那些干嘛呢？她出生、长大、工作，只想用赚到的钱把自己打扮得漂亮一点。一辈子还不完的贷款有什么关系呢？谁不是这样？她一辈子的希望就是听遇到她的人夸一句'你真好看。'但你知道她临死前最后听到的看到的是什么吗！"

"对不起。"

"不，你没有对不起我，这是我和她一起选的。但是如果今天你失败了，你才是对不起她，对不起他们所有人。"我指的不只是那些死去的人，还有那些不断赶来的活人。源源不断的民用车辆从我们身后的安其拉市里涌出来，就像无数萤火虫从一个巨大的虫巢中扑出来，然后汇聚成一条长长的光带。这些车一层又一层地贴在一起，把信使那伤痕累累的车队保护在最中间。

这是第几次交火了，我不记得。一阵短促的交火和互射，车窗外的好几盏橙黄色的车灯熄灭了，紧接着又有新的灯光从后面补充上来，橙黄色的光从窗口照耀到我眼前的手臂和膝盖上，像记忆中的烛火一样带着温度。那双赤裸的小臂紧紧抓住膝头的裤子，扭来扭去好像下一秒就能撕碎那结实的高分子布料，这一切当然是我的杰作。

"放开我，埃塞克！让我出去，幽灵！我要把你赶出去！"

"你才要给我安分一点！"我死死地控制住信使的神经，不让他从还带着弹孔的座椅上跳起来，打开车窗像莽夫一样与外头的人对射，"我不知道你对自己身体搞了什么鬼，但我知道按你现在的情况只要端起枪，不用外面的人打中你，肾上腺素和血红蛋白的激增就能要了你的命！只有你活着我们才有希望，你死了所有人就都白死了！"

控制一个意志强大的人是极其艰难的，更何况在连续几天的不眠不休下我也很疲惫了。可以把我想象成一段在人体内不断自动运行的代码程序，但在频繁更换硬件（人体）和始终高负荷运行的情况下，就算是程序也会无响应的。我一个分神信使就重新夺回了自己身体的控制权，并切断了我对一切外部世界的感知，就是人们常说的关小黑屋。每次被切断对外界的感知我就觉得自己距离生死模糊的边界更进一步，在蒙昧的无知无识的状态下不知道过了多久，世界重新亮堂了起来。

这种光亮也是相对的，太阳刚刚升起但被东方低矮浓厚的层云遮挡，灰蒙蒙的雾气还很浓重。但车辆上已经切断了远光大灯的电源，一盏盏车头灯的光芒几乎要融化在雾气中。枪声已经停止，只有引擎盖在发动机空转的情况下隆隆地响成一片。

我和信使站的位置正在车队的最前头，回望过去一辆辆的运输车排成了一道由粗变细的巨大黑线轮廓，在黑线蜿蜒的末端，是一个个黑色的延续到天边的断点。我调整焦距向远方望去，那是一辆辆被移到路边的汽车。各式各样的车辆带着弹孔，熄了火灭了灯，像是一块块大小不一的无声的碑。我们面对着这条由报废的和快要报废的铁块组成的路看了良久，才转过身来，一道时刻变幻着立体广告的光幕出现在了眼前。

"欢迎来到拉莱耶市，科技带来美丽的新生活——忒修斯生物科技公司特别赞助！"

身后车队的喇叭传来了高亢的鸣笛声，随着信使转身回头我看
到，那些从安其拉市追随而来的车辆在沉默中调转车头一辆接着一
辆地消失在晨雾中。我们的队伍中一个又一个的人走下车，慢慢地
通过检测口，走向光幕之后。每个人进入时光幕微微一动，就把人
彻底地吞没了，就像一滴雨落在池塘上，激起的涟漪都微小无力。
沉默而虚弱的人群进入城市后全都抬头望着天，和留在城外的人一
样抬着头，看着天空中投影上自由仓的储备数量，几乎遮没天空的
数字缓慢但坚定地向上跳动着。

所有人脸色苍白摇摇欲坠，但都尽力在清冷的空气中站得笔
直，看着那飘荡的数字不断向着目标接近。现在已经达到了百分之
八十九，按照这个速度，在下午 3 点，2119 年最后一个交易日结束
时，自由仓的可售卖库存就会超过市场其他商品的总和，超过忒修
斯公司成为最大的供货商。按照赢者通杀的原则，掌握自由仓的信
使，就有重新为市场定价的权力，到那时我们就大获全胜了，只是
这样的胜利代价巨大，所有人的脸上都没有欣喜的神色，充满着悲
戚与期待。

眼前的广告幕布激烈地动荡，泛起了巨大的波涛。紧接着光幕
从中间分开，一队人从城市里走了出来，为首的一人看起来文质彬
彬又趾高气昂，身后的警车和直升机又给予了他拥有武装力量的威
严。那个看起来像是大人物的家伙来到面前，看了一眼就把正等待
通过的队伍全部收入眼底。那双眼睛在调整焦距视野的时候颜色从
幽蓝变成了碧绿，仿佛能够看穿血肉，一直看到人体内的深处。我
拼命地向着信使神经深处内缩去，那种能看透一切的高级义体让我
感到天然的恐惧。

"公民 BST07231753，你在这里做什么？"

"等待进城，先生。"信使学着对方的姿势双手交叉在身前，不紧不慢地说道。

"我听说有大量的市民从外市携带数量巨大的义体进城。"

"每个人的可携带数量都在可允许范围内，并且有相关的采购证明，这是合法的，先生。"

"是的，可是现在不合法了。在 1 小时前市政厅召开的紧急议会通过了一个临时法令，为了约束年末市场的投机行为，所有外市制作的义体都禁止进入本市，现在起生效！"说完他又收起刚才说最后一句话时杀气腾腾的语调，假装悲悯地看了一眼前方还剩四分之三来不及进城的人们，"刚才进去的就算了。"

"呼啦啦"，双方身后的枪械都同时举起，我感知到身后的动静，我们的人虽然数量不多，但面对人多势众且装备精良的对手毫不退缩。随着信使迈步上前，我感觉到对方可怕的脸和眼睛是如此接近，但信使的声音毫不畏惧地响起："我质疑这条临时法令的合法性，禁止医疗所需的义体进入城市有违生命至上的宪法初衷。"

"幽灵，你能够计算出如果产生暴力冲突，我们获胜的概率吗？"听到信使的话我明白他正假装谈判为我争取时间，我必须争分夺秒地发挥出自己的能力。

"如果冲突的话，我们取胜的可能性很小。具体来说直接的武装冲突起码会死十几个人，剩下的人很有可能被逮捕和关押。按照他们现在的状态，被羁押和粗暴对待，也可能会死。"

"如果我只需要一部分人进入其中呢？"

"没可能的，一个人都别想进去。等等，也许还有办法。我需要联系一下在光幕另一边的幽灵。"

"你能联系到其他幽灵？"

"幽灵们自有你们这些活人不知道的办法，但我需要你再靠近那光幕一点。"

"你可以要求召开听证会，但在复议期间这些人依旧不能进入城市。"大人物得意地微笑着，看着迈步上前不断靠近光幕的我们，他听不见我和信使的交流，自以为胜券在握。越过两个警察的肩膀，我终于能够隐约看清光幕背后城内的人群了。巨大的光幕隔开双方的声音，但我能看清楚对方脸上的疑惑和不安。这个家伙，还有那个家伙，没错，果然自己人当中不只我一个幽灵。

"我现在就要求申诉，并且要求市政府授予重症病患特殊通过的权力，根据法令第五百二十一条，拉莱耶市市民在……"这是另外一种小技巧了，让嘴唇开合的动作和正在说出的话变成截然不同的两种东西，幽灵操纵这种小幻术还是很有一套的。如果对方懂得唇语就能知道信使嘴唇发出的正确读音是，"把我们自己人中的医生都聚拢过来，还有城市里所有支持我们的医生和救护车，越快越好！"而每一个幽灵都能看懂唇语。

信使还在那里看似徒劳无用地发表着长篇大论，愤怒激动的外表把他内心的不安很好地掩藏了起来："怎么样，消息传递出去了吗？埃塞克？"

当然传递出去了，我很确信对方读懂了我操作信使嘴部肌肉做出的唇语。那些隐藏的幽灵们会像烽火台一样迅速把消息传遍全城："消息已经送达，放心吧，信使。"

不到 5 分钟内出现和集结的救护车证明了我的回答，车顶上不断闪动的蓝色车灯让人炫目，我兴奋得几乎要晕厥。等待入城的人群中不断有人倒下，捂着胸口或者肚子在地上来回滚动大声呻吟着。不等拦路的警卫反应过来，医生们纷纷从城市入口处跑出来，将一个又一个倒在地上卖力表演的人抬上救护车，关上车门后向着市中心疾驰而去。信使则挡住了正准备发号施令的大人物："先生，根据拉莱耶市的法令，医生在抢救病患时是神圣不可阻止的，紧急法令和城市警卫队都无权干涉。"

"快，通知全城的警卫队，追踪这里的每一辆救护车去向，另外集中所有我们自己的医生、所有的医院，还有公司的医疗团队，十分钟内在这里集合！让市政厅禁止医生私自抢救病人，一经发现立刻取消行医资格！"大人物失态地咆哮着，但无法阻挡我们这些如尘埃一般被轻忽的小市民向城市的四面八方飘散而去。

我看着车窗外的景色飞快地向后退去，疲惫地说道："我计算过了，趁着刚才那场乱子蒙混过关进城的人大约有两百人吧，来的救护车和医生还是太少了。"这还是我和其他幽灵冒着被无线信号撕碎的危险尽量迟滞和扰乱了对方通知信息的结果，终究还是双方力量相差悬殊，E 说得对，就算拼命了也只是一丝希望而已。

"已经足够了，你做得很好。感谢你，埃塞克。"

真的足够了吗？我还记得大人物脸上最后那个冷笑的表情，他对周围人低语的嘴型传递出来的意思是，"那些趁乱进去的人不用管了，公司的精算师和数据分析师计算过了，在可控制范围之内，这些人微不足道。"

那张得意的面孔就像遮蔽天空的乌云，压得我喘不过气，但是我太累了，实在想不下去了。黑暗突然而至，就像是正在运行中的程序被切断了电源。

在我再次睁开眼睛看这个世界之前，我以为自己不会再醒过来了。直接用双眼看待世界是如此不同，闪动着单一光芒的天穹，是工厂照明灯照在天花板上的反光，这里没有霓虹的灯彩和下个不停的雨夜，只有不时隆隆响起的机器声和不断落下的金属液，这里是难民区的工厂。空气里是高温处理金属的味道，微甜的锈味，能够再次自主地呼吸感觉真不错，我重新拥有了一具身体。

站在身边的信使含笑看着我："欢迎加入我们，埃塞克，希望你能习惯这具新的身体。"我们所站之处可以俯瞰到如同铁轨般纵横交错的流水线运输带，这些闪着黑色光泽滚滚向前的工字型结构以人造眼都难以捕捉的速度运行着，浮在空气中的光幕显示屏告诉我们还差1000件待装配的义体，距离最后清算时间还不足1个小时。我们要胜利了吗？

隆隆的声响渐渐稀疏乃至于停歇，不断向前滚动的运输带继而停止，红色的数字在406的位置闪动了两下凝固了下来。

"为什么停下来，为什么？不要停！不许停下来！"不知道发生了什么事情的我失态地吼叫起来，渺小的声音淹没在巨大的工厂空间内。

生产主管一路小跑来到这处临时的指挥中心，离地十来米的旋梯钢板被他踩得砰砰作响："信使！义体零件已经全部用完，我已经让运输小队外出征集，但恐怕希望不大……"

信使点了点头显得很平静，这样的情况在他意料之中："走，我们下去。"

沿着旋梯一直到生产线上站满了人，他们都默默无言地注视着在面前走过的信使，然后又沉默地加入队伍的最后面。我不知道这短短几百米的路走了多久，当我回头的时候，身后跟着一眼望不到头的人群，还有更多的人从交易大厅，从这个城市的各个地方赶来。他们想要见证这一刻，他们期待中胜利的时刻。可是我们最终要失败了，原来活人吞咽口水的味觉是如此苦涩。

信使看着生产主管，我觉得他可能也看着我："你觉得我们失败了吗？不到最后一刻，谁知道结局如何呢？"

信使，还有许许多多走上前的人，脱去了外衣露出了里面的身体，他们按下了位于胸口处的一处按钮，拔开了控制体内压力的导管。体内外不一的巨大压力瞬间冲开了缝合线，高分子材料的皮肤被撕得四分五裂，露出了里面向外翻转的半透明人造肌肉和纤维束，淡灰色的铍合金关节在灯光下闪着冷光。沾着血和润滑液的器官和零件一件又一件落到了地上，他们是最后一批被运送进来的包裹，只不过他们的身体里没有可替代的备用件，与之前不同，他们的运输成本是自己的生命。

雷声一般的轰鸣再次响起，生产线再一次向前开始滚动，我上前抱住了处在弥留之际的信使。失去了大部分生理机能的赛博格残壳依旧束缚着濒临死亡的大脑和里面的意识，但有过这种经历的我知道，这个过程不会很久，也许只剩下不到半个小时了。

"信使！信使！自由仓拥有的数量已经超过了市场上的一半，我们重新夺回定价权了！我们成功了！"

"是吗？那太好了，我还以为要牺牲更多人的。"

所有人围在周围，像看着救世主一样看着信使，而这具躯壳里的生命力正在慢慢衰竭。我突然想到，他还是有办法活下来的，他一定要活下来："信使，我这具身体是通用型义体，你可以通过更换身体继续活下去，我继续成为你的幽灵。"

信使虚弱而坚定地笑了："这又有什么必要呢？人总是要死的，我已经完成了自己的任务，做到了答应大家的事情。"

"可是我们需要你，需要你继续领导我们，这只是一个开始，我们还有更多的事情要去做。"

"不，如果这样，只相信和崇拜一个人，不是又回到100年前忒休斯先生创办公司的老路上去了吗？从今天起，你们不再需要信使，你们要明白，不是因为相信我才赢得胜利的，你们要相信自己的力量。"

距离2121年1月1日的到来还剩不到五分钟了，距离休市已经过去了8个多小时，在重新制定了市场定价之后，拉莱耶市的市民们明年将会用不到往年十分之一的价格更换到新的仿生义体。尽管这只是一场短暂的胜利，但对很多人来说是第一次全身心地享受这场盛大的跨年烟火秀。看着被各色烟花照亮的夜空，回想着这几天发生的事情，我依然有一种难以适应的不真实感。E、信使，还有许许多多记忆中的陌生面孔不停闪过。这时一支巨大的红色烟花腾空而起，在空中炸裂四散，迸发的光芒耀亮苍穹。2120 年，一个新的时代到来了。

图书在版编目（CIP）数据

混沌蝴蝶 /刘慈欣等著．—北京：北京理工大学
出版社，2024.3
　（科幻硬阅读．未来已降）
　ISBN 978-7-5763-3376-3

　Ⅰ．①混… Ⅱ．①刘… Ⅲ．①幻想小说 - 小说集 - 中
国 - 当代 Ⅳ．① I247.7

中国国家版本馆 CIP 数据核字（2024）第 032494 号

责任编辑： 王梦春　　**文案编辑：** 邓　洁
责任校对： 刘亚男　　**责任印制：** 施胜娟

出版发行 / 北京理工大学出版社有限责任公司
社　　　址 / 北京市丰台区四合庄路 6 号
邮　　　编 / 100070
电　　　话 / （010）68944451（大众售后服务热线）
　　　　　　（010）68912824（大众售后服务热线）
网　　　址 / http:// www.bitpress.com.cn

版 印 次 / 2024 年 3 月第 1 版第 1 次印刷
印　　　刷 / 三河市华骏印务包装有限公司
开　　　本 / 880 mm×1230 mm　1/32
印　　　张 / 11.25
字　　　数 / 204 千字
定　　　价 / 46.80 元

科幻不是目的，思考才是根本。
科幻小说是献给那些聪明的头脑和有趣的灵魂的一份礼物。
喜欢科幻的书友请加科幻 QQ 一群：26725844 ，QQ 二群：869132197。